Wolfszorn

Wolfszorn

Ein Kriminalroman aus dem Ruhrgebiet von
Rainer Küster und Rüdiger Schneider

Brockmeyer Verlag, 2. Aufl. Bochum 2013

Bibliografische Information der Deutschen Nationalbibliothek
Die Deutsche Nationalbibliothek verzeichnet diese Publikation in der Deutschen Nationalbibliografie; detaillierte bibliografische Daten sind im Internet über http://dnb.d-nb.de abrufbar

ISBN 978-3-8196-0828-5
WG 121

Umschlagidee: Hanns Küster

2. Auflage 2013

Im Haarmannsbusch 112,
D-44797 Bochum
Telefon +49 (0) 234 9791600,
Telefax +49 (0) 234 9791601
universitaetsverlag.brockmeyer@web.de
Online: www.brockmeyer-verlag.de

Gestaltung und Layout: Helmut Granowski

Gesamtherstellung: Druck Thiebes GmbH
Altenhagener Str. 99, 58097 Hagen, Tel. (02331) 808176
www.DruckThiebes.de

Gedruckt auf chlorfrei gebleichtem Papier.

Das Ruhrgebiet, wie es in unserem Roman beschrieben ist, gibt es oder gab es zumindest vor einem Jahr. An dieser Kulisse war nicht viel zu verändern. Auch das Wetter brauchten wir im Blick auf die tatsächlichen Verhältnisse kaum den Erfordernissen der Fiktion anzupassen. Es war im November 2010 weitgehend bescheiden, meistens nasskalt, trotz ausklingender Feiern zur Kulturhauptstadt. Natürlich hätten wir uns eine andere Jahreszeit aussuchen können, aber die gewählte passte zu unserer Geschichte. Wir geloben, unseren nächsten Ruhrgebietskrimi, wenn es denn einen geben sollte, ins gleißende Licht des Hochsommers zu verlegen.

Im Blick auf ein paar spezifische Lokalitäten müssen wir allerdings Einschränkungen machen. Die „Klinik am Wiesental“ und die „Otto-Ruer-Schule“ wird man zum Beispiel vergeblich im Bochumer Stadtplan suchen. Es hat auch gar keinen Sinn, diese beiden Namen mit real-existierenden Institutionen zu verbinden. Es gibt sie nicht, ebenso wenig wie unsere Helden, die Figuren des Romans; auch sie entstammen allesamt der Phantasie der beiden Autoren, die sich dem Ruhrrevier und den Menschen, die hier leben, nach wie vor heimatlich verbunden fühlen.

Danken wollen wir all denen, die uns geholfen haben. Heidrun Treske und Christine Zehnter haben den Roman gewissenhaft gelesen und uns mit Hinweisen versorgt. Rechtsanwalt Wolfgang Rompel hat uns in juristischen Fragen aufgeklärt. Dr. Erich Gehrke war unser Ratgeber, wenn wir zahnärztlich nicht weiter wussten. Waltraud Weyers hat uns durch den Weitmarer Schlosspark geführt, und der Lyriker Michael Starcke hat uns Mut gemacht, einen Dichter hauptberuflich in den Glaskasten einer Sparkasse zu stellen. Dong Tran hat uns als Bio-Informatiker auf dem Gebiet der DNA-Analyse und dem Datenabgleich der Sequenzen beraten. Und – last not least – Hauptkommissar Heiner Stratmann war wieder so freundlich, unsere vielen Fragen zu beantworten, so dass wir hoffen durften, die polizeiliche Situation in Bochum realitätsnah erfassen zu können.

1. Kapitel

Manchmal ist es nur ein kleiner, unbedachter Schritt, der ein Leben umkrempelt, ein spontaner, scheinbar unwichtiger Entschluss, eigentlich nur ein Impuls, der gewaltige Folgen haben kann. Später, falls irgendjemand die Chance bekommt, die Zusammenhänge in eine logische Reihenfolge zu bringen, wundert man sich über die lächerlichen Proportionen von Ursache und Wirkung. Und nur selten gelingt es, genau zu benennen, was zu dem entscheidenden Schritt geführt hat. Man schiebt den Gang der Dinge dem Zufall zu, ohne dass dies besonders beruhigend wäre. Ein paar Sekunden früher oder später – und das Leben wäre weiter in den eingefahrenen Gleisen verlaufen, so, wie es einmal war.

Manchmal jedoch sind die Pflöcke schon eingeschlagen, längst bevor man irgendwelche wohl überlegten oder auch spontanen Entschlüsse treffen kann. Zwar glaubt man, man hätte sein Leben selbst in der Hand. Doch man täuscht sich, denn man ist in einem Netz gefangen, das andere sorgsam geknüpft haben und das keine Spielräume mehr zulässt. Man meint, für sein Handeln verantwortlich zu sein, und ahnt nicht, dass sich das Netz, in dessen Maschen man zappelt, von fremder Hand bewegt, unmerklich zuzieht.

Als Christoph Auffermann seinen Audi unterhalb der Jahrhunderthalle abstellte, hatte er noch eine Stunde und drei Minuten zu leben. Man hätte ihn auch hier töten können, denn er war ganz allein. Aber man hatte anderes mit ihm vor.

Der leichte Nieselregen würde ihn nicht daran hindern, aufs Rad zu steigen. Doch für einen kurzen Augenblick blieb er im Auto sitzen, betrachtete die ablaufenden Regenstreifen an der Windschutzscheibe und telefonierte mit Ulrike. Er sagte ihr, wo er war, wozu er sich vor ein paar Minuten entschlossen hatte und wie lange es dauern würde. Sie drängte ihn auch heute, an ihrem gemeinsamen Hochzeitstag, nicht, sofort nach Hause zu kommen. Sollte er doch seine kleine Auszeit haben und genießen. Zwar erwarteten sie am Abend ein paar Gäste, Freunde des Hauses. Aber die Hausfrau stand nicht unter

Druck, ein Büfett würde um halb acht angeliefert werden, und die restlichen Speisen waren vorbereitet. Getränke standen seit dem Vormittag im Kühlschrank oder auf der Terrasse. Keine Eile also.

„Zieh den Anorak an, er liegt im Kofferraum! Und vergiss den Helm und die Handschuhe nicht!“ hörte er sie noch sagen, bevor er das Handy ausstellte.

Trübes, nasskaltes Novemberwetter empfing ihn, als er ausstieg und sein Mountainbike vom Fahrradträger abschnallte. Nur wenige Autos standen hier herum. Auf dem Parkplatz an der Gahlenschen Straße war es meistens leer, wenn in der Jahrhunderthalle nicht gespielt oder repräsentiert wurde. Gehorsam zog Auffermann sich seinen Anorak über den Pullover, setzte den Helm auf, so dass sein dunkles Haar fast vollständig darunter verschwand. Die Handschuhe griff er, überlegte und warf sie dann wieder in den Kofferraum. Mit der Fernbedienung prüfte er noch einmal, ob das Auto richtig verschlossen war.

Er radelte langsam die Zufahrt hinauf und an die gläserne Fassade der Jahrhunderthalle heran, warf einen Blick auf das große Plakat der Ruhr-Triennale. Er konnte nicht sehen, ob es noch aus der abgelaufenen Saison stammte oder die neue schon ankündigte. Mit der linken Hand zurrte er seinen Helm noch einmal zurecht und machte sich auf den Weg. Die Halle ließ er links liegen und überquerte nach kurzer Zeit auf der hoch gelegenen Hängebrücke, der Erzbahnschwinge, noch einmal die Gahlensche Straße. Jetzt war er auf der alten Trasse, die vor ein paar Jahren für Fußgänger und Fahrradfahrer aufbereitet worden war. Die Erzbahn, die hier verkehrte, hatte einst die Stahlfabrik des Bochumer Vereins mit dem Rhein-Herne-Kanal verbunden. Heute war die Strecke ein Eldorado für Radfahrer, die ein paar Stunden lang ihrer Sehnsucht nach Urlaubsgefühlen frönen konnten, wenn ihr Blick über die Dächer von Hordel hinweg ging oder wenn Ückendorf passiert wurde.

Auffermann gehörte nicht zur Spezies der Schönwetterfahrer. Er achtete darauf, dass sein wöchentlicher Dienstplan zwei Touren möglich machte. Nicht selten entschied er sich für die

Strecke von der Jahrhunderthalle bis zur Zeche Zollverein in Essen, mit der die Erzbahntrasse verbunden war. Das waren hin und zurück etwas mehr als dreißig Kilometer, ein Pensum, das für seinen trainierten Körper in einer guten Stunde zu schaffen war. Gestern hatte er eigentlich schon fahren wollen, war aber nach stundenlangen Operationen zu müde gewesen. Heute, zu Beginn des freien Wochenendes, hatte er sich entschlossen, die geliebte Strecke abzufahren. Hinzu kam, dass er an seinem Hochzeitstag gar nicht so ungern für ein Stündchen allein war.

Er war zwar nicht der Typ, der dazu neigte, bei entscheidenden Eckdaten eines Jahres regelmäßig Bilanz zu ziehen. Aber man konnte beim Fahrradfahren darüber nachsinnen, wie die Dinge weitergehen würden. Die Sache mit Martina musste er wohl oder übel beenden, das war ihm klar. Er war da so reingerutscht, und jetzt belastete ihn die Beziehung mehr, als er gedacht hatte. Er wollte auf keinen Fall, dass seine Ehe vor die Hunde ging.

Zweiundvierzig war er und mit dem heutigen Tag bereits fünfzehn Jahre mit Ulrike verheiratet. Das waren Daten, denen seine bisherige Karriere durchaus standhalten konnte. Klar, das Haus in Bochum-Stiepel war noch längst nicht abbezahlt, vielleicht auch ein bisschen zu aufwendig geraten mit dem schönen Grundstück am Henkenberg und dem überdachten Schwimmbad im Garten. Aber die Stelle als Chefarzt war ihm versprochen worden; in zwei Jahren, wenn der Alte ausscheiden würde, sollte es eigentlich so weit sein. Ulrike redete allerdings für sein Empfinden zu oft davon, wenn sie mit Klara zusammen hockte, während er selbst sich scheute, das Thema mit anderen zu diskutieren. Er fand es klüger, sich in dieser Hinsicht bedeckt zu halten. Hinzu kam, dass er ein bisschen abergläubisch war; jedenfalls wollte er seine Chance nicht durch vorauseilende Wichtigtuerei zerreden.

Er fuhr zügig, der leichte Regen störte ihn nicht mehr. Wind war kaum zu spüren, denn die Büsche und Bäume entlang der Trasse gaben genügend Schutz. Rechter Hand sah er den alten Schienenstrang, den man beim Ausbau der Strecke wahrscheinlich bewusst dort liegen gelassen hatte. Er sollte wohl an die alte Erzbahn erinnern, die in den sechziger Jahren ihre Funktion verloren hatte, als auch im Bochumer Stahlwerk Schluss war mit der Erzeugung von Roheisen. Vor ihm tauchte im Dunst der Förderturm der Zeche Carolinenglück auf. Das große Schild, das auf die Tennisanlage des TC Grün-Weiß hinwies, war völlig verschmiert. Mehrere Graffiti-Künstler hatten sich dort verewigt und einander gegenseitig den künstlerischen Schneid abgekauft.

Auf dem Bochumer Teil der Trasse war Auffermann allein. Erst am Abzweig zur Zeche Zollverein tauchte ziemlich unvermittelt jemand hinter dem ausrangierten Wohnwagen auf, der bei Tage als Kaffee- oder Würstchenbude diente und natürlich um diese Zeit nicht mehr geöffnet war. Die Person, die da plötzlich erschienen war, wollte offensichtlich keine Notiz von ihm nehmen, denn sie drehte sich weg, als er näher kam. Er konnte nicht sehen, ob es sich um einen Mann oder um eine Frau handelte. Wer immer diese Person war – sie marschierte mit schnellen Schritten nach Norden, also in die Richtung, wo am Ende der Trasse der Rhein-Herne-Kanal lag. Ein großer Hund lief diszipliniert an ihrer linken Seite.

Auffermanns Richtung war das nicht; er fuhr durch Vororte von Gelsenkirchen, erreichte bald Essen, und die Strecke belebte sich allmählich. Er überholte ein paar Fußgänger, eine kleine Gruppe Radfahrer kam ihm entgegen. In der Nähe des Skulpturenwalds saßen zwei ältere Herren auf einer Bank, einer von ihnen nahm ein Schlückchen aus einer Pulle, und der andere wühlte mit einem Stock im Gebüsch herum. Als Auffermann die Zeche Zollverein anfuhr, war es schon ziemlich dunkel. Er guckte auf die Uhr. Es war jetzt Viertel vor sechs. Fünfunddreißig Minuten hatte er von der Jahrhunderthalle gebraucht, das war nicht gerade seine Rekordzeit.

Das Zollverein-Gelände, im Jahr der Kulturhauptstadt ein beliebter touristischer Zielpunkt, lag weitgehend verlassen da. Er fuhr nicht bis an den großen Förderturm heran, der längst zum Symbol einer ganzen Region geworden war. Stattdessen drehte er eine kleine Runde auf dem Parkplatz, dabei erfasste der Kegel seiner Halogenleuchte ein paar Nummernschilder

der wenigen herumstehenden Autos. Fast alle trugen Essener Kennzeichen; ein polnisches Nummernschild war auch dabei. Er trat wieder fester an und fuhr zurück nach Bochum.

Auf der Trasse war es jetzt einsamer als zuvor. Auffermann merkte, dass seine Finger ganz klamm waren. Er hätte doch auf Ulrike hören und die Handschuhe anziehen sollen. Es ärgerte ihn, dass sie wieder recht gehabt hatte. Aber er würde ihr nicht erzählen, dass er nicht auf sie gehört hatte. Während er das weitläufige Gelände der Zeche Zollverein passierte, ging sein Blick noch einmal darüber hinweg. Viel war nicht mehr zu sehen. Das ganze Jahr hatte er sich vorgenommen, mit seinen Kindern die neue Ausstellung des Ruhrlandmuseums zu besuchen. Vielleicht würde man am Sonntag die Sache in Angriff nehmen. Mal sehen, wie die Stimmung im Hause war; meistens waren die Kinder ja schon ausgebucht.

Er dachte an den heutigen Abend, an die üblichen Gäste, die seine Frau eingeladen hatte, war nun doch ein bisschen unruhig und fuhr erheblich schneller als noch auf dem Hinweg. Er wollte nicht erst ankommen, wenn sich die ersten schon den Schampus eingeschenkt hatten. Gerd würde dumme Bemerkungen machen, und Jochen würde ihn vorwurfsvoll angucken, bevor er dann Ulrike geflissentlich zur Hand ging.

Links von ihm lag wieder der Skulpturenwald, dessen Objekte im Augenblick nur schemenhaft aus dem fahlen Dunst hervorragten. Er kannte diese Kunstprodukte, hatte sie sich irgendwann bei Tageslicht genauer angesehen, konnte aber nicht viel mit ihnen anfangen. Sie erinnerten ihn an Betonreste von ausgedienten Bunkern, schienen willkürlich in die Landschaft gesetzt, ohne dass er Bezüge erkennen konnte. Aber er war beileibe kein Fachmann, hielt sich, wenn im Freundeskreis über moderne Kunst gesprochen wurde, aus solchen Diskussionen nur allzu gern heraus.

Es war kurz nach halb sieben. Irgendwo läuteten Kirchenglocken. Schon in Essen hatte es aufgehört zu regnen, hier und da tropfte es noch ein bisschen von den Bäumen. Er schob die Kapuze seines Anoraks in den Nacken und merkte, dass er am Kopf geschwitzt hatte. Seltsam war das, da er andererseits fröstelte und seine Hände klamm waren. Als er in der Dämmerung die rollende Kaffeebude wahrnahm und an der Gabelung zur Jahrhunderthalle abbog, war er froh, dass er bald am Auto sein würde.

In Bochum-Hordel führte die Trasse auf einer Brücke über die Günnigfelder Straße hinweg. Tief unter ihm wurde ein Auto angelassen. Der Fahrer drückte zweimal kurz auf die Hupe, als ob er sich von jemandem verabschieden wollte. Vielleicht, dachte Auffermann, ein Besucher, der nach Feierabend noch kurz bei seiner Freundin vorbeigeschaut hat, bevor er nach Hause fährt, wo die Ehefrau schon die Bratkartoffeln in die Pfanne schnippelt.

Ein paar hundert Meter hinter der Brücke sah er, dass vor ihm jemand auf der Trasse war. Er fuhr ziemlich nah an die Person heran, die, soweit er sehen konnte, einen Hund mit sich führte. Wahrscheinlich war es das Pärchen, das er schon auf dem Hinweg gesehen hatte. Beide standen sie mitten auf der Trasse mit dem Rücken zum herannahenden Radfahrer, der nicht wusste, ob er überhaupt wahrgenommen worden war. Er klingelte. Aber die beiden ließen sich nicht bewegen, ein Stückchen an den Rand des Weges zu gehen. Auffermann zog scharf an beiden Bremsen, rutschte auf dem nassen Boden ein paar Meter und kam unmittelbar hinter der Person zu stehen, die sich nun langsam zu ihm umdrehte.

Er blickte in ein Gesicht mit toten Augen, eine Maske vielleicht. Er wollte wieder in die Pedale treten, an dem seltsamen Paar vorbeifahren, den Spuk hinter sich lassen. Aber im selben Augenblick vernahm er einen zischenden Laut, vielleicht war es auch ein Pfiff. Der große Hund war nicht angekettet; er sprang hoch und riss Auffermann, der sich mit Händen und Füßen wehrte, zu Boden. Das Fahrrad polterte auf den regennassen Schotter der Trasse. Auffermann dachte an die Handschuhe, die im Wagen lagen und ihn jetzt hätten schützen können.

Aber die klammen Hände, mit denen er sich zu verteidigen suchte, interessierten das Tier nicht. Es hatte anderes im Sinn und fand sehr schnell, was es suchte. Sein Maul verbiss sich durch den Gurt in Auffermanns Kehle. Während ihm die

Kräfte schwanden, hörte er einen Schrei, der so klang wie der morgendliche Weckruf des Muezzins, einen heiseren Schrei, der durch irgendein elektrisches Instrument noch verstärkt wurde. Auffermann vernahm seinen eigenen Namen und noch einen anderen Namen, der ihm auch vertraut war. Die weiteren Namen, die heiser und drohend aufgerufen wurden, konnte er nicht mehr verstehen. Sein Fahrradhelm rollte über den Boden der Erzbahntrasse, kullerte dann einen Abhang hinunter und stieß gegen die Schwelle eines alten Schienenstrangs. Dort blieb er liegen.

2. Kapitel

„Rottweiler, Pitbull, Mastiff. Was weiß ich?“ Der Arzt zuckte mit den Schultern. „Mehr wird Ihnen Ihr Pathologe auch nicht erzählen können. Ein Biss, vielleicht zwei. Die Kehle durch, die äußere Halsschlagader angerissen. Der Mann ist verblutet. Todeseintritt vor etwa einer Stunde. Damit müssen Sie sich zufrieden geben.“ Der Arzt hob beide Hände, schien anzudeuten: Tut mir leid, mehr kann ich wirklich nicht sagen.

Die beiden Kommissare vom Bochumer KK 11, Klaus Brenner und Erich Rogalla, standen etwa einen Meter neben dem Toten, hatten den Kragen ihrer Mäntel hoch geschlagen, starrten die Erzbahntrasse entlang, soweit sie vom Licht der Scheinwerfer erfasst wurde. Am Rand, wo der Tote auf einer schmalen Grasnarbe lag, ging es zwei, drei Meter hinunter zu einem Schienenstrang. Der Abhang war hier nicht besonders steil, der Durchlass zu den Schienen frei von Gestrüpp. Hinter dem Strang mochten sich Felder erstrecken. Das war in der Dunkelheit nicht genau zu erkennen. Auf der anderen Seite der Trasse stand eine Wand aus Wald und Unterholz.

„Von wo ist er eigentlich gekommen?“ fragte Rogalla. „Von Hordel oder von der Jahrhunderthalle?“

„Eher von Hordel“, meinte Brenner. „So wie das Rad liegt. Wahrscheinlich hat er abgebremst, als der Hund auftauchte. Wird die Spurensicherung feststellen. Müsste man auf dem Schotterboden sehen. Schade, hätte ein schöner Abend werden können.“

„Kommt immer so!“ brummte sein Kollege. „Ist ja seltsam, dass hier ein Toter über eine Stunde lang rumliegen kann, und keiner merkt was.“

Es war genau acht Uhr gewesen, als die beiden Kommissare an diesem Freitagabend das Präsidium verlassen wollten. Der Tag war unbefriedigend verlaufen. Im Schlosspark Weitmar hatten Spaziergänger vor ein paar Tagen Kinderknochen gefunden, eigentlich Knochen eines Kleinkinds, die dort vergraben worden waren und die ein blöder Köter ausgebuddelt hatte. Aber diese Knochen schienen schon alt zu sein, mindestens zwanzig Jahre, vielleicht waren sie auch noch viel älter, hatten nach ein paar ambitionierten Zeitungsberichten sogar archäologisches Interesse geweckt. Der Auftrag des Polizeipräsidenten, die Hintergründe herauszukriegen, da hier offensichtlich ein Tötungsdelikt vorlag, war eigentlich lächerlich, grenzte an Beschäftigungstherapie. Heraus kam in solchen Fällen meistens gar nichts.

Zur Frustbewältigung war ein Abend im Bermuda-Dreieck angesagt, ein Abend in einem Pool-Center, wo es Snooker-Tische gab.

„Du bist mir eine Revanche schuldig“, hatte Rogalla beharrt. „Seit einem halben Jahr verschiebst du es, redest dich heraus mit deiner Marie, die zu Hause auf dich wartet. Es gibt auch noch ein anderes Leben. Verheiratet sein kannst du noch jahrelang, mit Snooker kann es morgen schon vorbei sein. Da muss dir nur irgendein Bochumer Cowboy mal in die Hand schießen.“

Brenner hatte gelacht. „Wir sind zwar im Westen, aber nicht im wilden. Na gut. Meinetwegen. Nur nicht bis spät in die Nacht. Aber lass mich eben noch anrufen, damit sie Bescheid weiß.“

Ein paar Sekunden nur, nachdem er das Gespräch mit Marie beendet hatte, war der Anruf gekommen. Ein Toter auf der Erzbahntrasse, zwischen Brücke Vier und dem Gewerbegebiet Carolinenglück. Ein Radfahrer hatte ihn entdeckt, als vor ihm im Kegel der Lampe das Fahrrad und der am Rand der Trasse liegende Körper auftauchten.

Die Personalien des Toten waren rasch festgestellt. Dr. Christoph Auffermann, Arzt in der Klinik am Wiesental. In einer Innentasche des Anoraks, mit einem Reißverschluss gesichert, waren die Papiere verstaut, der Personalausweis, Bank- und Kreditkarten, ein elektronischer Arztausweis, mit Namen, Foto und Chip, ausgestellt von der Landesärztekammer Nordrhein-Westfalen. Auch Geld hatte der Tote in der Brieftasche. Hundertzwanzig Euro. Die hatte ihm niemand weggenommen.

In der linken Seitentasche des Anoraks steckte ein Autoschlüssel mit einer Fernbedienung und ein Bund mit verschiedenen Schlüsseln, die zur Klinik und zu Auffermanns Haus oder Wohnung gehören mochten. Das würde sich bald herausstellen.

Als nach der ersten Diagnose des Notarztes mit ziemlicher Sicherheit feststand, dass Auffermann durch einen oder zwei Hundebisse getötet worden war, hatte Rogalla gefragt: „Sind wir hier überhaupt zuständig? Ein Unglücksfall. Wir können keinen Hund verhaften. Der ist von einem streunenden Köter angefallen worden, möglicherweise sogar von seinem eigenen. Kann doch sein. Auffermann fährt Fahrrad, sein Hund läuft neben ihm. Auffermann stürzt, in dem Hund erwacht der alte Instinkt. Weiß der Kuckuck, was ein Arzt sich als exotischen Vierbeiner leistet. Vielleicht so einen kaukasischen Beißer, und jetzt läuft das Vieh irgendwo in der Gegend herum. Das ist ein Fall für die Feuerwehr."

„Mag sein", hatte Brenner geantwortet. „Oder irgendein Idiot hat seine Bestie ohne Korb und Leine rumlaufen lassen. Ist jetzt mit dem Köter über alle Berge. Aber können wir ausschließen, dass jemand absichtlich seinen Hund auf Auffermann gehetzt hat? Nein. Deshalb sind wir zuständig. Zunächst einmal. Und dann müssen wir auch wissen, was diese merkwürdige Karte bedeutet, die wir in der Anoraktasche gefunden haben. Seltsame Farbe. Rot. Was bedeutet der Aufdruck ‚Ex 21'?"

Brenner hatte den roten Karton, der gerade mal die Größe einer Visitenkarte hatte, aus der rechten Anoraktasche des Toten gezogen und der Spurensicherung übergeben. Im Gegensatz zu den anderen Taschen des Anoraks war auf der rechten Seite der Reißverschluss nicht zugezogen. Aber was bedeutete ‚Ex'? Was hatte die Zahl 21 zu sagen? ‚Ex' wie ‚heraus', ‚vorbei'? ‚Ex' wie ‚Exitus'? Führte Auffermann eine kleine Karteikarte mit sich, die mit der Klinik am Wiesental in Verbindung stand, die Nummer eines Todesfalls angab? War die 21 eine Zimmernummer? War dieser merkwürdige Karton eine Art Memorykarte, ein Erinnerungszettel? Bitte daran denken: Der Patient von Zimmer 21 ist zu entlassen. Aber warum steckte dann der Karton in der Anoraktasche und nicht im Ärztekittel? Die beiden Kommissare konnten sich keinen Reim darauf machen. Man würde sehen, in der Wiesental-Klinik nachfragen, ob es da solch ein Kartensystem gab.

Entgegen seiner sonstigen Gewohnheit hatte Brenner dem Toten nur wenig Aufmerksamkeit geschenkt. Fast schien es, als würde er bei der Durchsuchung des Anoraks den Anblick des Gesichts und der Wunde am Hals absichtlich vermeiden. Kaum war er mit der Überprüfung der Brieftasche fertig, da zog er unter den erstaunten Blicken seines Kollegen die Pistole aus dem Halfter, entsicherte sie, stieg die Böschung hinunter zu der Stelle, wo sie Auffermanns Helm gefunden hatten. Er überquerte den Schienenstrang, verschwand in der Dunkelheit. Erst nach zwanzig Minuten kehrte er zurück.

Um 21 Uhr hatte man Auffermanns Wagen gefunden, einen schwarzen Audi, der unterhalb der Jahrhunderthalle abgestellt war. Und um 21 Uhr waren die beiden Kommissare auch schon auf dem Weg nach Bochum-Stiepel zum Henkenberg, wo Auffermann wohnte. In der Umgebung des Tatorts, zwischen Hordel und der Jahrhunderthalle, waren immer noch Streifenpolizisten unterwegs, suchten nach einem frei laufenden Kampfhund. Man musste damit rechnen, dass ein durchgeknallter Köter sich losgerissen hatte und jetzt, war der Instinkt einmal wach geworden, durch die Gegend streunte und noch andere Menschen anfiel. Auszuschließen war das nicht. Die beiden Polizisten, die Auffermanns Wagen entdeckten, hatten sich dem Fahrzeug vorsichtig genähert. Falls Auffermann von seinem eigenen Hund angefallen worden war, hielt der sich womöglich in Nähe des Audi auf, wartete auf die Rückkehr seines Herrn. Die Pistolen waren entsichert.

3. Kapitel

Zu den unangenehmen Aufgaben der beiden Kommissare gehörte die Überbringung der Todesnachricht. Sie kannten das Opfer nicht persönlich und auch nicht die Angehörigen, mussten aber dort mit einer Botschaft auftauchen, die das Leben jäh veränderte.

„Sollte eigentlich der Pfarrer des Ortes machen“, hatte Rogalla einmal bemerkt. „Egal, ob die Familie katholisch, evangelisch oder gar nichts ist. Dann wär' der Job angenehmer.“

Es war eine launische Bemerkung mit einem gewissen Wahrheitsgehalt. Aber ein Pfarrer hatte bei diesem Einsatz nichts zu suchen. Mit der Überbringung der Nachricht steckte man sofort auch im wichtigsten Teil der Arbeit. Man hatte nicht nur Mitgefühl zu zeigen, sondern die Angehörigen zu beobachten. Wie würden sie reagieren? Entsetzt, schockiert, gelassen, kühl? Auch kaum verhohlene Freude hatten die Kommissare schon erlebt: Hat's ihn endlich erwischt! Ein Beweis für die Täterschaft eines Angehörigen war solch ein Zynismus nicht. Wenn jemand freimütig mitteilte, dass ihm der Tod gelegen kam, fiel er aus dem Kreis der Verdächtigen eher heraus.

Auffermann hatte einen Ehering am Finger gehabt. Wahrscheinlich würde eine Frau zu Hause auf ihn warten.

„Die war's wohl eher nicht“, sagte Brenner auf der Fahrt nach Stiepel. Sie hatten sich für den Weg durch die Stadt entschieden, die Königsallee entlang. So kam man am schnellsten zum Henkenberg. Brenner fuhr. Besonders eilig hatte er es aber nicht. Dem Toten war nicht mehr zu helfen. Seine Frau würde noch für ein paar Minuten länger ein unbekümmertes Leben haben.

Rogalla hatte zu der Bemerkung geschwiegen. Mit einem Seitenblick bemerkte Brenner, dass dieses Schweigen nicht unbedingt Zustimmung bedeutete. Sein Kollege hatte die Stirn in Falten gelegt.

„Du sagst ja nichts“, hakte der Kommissar nach.

„Wie denn? Unmöglich ist nichts. Warum nicht die Frau? Hätt' ich von meinem Schwager auch nicht gedacht, dass der damals der Täter war. War er aber doch.“

Rogalla hatte das rasch und heftig gesagt. Brenner schwieg zunächst. So lange war das noch nicht her, dass sie ausgerechnet den festnehmen mussten, der als Täter völlig aus dem Blick war. Die Zeit heilte nicht alle Wunden, sie konnte sie nur vernarben. Rogalla litt unter dem Verlust. Michael war für ihn gewesen wie ein Sohn, nicht nur ein Neffe. Und dass ausgerechnet der Vater... Sie hatten nie herausgefunden, ob es wirklich ein Unglücksfall gewesen war oder nicht. Aber Rogallas Schwager hatte alles getan, um sie hinters Licht zu führen. Das hinterließ Spuren. Warum also nicht auch Frau Auffermann? Unmöglich war nichts.

„Glaubst du wirklich", sagte Brenner nach einer Weile, „seine Frau hetzt einen Hund auf ihn?"

„Was weiß ich", brummte Rogalla. „Sie kann einen Geliebten haben. Der hat einen Hund und weiß, wo Auffermann radelt. Wär' eine neue Variante, um jemanden um die Ecke zu bringen; schwer nachzuweisen. Ein Köter macht keine Aussage."

Brenner winkte ab. „Noch wissen wir nichts."

„Dann halt du dich auch daran! Am Tatort hast du dich übrigens benommen, als wüsstest du schon alles."

„Am Tatort? Was denn?"

„Seltsam distanziert. Sonst trennst du dich von der Leiche erst, wenn der Deckel zugemacht wird. Dieses Mal ziehst du dem Toten schnell ein paar Sachen aus der Tasche und stiefelst dann abseits in der Dunkelheit herum. Mit gezogener Pistole!" Rogalla schüttelte den Kopf.

„Ich weiß", bemerkte Brenner. „Mag komisch ausgesehen haben. Ich hatte das Gefühl, der Hund steckt da irgendwo in der Dunkelheit. Ich hatte Angst."

Der Kommissar bemerkte den fragenden Seitenblick seines Kollegen.

„Na, gut. Muss ich erklären. Also, ein Erlebnis tauchte wieder auf. Die Erinnerung daran. Ich hatte das verdrängt."

Brenner schwieg, als bereite es ihm Mühe, davon zu erzählen.

„Was?" fragte Rogalla. „Was hast du verdrängt?"

Der Kommissar berichtete jetzt mit ein paar kurzen Sätzen: „Ist fünfzehn Jahre her. War damals auch im November, auch so ein ungemütliches Wetter hier. Ich habe eine Woche Urlaub genommen, bin nach Salamanca geflogen. Warum ausgerechnet Salamanca, soll jetzt egal sein. Frauengeschichte. Ich wollte wieder in der Sonne sitzen, genüsslich rauchen, einen Espresso dabei, Bochum für eine Weile vergessen. Damals habe ich noch fotografiert. Na ja, und bei herrlichem Wetter kam mir die Idee, Salamanca auch von Weitem aufzunehmen. Aus südlicher Richtung, von den Hügeln her. Da bin ich hin, zu Fuß, wunderbares Panorama, endlose Weite, in der Ferne die Türme der beiden Kathedralen. Auf dem Rückweg, kurz vor der Stadt, kommt mir ein Geländewagen entgegen, stoppt ein paar hundert Meter vor mir. Ein Mann steigt aus, lässt einen Hund frei. Der Mann wird mich nicht gesehen haben, wollte dem Vieh nur Freilauf gönnen. Aber der Köter hat mich sofort gewittert, wie ich da von dem Hügel herunter stiefelte. Kalbsgroß war das Tier und stürmt auf mich zu. Blutunterlaufene Augen, das Maul aufgerissen mit Fängen zum Fürchten. Die pure, ungesteuerte Aggression. Ich hatte nichts dabei, um mich zu wehren. Kein Stock in der Nähe, kein Ast. Die Gegend da ist Meseta, baumlos. Alles ging blitzschnell. Der Hund springt mich an. Ich fall hin, schütze noch mit dem rechten Arm mein Gesicht, das Vieh über mir, verbeißt sich in den Arm. Am linken Arm bemerke ich einen Stein, den pack ich mit der Hand und schlag ihn dem Köter auf den Schädel. In dem Moment ist der Geländewagen auch schon auf gleicher Höhe, der Mann schreit dem Hund etwas zu, auf Spanisch, ‚atrás!' oder so ähnlich. Der Hund lässt los, gehorcht, weicht rückwärts auf den Wagen zu, sieht mich aber weiter mit diesen blutunterlaufenen Augen an, fletscht die Zähne, knurrt, als wolle er mir noch einmal an die Gurgel. Der Arm war ziemlich zugerichtet. Die Narben habe ich heute noch. Als ich den Toten da liegen sah, dachte ich: Das hättest du auch sein können. Du musst dich also nicht wundern, wenn ich so reagiere. Auf Kampfhunde bin ich nicht gut zu sprechen."

„Die auf dich wahrscheinlich auch nicht", bemerkte Rogalla trocken. „Hat der den Schlag überlebt?"

„Weiß ich nicht. Der Hund ist wieder in das Auto rein und die beiden zurück Richtung Salamanca, dort wahrscheinlich Besuch beim Tierarzt."

„Du hast dir das Autokennzeichen gemerkt?"

„Nein. Da war der Schock über den Angriff."

„Vielleicht hat ja der Hundebesitzer später nach dir gesucht. Schadenersatz für das Trauma seines Lieblings."

„Quatsch. Der läuft nicht zur Polizei. Die Guardia Civil erschießt ihm das Vieh sofort. Die Spanier fackeln nicht lange. Hätte ich übrigens auch gemacht, wäre der Hund in der Nähe der Trasse aufgetaucht."

Sie waren jetzt in Bochum-Stiepel, genau dort, wo die Königsallee in die Kemnader Straße einmündet. Geich hinter der Kurve bogen sie in die Gräfin-Imma-Straße ab und erreichten nach einer Minute den Löwenzahnweg. Rechts oben lag die Henkenbergstraße, links ging es ins Tal hinunter. Heute lagen die flachen Dächer der Bungalows im herbstlichen Nebel.

„Ist ja interessant", meinte Rogalla, „dass wir ausgerechnet hier mit so einer Nachricht auftauchen müssen. Am Henkenberg in Stiepel wohnen die Reichen, das weißt du ja. Wir sollten uns besser um diese Babyknochen im Weitmarer Schlosspark kümmern. So ein Baby ist hilflos, kann sich nicht wehren. Die Reichen können für sich selber sorgen, und die können sich auch noch diese schönen Häuser leisten. Ein Bungalow neben dem anderen."

„Ja", ergänzte Brenner, „wir haben hier mal einen Bekannten von Marie besucht. Trinkt jeden Abend sein Bier im Tucholsky, aber wenn er zu Hause ist, guckt er nur aus dem Fenster. Vom Garten aus hast du den freien Blick auf die Stiepeler Dorfkirche, wie auf einer Postkarte, mit der Ruhr und der Burg Blankenstein im Hintergrund."

4. Kapitel

Als Jochen Buchholz das Haus im Löwenzahnweg erreichte, zögerte er einen Augenblick. Was er vor ein paar Tagen gesehen hatte, beschäftigte ihn, aber er wusste noch nicht so richtig, wie er damit umgehen sollte oder ob er sogar daraus Nutzen ziehen konnte. Er wollte weiter über die Angelegenheit nachdenken, mögliche Konsequenzen kalkulieren. Es lag in der Natur der Sache, dass er mit niemandem darüber reden konnte. Er drückte auf den Klingelknopf.

„Bin ich zu spät?“ fragte er, als Ulrike Auffermann ihm öffnete. Er atmete ein paarmal tief durch, schien ein bisschen aus der Puste. Im Arm trug er ein üppiges Blumenarrangement, das er der Hausfrau überreichte.

An ihrem Blick sah er, dass sie etwas genervt war. Sie fragte: „Sag mal, bist du zu uns rauf gelaufen? Du schwitzt ja, in dieser Jahreszeit!“

„Ich bin nur schnell gegangen. Der Nieselregen ist widerlich.“

„Die Blumen sind wunderschön“, sagte Ulrike. „Wieder Orchideen. Hab vielen Dank. Nein, du kommst überhaupt nicht zu spät. Christoph ist noch gar nicht zu Hause.“

„Ach so? Er muss doch schon um fünf Dienstschluss gehabt haben. Hat er mir gestern jedenfalls gesagt. Oder ist was dazwischen gekommen? Musste er für jemanden einspringen?“

„Nein, die Klinik am Wiesental ist doch nicht die Sachsenklinik, wo an jedem Dienstag die Termine über den Haufen geworfen werden, weil die Verwandten der Ärzte ständig irgendwelche Notoperationen brauchen.“

„Und warum ist er noch nicht hier?“

„Weil er auch seine Strecke auf der Erzbahntrasse liebt.“ Warum das heute sein muss, habe ich nicht verstanden. Er hat mich immerhin vorher angerufen. Aber jetzt wundere ich mich doch so langsam, dass er noch nicht hier ist.“

„Vielleicht hat er sich entschlossen, dir noch ein Geschenk zu kaufen, zum Hochzeitstag. Ach – herzlichen Glückwunsch, übrigens, hätt‘ ich bald vergessen.“

„Danke. Komm rein, die anderen sind schon versammelt. Sind nur ein paar", fügte sie leise beschwichtigend hinzu. „Und wenn Christoph nicht bald erscheint, dann fangen wir ohne ihn an. Du könntest mal den Champagner aufmachen. Steht im Kühlschrank."

Jochen Buchholz war der Mann für alle Fälle. Er wohnte in der Nachbarschaft, aber nicht im noblen Löwenzahnweg, sondern auf der anderen Seite des Hügels, in der Kosterstraße. Dort lebte er seit dem Tod seiner Frau mit seinem Schäferhund in dem grauen Siedlungshaus, das er von seinen Eltern geerbt hatte, die noch echte Pohlbürger gewesen waren. Er hatte das Haus nach und nach zum Garten hin ausgebaut. So etwas sprach sich herum, und seine handwerklichen Künste hatten schließlich auch die Freundschaft mit Christoph Auffermann in Gang gesetzt und beflügelt. Auf einem Hundespaziergang rund ums Zisterzienserkloster hatten sich die Männer vor ein paar Jahren kennen gelernt, und seitdem war Buchholz der Status eines technischen Beraters im Hause Auffermann verliehen worden.

Als die Henrichshütte in Hattingen stillgelegt wurde, war der frühere Werkmeister vorzeitig in Rente gegangen und verdiente sich die eine oder andere Mark hinzu, indem er Waschmaschinen reparierte, Rasenmäher auf Vordermann brachte, Fernsehschüsseln an Hauswänden fixierte oder auch Gartenarbeiten durchführte. Bei den Auffermanns hatte er den Keller ausgebaut und beim Einbau des Schwimmbades im Garten geholfen. Inzwischen gehörte er sozusagen zum Inventar; das wussten auch die Freunde der Auffermanns und akzeptierten es. Jedenfalls war er immer da, wenn man ihn brauchte. Auch wenn die Auffermanns Gäste hatten, wurde Buchholz mit eingeladen. Aber ganz wohl fühlte er sich in dem akademisch geprägten Kreis nicht.

„Da kommt ja noch einer. Die wichtigsten Leute sind immer die letzten", stellte Dr. Hartmut Bodschwinna fest, als Jochen Buchholz mit zwei Champagnerflaschen unter dem Arm in das üppig erleuchtete Wohnzimmer trat. „Hallo Jochen, sei mir gegrüßt!"

Zwei Pärchen saßen an der Hausbar, hatten aber noch keine Getränke vor sich. Die Sektgläser standen bereit, Bodschwinna nahm ihm die Flaschen ab und öffnete eine mit einer gewissen Geschicklichkeit. Der hat aber lange nichts mehr zu trinken gekriegt, dachte Jochen Buchholz. Er kannte den Glanz in Bodschwinnas Augen, wenn Alkoholisches im Angebot war. Er wusste, dass der in irgendeiner wichtigen Position an der Ruhr-Universität tätig war, Germanistik oder so ähnlich. Buchholz war aufgefallen, dass Bodschwinna immer Schuhe mit besonders hohen Absätzen trug. Er hatte sich gefragt, ob man solche Schuhe kaufen konnte, oder ob hier ein Schuhmacher nachgeholfen hatte. Diese Absätze sollten ihren Träger wohl größer erscheinen lassen, als er wirklich war. Störend empfand Buchholz auch den leutseligen, etwas gönnerhaft-jovialen Ton, den der Hochschullehrer ihm gegenüber anschlug.

„Ich bin aber gar nicht der Letzte! Einer fehlt doch noch“, sagte er entschuldigend, während er Bodschwinnas Frau und das Ehepaar Kröger begrüßte.

Klara Bodschwinna war eine schlanke, fast zierliche Schönheit in den Vierzigern. Wenn Buchholz sie bei Auffermanns traf, stellte er jedes Mal fest, dass sie in der Zwischenzeit noch schöner geworden war. Sie strahlte regelrecht. Er fand das ungewöhnlich, war immer sehr beeindruckt von ihr, versuchte aber, ihr seine Bewunderung nicht zu zeigen, denn da war so etwas Abweisendes in ihrem Blick, das sie von den anderen isolierte. Sie war Gymnasiallehrerin wie Ulrike Auffermann, unterrichtete Kunsterziehung und noch etwas anderes, das er vergessen hatte. Sie und Ulrike waren Kolleginnen an der Otto-Ruer-Schule im Bochumer Süden.

Die Krögers waren beide Ärzte. Martina Kröger, die nach strengen Maßstäben nicht unbedingt hübsch war, aber doch interessant wirkte und erheblich jünger war als ihr Mann, arbeitete als Kardiologin an der Klinik am Wiesental. Buchholz fand, dass etwas Sinnliches von ihr ausging, das er sich nur schwer erklären konnte. Sie war Kollegin von Christoph Auffermann, die beiden hatten sich in der Klinik kennen gelernt. Gerd Kröger war Mitte fünfzig und alle wussten, dass er sich regelmäßig die Haare färben ließ. Kröger neigte dazu, zur fortgeschrittenen Zeit ziemlich langatmige und gern auch halbseidene Witze zu erzählen und hinterher zu fragen, ob man sie auch verstanden hatte. Seine Zahnarztpraxis lag im Bochumer Norden, am anderen Ende der Stadt, in einer Gegend, wo noch ein paar echte Arbeiter wohnten.

Jochen Buchholz blickte aus dem Fenster. Die Terrasse war genau so beleuchtet, dass die Herbstblumen, die dort in großen Töpfen und Kübeln scheinbar willkürlich herum standen, richtig zur Geltung kamen. Unten floss irgendwo die Ruhr, der Leinpfad war menschenleer. In der Ferne sah er durch den Regen hindurch die Konturen der Burg Blankenstein, die abends angestrahlt wurde.

Ulrike Auffermann trat hinzu, und die Gäste erhoben ihre Gläser, wünschten ihr Glück und dankten noch einmal für die Einladung.

„Mit dem Toast auf das Ehepaar Auffermann warten wir wohl noch ein bisschen, bis der Hausherr sich eingestellt hat“, sagte Gerd Kröger, der ein Zettelchen aus der Tasche geholt hatte, es aber wieder einsteckte. Wahrscheinlich ein paar Stichwörter für seine Ansprache, dachte Jochen Buchholz, die wie immer zu weitschweifig und weitgehend pointenlos ausfallen würde.

„Sonst feiern wir ohne ihn“, stellte Dr. Bodschwinna heiter fest und schenkte sich den letzten Rest aus der Champagnerflasche ein.

Es klingelte an der Haustür. Klara Bodschwinna stand auf und trat ans Fenster. Ihr Sektglas hatte sie in der Hand.

„Na endlich. Der Hausherr gibt sich die Ehre!“ sagte Gerd Kröger.

Ulrike Auffermann atmete tief durch: „Das ist er nicht. Das ist jemand anders. Christoph klingelt nicht. Der hat einen Hausschlüssel.“

5. Kapitel

Erich Rogalla fand, dass das Jahr 2010 ein Scheißjahr war. Bisher jedenfalls. Und was sollte, da jetzt der November eingeläutet war, noch kommen? Der neue Fall nervte ihn schon jetzt. Hinzu kam, dass er nicht viel übrig hatte für die Reichen dieser Welt. Wenn er aus dem Fenster seiner Wattenscheider Wohnung sah, dann fiel sein Blick nicht auf die Burg Blankenstein, sondern auf das Haus, dessen Garage vor ein paar Jahren von einem stillgelegten Schacht der Zeche Maria-Anna verschluckt worden war. Und der Teller, den seine Frau auf dem Tisch mit ein paar belegten Broten bereit gestellt hatte, stammte auch nicht aus Meißen, sondern aus dem Einkaufszentrum Ruhrpark. Es gab schon Unterschiede, die bei genauer Betrachtung ziemlich missmutig machen konnten. Nur im Tod verwischten sich die Unterschiede ein wenig.

Brenner hatte ihn nach Hause gebracht, nachdem sie im Bochumer Löwenzahnweg die Nachricht überbracht hatten. Auf dem Weg durch die Bochumer Vororte waren sie vergleichsweise still gewesen im Auto, hatten nicht so wild herum spekuliert, wie es manchmal ihre Art war. Sie wussten beide, dass man sehr häufig den Täter im unmittelbaren Umfeld eines Opfers zu suchen hatte. Aber hier war alles anders. Das konnte eine Zufallsgeschichte sein, Täter und Opfer mussten sich gar nicht kennen, wenn denn überhaupt von einem Täter die Rede sein konnte. Da stand ihnen noch einiges bevor. Die Ermittlungen würden schwierig werden, das war ganz klar. Und ob sie am Ende wirklich zuständig wären, das war auch noch keine ausgemachte Sache. Immerhin wussten sie jetzt schon mal, dass Auffermann selbst keinen Hund gehabt hatte. Die Möglichkeit, dass er vom eigenen Hund angefallen wurde, fiel also aus.

Das war eine merkwürdige Gesellschaft gewesen, da drüben im Löwenzahnweg. Zuerst hatten die gar nicht kapiert, worum es ging. Nur die Ehefrau schien etwas geahnt zu haben, wahrscheinlich, weil der Mann so lange weg geblieben war. Der Zahnarzt und der Mensch von der Uni, dieser Bodschwinna, schienen erst an einen dummen Scherz zu glauben, bis sie schließlich gerafft hatten, was los war.

Die Frauen hatten alle gut ausgesehen. War das eigentlich ein Privileg der Reichen, dass sie schöner waren als normale Menschen? Oder kam die Schönheit weitgehend aus der Tube? Rogalla glaubte das nicht. Besonders die kleine Frau Bodschwinna hatte es ihm angetan. Sie war auch diejenige, die sich am schnellsten von dem Schrecken erholt hatte. Sie hatte Frau Auffermann nach oben begleitet und darum gebeten, ihre Befragung zu verschieben. Klar, das hatten sie natürlich akzeptiert. Von den Männern hatte ihm der Frührentner von der Kosterstraße am besten gefallen. Der redete nicht so geziert wie die anderen und hatte einen Schnaps aus dem Kühlschrank geholt, als schließlich alle wussten, dass dort keiner einen üblen Scherz mit ihnen trieb.

Rogalla wollte gerade den Fernseher anstellen, um sich in der ARD das Nachtmagazin anzusehen, als sich sein Handy bemerkbar machte. Es hüpfte auf dem Tisch hin und her und brummte ein bisschen, da er den Klingelton abgeschaltet hatte.

Es war Brenner, dem noch etwas eingefallen war: „Sag mal, wir haben gar nicht nach den Kindern gefragt. Ein Mädchen und ein Junge. Das Mädchen ist noch klein, geht noch nicht zur Schule. Der Junge ist zehn Jahre älter, ich glaube fünfzehn."

„Die waren nicht im Hause. Nehme ich mal an."

„Aber gefragt haben wir nicht nach ihnen. Oder?"

„Was weiß ich! Du hättest ja selbst dran denken können."

„Entschuldige bitte, das war überhaupt kein Vorwurf. Trotzdem – wir müssen das nachholen, gleich morgen. Vielleicht fahren wir noch mal raus nach Stiepel. Die Frau können wir jetzt in ihrem Zustand nicht in die Uhlandstraße zitieren."

„Aber die anderen."

„Wie, die anderen?"

„Die feine Gesellschaft. Oder meinst du, wir brauchen die gar nicht?"

„Frag mich was Leichteres. Wenn ja, ist es vielleicht ganz interessant zu sehen, wo die wohnen und wie sie so leben."

„Na, dann viel Spaß!" sagte Rogalla und drückte auf den Knopf des Handys. Er hatte keine Lust, das Gespräch von Brenner abwürgen zu lassen. Außerdem verstand er nicht, warum der sich um diese Zeit noch mit dem neuen Fall beschäftigte. Der hatte doch eine junge Frau und ein kleines Kind im Hause. Da gab es genug zu tun.

Er selbst wollte im Präsidium darauf hinweisen, dass die Sache mit den Weitmarer Kinderknochen noch gar nicht zum Abschluss gebracht worden war, weder positiv noch negativ. Die hing immer noch in der Luft, und eigentlich war das ihr Fall gewesen. Diese komische Hundegeschichte konnte auch ein anderes Team übernehmen. Aber das hing vom PP, dem Polizeipräsidenten, ab. Und der hatte irgendeinen Narren an Brenner gefressen. Es kam nur darauf an, was dem großen Vorsitzenden wichtiger war. Oder was der Öffentlichkeit wichtiger war. Die Schweinerei war allerdings, dass Rogalla meistens mit drin hing, wenn Brenner einen Fall übernahm.

6. Kapitel

Klara Bodschwinna! Brenner dachte nach. Er kannte sie, hatte sie früher schon einmal gesehen. Der Kommissar hatte eigentlich ein ausgezeichnetes Gedächtnis. Sah er ein Bild in einem Buch, so wusste er noch nach Jahren, ob es auf einer linken oder rechten Seite gestanden hatte, ob am Anfang, in der Mitte oder eher am Ende des Buches. Er fand es beim späteren Aufschlagen sofort. Bei Klara Bodschwinna erinnerte er sich nicht mehr. Nur daran, dass er sie schon einmal gesehen hatte. Eine persönliche Begegnung? Das hätte er gewusst. Es musste ein Foto gewesen sein. Aber wo? In welchem Zusammenhang? So fängt die Gnade des Alters an, dachte er. Man erinnert sich an nichts mehr.

Biologie und Kunst unterrichtete Klara Bodschwinna. Kunst! War da nicht etwas mit der Kunst gewesen? Doch! Jener Morgen beim Frühstück mit Marie. Ein Samstag mit der üblichen dicken Wochenendausgabe der Zeitung. Marie hatte die angenehme Eigenschaft, dass sie einen beim Frühstück lesen ließ, weil sie selber lesen wollte. Brenner bekam zuerst den Sportteil, Marie widmete sich dem Feuilleton.

„Das ist doch die Frau von meinem Prof!" hatte sie plötzlich gesagt. „Na so was!"

„Was denn?" hatte der Kommissar gefragt, ohne aufzublicken. Er hatte die Tabelle der Bundesliga studiert und ausgerechnet, wie viele Punkte der VfL noch holen musste, um wieder aufzusteigen.

„Hier!" sie hatte die Zeitung gefaltet, so dass die Seite oben lag, ihm rübergereicht. „Einen ganz langen Artikel hat sie bekommen. Beziehungen!"

Zunächst hatte er nur die bunten Bilder mit höflichem Interesse betrachtet, dann aber doch den ganzen Artikel gelesen. ‚Jahreszeiten an der Ruhr – Kreationen erster Klasse'. Er hatte sich die Aufnahmen angesehen. Treibende Blumenteppiche auf dem Wasser, Laub- und Zweigmosaike, Arrangements von Steinen am Ufer des Flusses, bunte Herbstblätter auf Kies, die aussahen wie verstreute Farbpigmente, Inschriften im Schnee.

Alles zu verschiedenen Jahreszeiten. Die überdimensionalen Kunstwerke waren mit großem Aufwand aus der Luft fotografiert worden, so dass man immer auch das Band der Ruhr sah. Aus der vergänglichen Ausstellung war ein Bildband geworden mit einer ‚Einladung zu Meditation und sinnlicher Wahrnehmung'. An diese Formulierung erinnerte er sich noch genau. Die meisten Aufnahmen waren hübsch, ein ungewöhnliches Projekt. Auf welche Ideen die Leute kamen! Klara Bodschwinna musste ein phantasievolles Innenleben führen. Nach außen hatte sie auf ihn gewirkt wie ein verschlossener Kontinent. ‚Kreationen erster Klasse'. Ganz so war es seiner Meinung nach nicht. Manche Arrangements schienen ihm zu sehr gewollt, eins empfand er sogar als kitschig. Rotes Weinlaub – Wein an der Ruhr! – war zu einem Herzen ausgelegt mit einer Widmung darin. Grüne Blätter bildeten Buchstaben. ‚Für…' – Brenner wusste es nicht mehr. Es hatte ihn auch nicht so sehr interessiert. Er glaubte sich jetzt nur vage erinnern zu können, dass es irgendein Konsonant gewesen war. ‚Für H, D oder K'. Wahrscheinlich war es H – Hartmut Bodschwinna, der das Projekt seiner Frau mitfinanziert hatte. Um die Fotos für den Bildband machen zu können, mussten sie hundertmal mit dem Hubschrauber oder einem Flugzeug in der Luft gewesen sein. Eine Studienrätin hätte sich mit einer Leiter begnügen müssen.

Alles war ihm jetzt in der Erinnerung wieder lebendig. Drei oder vier Jahre mochte das her gewesen sein. Er erinnerte sich an diesen Samstag so gut, weil es ein glücklicher gewesen war, was damals mit Marie noch eher selten vorgekommen war. Zudem hatte der VfL an diesem Tag ein Heimspiel gewonnen.

Natürlich war auch ein Foto der Künstlerin dabei gewesen. Das hatte er sich am längsten angesehen und das Gefühl gehabt, eine ägyptische Sphinx zu betrachten oder besser: eine nordische. Marie, die eine Bildungsbesessenheit hatte, die er nicht teilte, der er sich aber ab und zu beugte, hatte ihn einmal nach Köln verschleppt, in eine Tizian-Ausstellung, und da hatten sie vor einem Gemälde gestanden, Brenner erinnerte sich, ‚Mädchen mit Pelz' hieß es. Marie hatte zu den Haaren bemerkt: „Das typische Tizianrot", und hinzugefügt, „mit einer

Spur Cayenne." So hätte er das nicht formulieren können. Aber er konnte es sich merken. Und genau diese Farbe hatten die Haare von Klara Bodschwinna.

„Die Frau also von deinem Prof", hatte er bei dem Samstagsfrühstück gesagt und das Blatt wieder über den Tisch gereicht. „Ist der auch so schön?"

„Bodschwinna? Nein!" Sie lachte. „Der ist nur eitel. Eigentlich muss er eine Brille tragen mit dicken Gläsern. Tut er aber nicht, hängt lieber beim Lesen mit der Nase auf dem Blatt."

Warum wühlte er jetzt in solchen Erinnerungen? Die waren doch völlig egal. Mochte Klara Bodschwinna Haare haben, wie sie wollte. Grüne, rote, blonde, schwarze. Mochte sie schön sein oder hässlich. Sie hatten einen Hund zu finden.

„Abschalten!" dachte der Kommissar. „In fünf Minuten bist du zu Hause." Er hatte Rogalla nach Wattenscheid gebracht, vor dem Haus abgesetzt und gemeint: „Morgen Besichtigung, Tatort im Hellen. Die Zeit sollten wir uns nehmen."

Zu seiner Überraschung hatte Rogalla nichts dagegen eingewendet. Dabei hätten sie auch bis Montag warten können, bis zum ersten Bericht der Spurensicherung. Niemand hätte sich beschwert.

Er war jetzt auf der Wittener Straße. Ein paar Meter noch, dann wäre er endlich zu Hause. Der Kleine würde schon schlafen und Marie wahrscheinlich über irgendeiner Seminararbeit sitzen für ihr Germanistikstudium, das sich endlos dehnte.

„Ich weiß nicht, was ich machen soll. In die Schule geh ich auf keinen Fall", hatte sie einmal bemerkt. „Mir fällt auch kein zweites Fach ein, an dem ich Spaß hätte."

Probleme hatte Marie! Musste begründen, warum Tristans und Isoldes Schicksal unausweichlich war oder warum Schiller Fauläpfel liebte. Er dagegen musste einen Hund finden und hatte jetzt schon das Gefühl, einem Phantom hinterher zu jagen.

Es war spät am Abend, gegen elf, als er sich in einen Sessel fallen ließ.

„Glücklich sieht anders aus", meinte Marie. „Du hast beim Snooker verloren?"

„Snooker? Ach so! Nein. Ein neuer Fall."

Er erzählte, was passiert war, sah, wie sich Falten auf ihrer Stirn bildeten. „Dann können wir also das Wochenende streichen?" fragte sie. „Richtig?"

„Nicht ganz", beruhigte er. „Nur den Samstagmorgen. Ich weiß, unser Marktgang. Geh bitte ohne mich dahin. Dafür koche ich am Abend. Versprochen. Bring Seeteufel mit. Alles andere ist im Haus. Jetzt machen wir noch den Burgunder auf. Ich will diesen Tag vergessen."

7. Kapitel

In der Nacht war das Wetter umgeschlagen. Der Wind kam nicht mehr aus Nordwest, sondern aus Südost, blies weniger stark, brachte Kälte, aber auch Sonnenschein. Keine einzige Wolke war am Himmel zu sehen, der ein klares, fast mediterranes Blau zeigte. Brenner hatte Rogalla früh abgeholt. Sie waren zur Günnigfelder Brücke gefahren, um in Richtung Jahrhunderthalle ein Stück Erzbahntrasse zu laufen bis zum Tatort.

„Die Streifen haben letzte Nacht nichts gefunden", sagte Rogalla. „Keinen streunenden Hund. Es wird wohl jemand bei dem Beißer dabei gewesen sein."

„Und hat möglicherweise mit Absicht den Hund auf Auffermann gehetzt", fuhr Brenner fort. „War ja dessen Standardstrecke. Der Täter wird ihn lange beobachtet haben, musste ihm nur noch auflauern. Ich versteh diesen gezielten Biss nicht. Einmal nur oder zweimal. Kommt mir fast schon unheimlich vor. Direkt in die Kehle. Eigentlich muss Auffermann doch den Arm vors Gesicht halten. Ich habe gestern den ganzen Abend versucht mir vorzustellen, wie das abgelaufen sein könnte. Warum hat der sich nicht gewehrt?"

„Ganz einfach", erklärte Rogalla. „Er ist völlig überrascht worden, war wie gelähmt und gar nicht in der Lage sich zu wehren. Schockstarre."

Die Erzbahntrasse nahm eine leichte Biegung nach links. Es waren noch etwa hundert Meter bis zu der Stelle, wo Auffermann gelegen hatte. Weiter geradeaus sah man bis zum Kabeisemannsweg. Hatte die Gegend gestern Abend im Regen und in der Dunkelheit noch etwas Bedrückendes gehabt, so stand jetzt die Sonne hell über den südwärts liegenden Feldern. Das Licht war klar, transparent, bis hin zur Linie des Horizonts. Nichts war von einer Bedrückung mehr zu spüren.

„Genau hier war es", sagte Brenner und zeigte auf eine Birke, die am Rand der Böschung stand. Ein paar Meter weiter unten lief der Schienenstrang. Der Grasstreifen, auf dem Auffermann gelegen hatte, war mit verwehtem Laub fast zugedeckt. An den Stamm der Birke schmiegte sich mageres Gestrüpp und ragte, da es auf den Winter zuging, kahl nach oben. Nur an einigen wenigen Stellen hingen noch ein paar Blätter.

„Angenommen", überlegte Brenner, „es hat ihm jemand aufgelauert, dann könnte der unten am Gleis gewartet haben, sieht Auffermann um die Kurve biegen, eilt die Böschung hoch, sind ja nur ein paar Meter, stellt sich ihm in den Weg."

Der Kommissar ging zum Rand der Böschung, stieg vorsichtig zum Schienenstrang hinunter, blieb dort stehen, blickte in Richtung Kurve, schüttelte den Kopf. „Von hier kann man nicht sehen, ob jemand kommt."

Als er oben wieder den Rand des Abhangs erreicht hatte, war Rogalla verschwunden. Er hörte aber nur ein paar Meter entfernt ein Rascheln im Unterholz. Kurz darauf tauchte der Kollege auf.

„Da ist ein Pfad. Haben wir gestern nicht sehen können. Der läuft von der Trasse an einem Feld entlang und trifft auf den Kabeisemannsweg. Man muss sich nur zwei Schritte durch das Gestrüpp schlagen."

„Hast du Fußspuren gesehen?"

Rogalla schüttelte den Kopf. „Nein, nichts. Der Boden ist matschig. Da war niemand."

Brenner zuckte mit den Achseln, schien enttäuscht zu sein, holte ein flaches, silberfarbenes Etui aus der Manteltasche, klappte es auf, zog eine Zigarette heraus. „Dir biete ich lieber keine an", sagte er. „Bist ja deiner Reval treu. Schade, dass es keine Spuren gibt. Wir hätten nicht nur Abdrücke von Schuhen gehabt, sondern auch noch von Hundepfoten."

Der Kommissar schob sich die Zigarette zwischen die Lippen, zündete sie an, ging wieder zu dem Grasstreifen, wo Auffermann gelegen hatte, begann mit der rechten Schuhspitze das Laub zur Seite zu schieben. Das tat er langsam, bedächtig.

„Haben die doch gestern Abend schon gemacht", kommentierte Rogalla, der ihn beobachtete und es dieses Mal vorzog, statt Rauch frische Luft einzuziehen.

Brenner hob die Schultern: „Na und! Man sieht beim ersten Mal nicht alles."

Er schob weiter Laub zur Seite, war jetzt dicht an der Birke und dem Gestrüpp, das den Stamm umgab. Plötzlich bückte er sich, fasste nach irgendetwas, richtete sich wieder auf, hielt etwas zwischen Daumen und Zeigefinger.

„Ein Haarbüschel", rief er. „Grauschwarz."

Er machte rasch ein paar Schritte auf seinen Kollegen zu, hielt ihm den Fund vor die Augen. „Von einem Kaninchen ist das nicht."

Rogalla betrachtete ungerührt die paar Haare, die Brenner als Büschel bezeichnet hatte.

„Wo genau hast du sie gefunden?"

„Am Baum. Klemmte unten am Schorf der Rinde."

„Kann alles Mögliche sein", brummte Rogalla unbeeindruckt. „Ein Rauhaardackel, der an der Stelle das Bein gehoben hat, eine streunende Katze, ein Dachs. Tausend Möglichkeiten."

„Abwarten!" sagte Brenner. „Kann doch sein, Auffermann hat dem Köter ins Fell gepackt, versucht, ihn wegzuzerren und ihm dabei dieses Büschel ausgerissen. Seine Hand, das werden wir auf den Fotos sehen, hat zur Birke gezeigt, in Richtung Südost. Das weiß ich noch genau. Der Wind kam gestern Abend von Nordwest, bläst die Haare also zu dem Baum hin. Da bleiben sie hängen."

„Spekulation."

„Möglich. Wenn wir die Datei mit der DNA-Sequenz haben, gleichen wir die ab mit der Datenbank und wissen, was für ein Tier das ist. Stammen die Haare von einem Kampfhund, dann zeigt uns die DNA die Rasse. Wir müssen zum Beispiel nur noch nach dem Besitzer eines Rottweilers suchen. Erspart uns eine Menge Arbeit."

Der Kommissar schien zuversichtlich. Er fasste das Büschel vorsichtig mit Daumen und Zeigefinger der linken Hand, holte mit der rechten das Zigarettenetui aus der Manteltasche, drückte den Verschluss, so dass der Deckel aufsprang, legte die Haare hinein, schloss es wieder und steckte es ein.

Rogalla schmunzelte. Es kam nicht alle Tage vor, dass ein Kommissar Beweismittel in sein Zigarettenetui steckte. Aber wohin sonst? Sie liefen schließlich nicht mit dem Koffer der Spurensicherung durch die Gegend. An die kleinen üblichen Tüten hatten sie beide nicht gedacht. Die waren auch nicht nötig. Es ging nicht um Fingerabdrücke. Die Haare waren gut verwahrt und reichten für hundert Analysen.

8. Kapitel

Das Telefon hatte zweimal in der Liboriusstraße geklingelt. Mitten in der Nacht. Beim ersten Mal war Mirko Lewinski noch an den Apparat gegangen, hatte sich mit seinem Namen gemeldet, aber es kam keine Antwort. Er wusste nicht, ob auf der anderen Seite überhaupt jemand war, ob dort eine Person horchte oder ob es ein Versehen war, also jemand gleich nach dem Signal wieder aufgelegt hatte. Nichts war zu hören, kein Rauschen, kein Atmen. Beim zweiten Mal, das war morgens um halb vier, ließ er es klingeln, bis es vorbei war. Es war doch sehr unwahrscheinlich, dass ihm mitten in der Nacht jemand eine Versicherung abkaufen wollte.

Danach konnte er nicht mehr schlafen. Erst am frühen Morgen war er in einen tiefen, bleiernen Schlaf gesackt und gegen zehn Uhr schweißnass aufgewacht. Er hatte geträumt, dass er auf einem Telefonhörer herum biss und die Splitter des Hörers sich in sein Zahnfleisch bohrten. Als er aufstand und die Zähne putzen wollte, merkte er, dass dieser widerliche, dumpfe Zahnschmerz, oben rechts, ganz hinten, sich wieder ankündigte.

Er frühstückte in seinem kleinen Büro, das er sich in seiner Etagenwohnung eingerichtet hatte. Das Frühstück konnte er nur mühsam, auf der linken Seite kauend, zu sich nehmen. Anschließend machte er sich auf, verließ das Haus in der Liboriusstraße und wählte den Weg an den Grummer Teichen entlang, weil dort um diese Zeit nur wenig Betrieb war. Er verspürte keine Lust, sich unterwegs anquatschen zu lassen. Immerhin kannten ihn einige Leute noch aus seinem kurzen Intermezzo in der Bundesliga, obwohl das nun auch schon viele Jahre her war.

Eine dünne Eisschicht hatte die Grummer Teiche überzogen und war trotz der wieder ansteigenden Temperaturen noch nicht weggetaut. Mirko Lewinski schlenderte vorbei an der Rückfront des Gasthauses Goeke, wo er gestern Abend noch sein letztes Bier getrunken hatte. Die Wiese am Hang auf der rechten Seite schimmerte in weißlichem Grün. Vor dem Spielplatz unterhalb des Kötterbergs lag der Rest eines Plastikballs, den wahrscheinlich ein Hund zerfetzt hatte. Lewinski legte ihn sich ein bisschen zurecht und trat mit dem rechten Außenrist dahinter. Der Torso segelte flatternd durch die Luft und landete in einem Papierkorb.

„Wie Franz Beckenbauer vor der Torwand", murmelte Lewinski vor sich hin.

Es war jetzt gegen elf. Erst letzte Woche hatte Dr. Kröger den Nerv stillgelegt und die Wurzelkanäle gründlich gereinigt. Aber er war offenbar nicht überall hingekommen, nicht bis in die Enden der Kanäle vorgedrungen, hatte deshalb den Zahn auch nur provisorisch verschlossen. Es war ein Weisheitszahn, dessen Kanäle irgendwie krumm und schief verliefen. Also musste er sich wohl oder übel den Zahn noch einmal vornehmen.

„Kommen Sie einfach vorbei, wenn der Zahn sich wieder regt, wenn er noch einmal aufmuckt", hatte der Zahnarzt gesagt. „Sie brauchen gar nicht anzurufen. Für einen Veteranen des VfL Bochum ist bei uns immer ein Termin frei."

Dr. Kröger war ein VfL-Fan, wie der Vorstand des Vereins ihn sich nur wünschen konnte. Seit über dreißig Jahren war er im Besitz einer Dauerkarte. Er saß immer auf demselben Platz im Block L des Stadions an der Castroper Straße, und ihn hatte auch die Mutation des Ruhr-Stadions in das so genannte Rewirpower-Stadion nicht wesentlich irritiert. Er hatte seinen geliebten Platz sogar behalten, als wieder mal einige Sitzreihen von rührigen Managern in den VIP-Bereich eingegliedert worden waren. Was natürlich bedeutet hatte, dass sie erheblich teurer wurden. In dieser Hinsicht war Kröger eine treue Seele, einmal VfL-Fan – immer VfL-Fan. Da konnten dem Treueschwur des Zahnarztes weder die zahlreichen Abstiege der ehemals Unabsteigbaren noch die misslichen Ergebnisse in den letzten Heimspielen etwas anhaben.

Wenn Lewinski die Praxis besuchte, landeten die Gespräche stets beim Fußball. Er mochte den Zahnarzt, der ein Stück älter war als er selbst, hatte Vertrauen zu ihm und ließ ihn gelegentlich ein bisschen in seine Seele blicken. Mirko Lewinski hatte

Dr. Kröger erzählt, dass er sich manchmal am Nachmittag ins Stadion schlich und auf die Spielfläche wanderte, bis hin zu dem Tor vor der Ostkurve. Da war ein einziges Mal ein Ball, den er geköpft hatte, eingeschlagen. Der Ball hatte noch die Querlatte berührt und war durch die Handschuhe des Keepers gerutscht. Wenn er dort in dem Gehäuse stand und auf die leere Tribüne blickte, sprang er ein paarmal hoch und berührte mit den Fingern das Aluminium, beinahe im linken Winkel.

Es war ein Pokalspiel gewesen, abends unter Flutlicht. Danach hatte der Trainer Lewinski in die Startaufstellung des nächsten Bundesligaspiels berufen, aber er war in der zweiten Halbzeit ausgewechselt worden. Noch drei Einsätze folgten, immer erst in der zweiten Halbzeit. Im letzten dieser Spiele kam dann das Ende. Ein Kreuzbandriss, von dem er sich nie wieder erholt hatte. Beim VfL wurde er in der nächsten Saison ausgemustert, es folgten die Invalidität und einige Einsätze mit halber Kraft in der Kreisliga. Aber das war auch schon längst wieder Geschichte.

Vor der Tenthoffstraße stieg Lewinski den kleinen Hügel zur Josephinenstraße hinauf und überquerte ein paar Meter vor dem Kreisverkehr die Straße. Schon von Weitem sah er, dass der Parkplatz vor der Praxis leer war. Am Eingang hing ein handschriftlich geschriebener Zettel, der über die Klingel geklebt worden war.

„Am Montag ist die Praxis wegen eines Trauerfalls geschlossen."

Eine Vertretung war nicht angegeben. Also musste er sich trotz der Schmerzen über den Tag und durch die Nacht retten. Mit Tabletten oder mit Bier, vielleicht mit beidem. Die Gaststätte Goeke war um diese Zeit leider noch geschlossen. Hoffentlich meldeten sich bei ihm heute keine Kunden. Wahrscheinlich würde er sich erst mal wieder ins Bett legen und darüber sinnieren, was zu tun war und ob überhaupt.

Als Lewinski sich umdrehte, stand neben ihm eine Frau in einem dunklen Mantel, dessen Kragen hochgeschlagen war. Auch sie starrte auf den Zettel. Er kannte die Frau nicht, und doch war da etwas Vertrautes in ihren Zügen, sie erinnerte ihn an jemanden, aber er wusste nicht, an wen. Die Frau beachtete ihn nicht, drehte sich weg und ging die Josephinenstraße hinauf. Lewinski blieb noch für ein paar Sekunden stehen und überlegte, an wen ihn die Frau erinnerte, die etwa in seinem Alter sein mochte. Er wusste es wirklich nicht.

9. Kapitel

Erich Rogalla war verärgert. Brenner hatte ihm Sabrina Melies mitgegeben, die junge Praktikantin, die seit einer Woche das Kommissariat unsicher machte, weil sie immer wieder ein paar sehnsüchtige Blicke der männlichen Kollegen auf sich zog. Alle wollten sie auf ihren Ausfahrten mitnehmen, nur Rogalla nicht; der hatte Sabrina bisher kaum beachtet.

Bei dem könne sie am meisten lernen, hatte Brenner zu Sabrina gesagt. Rogalla hatte das mitbekommen, und es klang in seinen Ohren eher spöttisch, wenn nicht sogar unfair. Brenner wusste doch ganz genau, dass Rogalla auf seinen Erkundigungen lieber allein war, keine Lust hatte, sich auf die Finger schauen zu lassen. Aber so war es nun. Sabrina saß neben ihm, war guter Dinge und nervte ihn mit ihrer unverwüstlichen Heiterkeit, als sie von der Wasserstraße in die Franziskusstraße in Bochum-Weitmar einbogen.

Dieser Teil der Franziskusstraße lag nördlich der Wasserstraße, war verkehrsberuhigt und machte einen gut-bürgerlichen Eindruck. Sie parkten gleich vorne auf der rechten Seite, wo auf dem Asphalt ein paar Parkboxen eingezeichnet waren. Das Haus, das sie suchten, war eine Doppelhaushälfte und lag schräg gegenüber. Nachdem sie geklingelt hatten, schärfte Rogalla Sabrina noch einmal ein, still zu bleiben und sich Notizen zu machen, das allerdings durchaus so, dass ihre Tätigkeit auch wahrgenommen werden konnte.

Dr. Kröger öffnete die Tür. Er sah verändert aus, hatte einige Kratzer im Gesicht, vom Auge bis zum Kinn, als ob eine Katze auf seiner Wange gelandet wäre. Die rötlichen Rillen standen in einem merkwürdigen Kontrast zu seinen dunkel gefärbten Haaren.

„Ach, Sie sind das“, sagte er und führte den Kommissar mit seiner Praktikantin in ein geräumiges Wohnzimmer, von dem aus man in den Garten sehen konnte. Gepflegt war gar kein Ausdruck. Herrschaftlich, dachte Rogalla.

„Wir wollten eigentlich Ihre Frau sprechen“, sagte er. „In der Klinik am Wiesental haben wir erfahren, dass sie heute keinen Dienst hat.“

„Das stimmt so nicht. Sie hätte eigentlich Dienst, hat ihn aber tauschen können. Ihr ist nicht wohl seit Auffermanns Tod."

„Und Sie haben Ihre Praxis auch geschlossen?"

„Ja, ich dachte, ich müsste mich um meine Frau kümmern."

„Wir hatten am Freitag schon gesehen, dass die Ereignisse um Dr. Auffermann Ihre Frau besonders getroffen haben. Können Sie uns das erklären?"

„Das liegt doch auf der Hand. Unsere Familien sind seit Jahren miteinander befreundet. Außerdem waren Auffermann und meine Frau Kollegen. So etwas nimmt einen doch mit!"

„Es scheint Ihre Frau aber mehr betroffen zu haben als Sie selbst."

Kröger machte eine kurze Pause, sagte dann zögernd: „Das ist Ihr Eindruck. Ich kann Sie nicht hindern, das so wahrzunehmen. Übrigens – Ihre Kollegin protokolliert unser Gespräch. Ist dies etwa ein Verhör? Dann würde ich doch gern einen Anwalt hinzuziehen."

Sabrina wollte etwas sagen, aber Rogalla schnitt ihr das Wort ab: „Nein, das ist natürlich kein Verhör. Sonst hätten wir Ihre Frau und Sie ins Präsidium einbestellt. Frau Melies ist Praktikantin; sie macht sich nur ein paar Notizen zur Fragetechnik und zum Gesprächsverlauf. Das gehen wir dann gemeinsam später noch einmal durch."

Kröger blieb stumm, war offensichtlich nicht ganz überzeugt von dem, was Rogalla ihm mitteilte. Nach einer Kunstpause fragte der Kommissar: „Können wir jetzt mit Ihrer Frau sprechen. Es dauert auch nicht lange."

„Das ist völlig unmöglich", antwortete Kröger. „Sie schläft, hat Tabletten genommen. Da müssen Sie noch ein bis zwei Tage warten."

„Dann würden wir sie unter Umständen ins Präsidium bestellen."

„Tun Sie das, wenn Sie glauben, dass dies wichtig wäre. Aber ich weiß nicht, wieso meine Frau Ihnen weiterhelfen könnte. Wir waren doch am Freitagabend bei Frau Auffermann, waren sogar die ersten Gäste im Löwenzahnweg."

„Ja, ich weiß, das haben Sie ja bei unserer ersten Befragung schon gesagt."

„Wie gesagt, mir ist schleierhaft, wie wir Ihnen helfen können."

„Sie werden von uns hören. Aber eine Frage habe ich doch noch an Sie selbst."

„Ja, bitte?"

„Können Sie mit dem Ausdruck ‚Ex 21' etwas anfangen? Sagt der Ihnen was?"

Kröger sah ihn verblüfft an. „Das fragen Sie ausgerechnet mich? Natürlich sagt mir das was. Ex 21 – zweiter Quadrant, erster Zahn links, Oberkiefer. Und Ex wie Extraktion. Aber was soll das? Hat das etwas mit Auffermanns Tod zu tun?"

„Das wissen wir auch nicht." Rogalla winkte Sabrina zu und fuhr fort: „Grüßen Sie Ihre Frau, Sie hören von uns."

Draußen im Vorgarten fiel ein Sonnenstrahl auf Krögers zerkratzte Gesichtshälfte. Die Kratzer waren rot, wirkten ganz frisch. Das musste heute geschehen sein.

„Was haben Sie denn da gemacht?" fragte Rogalla und zeigte auf Krögers Wange.

„Das ist beim Rasieren passiert", antwortete Kröger, bevor er die Tür hinter ihnen schloss.

Rogalla blickte noch einmal am Haus der Krögers hoch. Irgendwie war dort ein Schatten hinter einer Gardine. Oder täuschte er sich? Wenn Martina Kröger da oben lauerte, dann hatten die Schlaftabletten wohl bisher noch nicht gewirkt. Oder sie hatte gar keine genommen.

Als sie im Auto saßen, fragte Sabrina: „Sagen Sie mal, will der uns für dumm verkaufen? Solche Kratzer kann der sich doch nicht beim Rasieren geholt haben."

„Glaube ich auch nicht. Und was ist mit Hundebissen? Unwahrscheinlich, oder?"

„Nee, da haben Sie recht, ein Hundebiss ist das nicht. Ich kann mir denken, woher die Kratzer stammen."

„Nämlich?"

„Den Herrn Doktor der Zahnmedizin hat seine Alte so zugerichtet. Und wenn die es nicht war, dann seine Freundin."

„Sabrina, Sie haben ja eine tolle Phantasie!"
„Nee, Phantasie habe ich gar nicht, Herr Rogalla."
„Was dann?"
Sie lachte ihn an: „Lebenserfahrung!"

10. Kapitel

Brenner hatte einen triftigen Grund, Sabrina Melies mit Rogalla zu den Krögers zu schicken. Die Berichte der Pathologie und der Spurensicherung waren für elf Uhr zugesagt. Die wollte er erst einmal in Ruhe studieren. Vor allem sollte die Praktikantin, die im zweiten Studienjahr der Fachhochschule war, nicht auf die Idee kommen, die Pathologie besuchen zu wollen. Der Kommissar mied die Kammer des Hades, wie er den Ort nannte. Ausgedehnte Besuche waren seiner Meinung nach etwas für Tatort-Filme, dienten der Gänsehaut der Zuschauer. Was mit den Toten los war, das konnte er auch lesen oder mit dem Pathologen persönlich besprechen. Zunächst telefonisch, später vielleicht bei einem Bier. Das war schon öfter vorgekommen. Zu Dr. Friedrich Baltz hatte er ein freundschaftliches Verhältnis, seitdem er ihn einmal in der Halbzeitpause bei einem Spiel des VfL entdeckt hatte. Baltz war ein Leidensgenosse in Sachen Fußball. Was Brenners großen Bogen um die Pathologie betraf, akzeptierte der Seziermeister die Marotte des Kommissars, hatte dazu nur bemerkt: „Nun gut, unsereins gewöhnt sich eben daran. Erleichtert übrigens den Umgang mit dem eigenen Tod. Man hat die Zukunft täglich vor Augen."

„Und eine versaute Gegenwart", hatte Brenner lakonisch hinzugefügt.

Um elf Uhr lagen die Berichte auf dem Tisch. Der Kommissar überflog sie, griff danach zum Telefon.

„Du bist dir sicher?" fragte er. „Keine Kampfspuren, keine anderen Verletzungen? Ein einziger Biss nur?"

„Ja. Absolut. Die Bestie hat nur einmal zugepackt und dann gerissen. Auffermann ist verblutet. Geht bei der äußeren Halsschlagader ziemlich rasch."

„Und die Bissspuren? Kannst du mehr dazu sagen?"

„Nur, was in dem Bericht steht. Ausgeprägte Reiß- und Fangzähne. Damit hat er wie mit einer Schere zugepackt."

„Welche Hunde haben solche Zähne?"

„Im Prinzip alle. Nur mehr oder weniger ausgeprägt. Der

kleinste Kläffer hat noch Reißzähne. Ich kann nicht sagen: Das war ein Schäferhund, eine Bulldogge, ein Mastino. Ich kann nur vermuten, das war ein Kampfhund, ein ziemlich kräftiges Exemplar. Wir müssen die DNA-Analyse abwarten. Aber da kann ich dir nur wenig Hoffnung machen. Die Speichelspuren sind wahrscheinlich ausgeschwemmt. Tut mir leid für euch. Ihr werdet eine Menge Arbeit haben, den Beißer zu finden. Und passt gut auf, solltet ihr ihm begegnen."

Der Bericht der Spurensicherung war auf den ersten Blick mager ausgefallen. Auffermann war Richtung Jahrhunderthalle gefahren. Das hatten sie sowieso schon vermutet. Eindeutige Hundespuren Fehlanzeige. Die waren auf dem feinen Schotter der Trasse nicht auszumachen. Zudem hatte es geregnet. Am Anorak des Toten und an den Händen kein einziges Haar. Der Köter hatte entweder ein sehr gesundes Fell, oder der Wind, der an diesem Novemberabend ziemlich kräftig gewesen war, hatte es fortgeweht, auch von den Händen, falls Auffermann ihm wirklich ins Fell gegriffen hatte. Und noch etwas war frei von Spuren, ließ den Kommissar aber stutzen. Dieser kleine rote Karton mit der handschriftlichen Notiz ‚Ex 21' wies keine Fingerabdrücke auf. Das Kärtchen musste Auffermann nach seinem Tod zugesteckt worden sein von jemandem, der Handschuhe getragen hatte.

Brenner überlegte. ‚Ex 21'. Was zum Teufel mochte es bedeuten? Der Tote Nummer 21? Das einundzwanzigste Opfer? Ein versteckter Hinweis auf einen Serienmord. Den gab es aber nicht. So eine rote Karte war noch nie aufgetaucht. War der Arzt ein Casanova gewesen und seine einundzwanzigste Verflossene hatte zugeschlagen? Der Kommissar schüttelte den Kopf. Auch absurd. Er ging die Bedeutungsmöglichkeiten für dieses ‚Ex' durch. Exitus, Exekution, Exhibitionist, Exorzist, Extraktion, Experiment. Es machte alles keinen Sinn. Vor allem die Zahl 21 nicht. Brenner fuhr den Computer hoch. Mal sehen, was Google ihm zu dem merkwürdigen Kürzel zu bieten hatte.

Er gab ‚Ex 21' ein, klickte mit der Maus auf ‚suchen'. Sofort baute sich auf dem Monitor die Seite mit den Einträgen auf. An erster Stelle war verzeichnet: ‚Das Buch Exodus, Kapitel 21.'

Ob das Sinn machte? Brenner hatte den Text rasch gefunden. Beim Lesen wurden seine Augen schmal. Zwei senkrechte Falten bildeten sich auf der Stirn. Mit den Fingern begann er, auf die Schreibtischplatte zu trommeln. Die Bibelstelle machte tatsächlich Sinn. Das war der erste deutliche Hinweis, dass Auffermann kein zufälliges Opfer war.

Exodus war das zweite Buch Mose. Kapitel 21 handelte von den hebräischen Rechtsvorschriften: ‚Auge um Auge, Zahn um Zahn.'

Der Kommissar ließ die Seite auf dem Monitor stehen, legte die Berichte von Pathologie und Spurensicherung auf Rogallas Schreibtisch, zog sich den Mantel über. Auffermann hatte einen Feind gehabt. Darüber konnte am ehesten seine Ehefrau Auskunft geben.

11. Kapitel

„Was sagt Hartmut dazu? Glaubt er dir überhaupt noch?" fragte Ulrike Auffermann.

„Warum sollte er mir nicht glauben? Es ist eingespielt. In den Ferien ziehe ich mich zurück und bereite ein neues Projekt vor. Dafür brauche ich Ruhe, Abgeschiedenheit", antwortete Klara Bodschwinna. „Was ist schon dabei?"

„Jetzt sind aber keine Ferien. Du lässt dich für eine Woche krankschreiben. Mich benutzt du als Alibi, gibst vor, du müsstest dich um mich kümmern."

Die beiden Frauen saßen in der Küche des Bungalows im Löwenzahnweg. Den Raum ‚Küche' zu nennen war untertrieben. Es war das Herz des Hauses, in das die Auffermanns ein Vermögen gesteckt hatten. Unterhalb der Glasvitrinen hingen Designerleuchten, die Arbeitsfläche der Kochinsel leuchtete in Cashmere Gold, der Ansatztisch war so gerückt, dass der Blick auf die Fensterfront fiel. Man sah in einen gepflegten Vorgarten, hatte Bürgersteig, Straße und einen kleinen Parkplatz im Auge und wusste genau, wer kam und wer ging.

Ulrike Auffermann trug einen schlichten, dunkelgrauen Rock, hatte sich in eine Strickjacke gehüllt, schien zu frieren, obwohl die Heizung voll aufgedreht war. Vor sich hatte sie ein Glas Wasser stehen, aus dem sie aber nicht trank. Ihr Gesicht war blass, übernächtigt. Im Gegensatz zu ihr war Klara Bodschwinna gekleidet, als stünde unmittelbar die Eröffnung einer Vernissage bevor. Sie trug einen apricotfarbenen, weich fallenden Rock, der bis an die Absätze der Stiefel reichte. Im Ausschnitt der weißen Bluse schimmerte golden ein Amulett. Vor ihr stand ein Espresso, daneben lagen eine blaue Zigarettenschachtel Marke ‚Nil' und ein Feuerzeug von Dupont. Sie rauchte nur gelegentlich. Aber wenn, dann musste es etwas Exklusives sein. Das Anzünden gehörte dazu.

Sie griff zu der Schachtel, stand auf.

„Du musst nicht auf die Terrasse", meinte Ulrike Auffermann. „Das ist doch jetzt egal. Mir war das schon immer egal, nur Christoph eben nicht."

Sie stand auf, ging zu einer Vitrine, kam mit einem Aschenbecher zurück, schob ihn der Freundin zu. Eine Weile schwiegen die beiden Frauen. Dann fragte Klara Bodschwinna: „Glaubst du mir denn wenigstens?"

„Was?"

„Dass ich ab und zu diese Abgeschiedenheit brauche."

Ulrike Auffermann sah an ihr vorbei, schüttelte langsam den Kopf. „Ich weiß es nicht. Ich habe nur das Gefühl, irgendetwas hat sich verändert. Damals, vor drei Jahren, hast du dich das erste Mal so zurückgezogen. Man konnte dich nicht anrufen, nicht besuchen. Du hast das alles abgeblockt, nur angegeben, du wärst irgendwo in Norddeutschland. Es sei schön, einsam, kreativ. Du hast dich, und das hast du wörtlich so gesagt, auf das Recht der künstlerischen Isolation berufen. Danach hast du das Land-Art-Projekt an der Ruhr gemacht. Damals hast du auch von der Kraft der Abgeschiedenheit gesprochen. Aber wer soll dir das wirklich glauben? Passt das zu dir? Außerdem, das habe ich sofort bemerkt, hattest du dich verändert. Du hast weniger erzählt, dich weniger mitgeteilt, als wäre irgendeine Kälte über dich gekommen. Ja, es war ein Bruch. Irgendetwas ist seitdem anders geworden. Auch Hartmut hat das bemerkt."

Ulrike Auffermann senkte den Kopf, als strenge sie die Erinnerung zu sehr an.

„Hartmut? Wie kommst du darauf?"

„Du weißt es doch genau. Spiel mir nichts vor. Er hat es mir gesagt."

Klara Bodschwinna hob die Augenbrauen, blies spitz den Rauch durch die Lippen. „Was hat er gesagt?"

„Vor zwei Jahren. Es war Christophs Geburtstag. Wir waren alle hier, haben gefeiert. Da hat mich Hartmut zur Seite gezogen, gefragt: ‚Weißt du, was los ist? Klara lässt mich nur noch auflaufen, in jeder Beziehung.' Ich musste ihm versprechen, nichts davon zu erzählen. Aber das ist jetzt egal."

„Er war betrunken an diesem Abend."

„Da noch nicht."

Klara Bodschwinna winkte ab. „Was weißt du schon? Hartmut ist ein Pegelsäufer. Man merkt nur nichts, weil er sich schwedischen Schnaps in großen Mengen leistet. ‚Absolut Vodka‘. Da riecht man keine Fahne. Aber was soll das? Ihr habt doch alle eure Fassade. Du, Martina, dein Christoph. Ich bin doch die einzige, die tut, was sie will. Und wenn ich ehrlich bin…“

Sie stockte, blickte zur Fensterfront, drückte die Zigarette aus, stand auf. „Da kommt dieser impertinente Kommissar. Ich mach das schon. Geh ins Schlafzimmer. Du bist nicht da.“

12. Kapitel

„Was ist dir denn über die Leber gelaufen?“ fragte Rogalla, als Brenner zur Tür hereinkam.

„Mir? Sieht man was?“

„Und ob. Du hast dich über irgendetwas geärgert.“

„Allerdings. Diese Zicke. Klara Bodschwinna. Du erinnerst dich?“

„Natürlich. Die Schöne von dem Prof.“

Brenner streifte den Mantel ab, hängte ihn am Garderobenhaken auf. „Mach erst mal einen Kaffee. Wo ist eigentlich unsere Praktikantin?“

„Zu Hause. Protokoll schreiben.“

Der Kommissar setzte sich an seinen Schreibtisch, sah zu, wie sich Rogalla am Kaffeeautomaten zu schaffen machte. Auf dem Monitor war immer noch der Text von Exodus 21. ‚Auge um Auge, Zahn um Zahn'.

„Nun erzähl schon!“ forderte Rogalla ihn auf. „Du warst bei Auffermanns. Richtig?“

„Natürlich. Hast du gelesen? Spurensicherung, die Bibelstelle auf dem Monitor?“

Der Kollege warf ihm einen mitleidigen Blick zu. „Meinst du, ich könnte nicht kombinieren? Ist doch klar. Die Karte ist Auffermann zugesteckt worden. Irgendjemand hat den Köter auf ihn gehetzt. Habe ich dir ja vorher schon gesagt. Rache. Ein Arzt hat Feinde. Falsche Behandlung, vergessene Operationsschere, vielleicht hat jemand durch eine fatale Diagnose seine Frau verloren.“

„Eben. Deswegen bin ich sofort nach Stiepel gefahren. Auffermanns Frau müsste davon ja wissen. Aber wer macht mir auf? Klara Bodschwinna. Sie behauptet, Frau Auffermann sei nicht da. Wo ist sie denn? frage ich. ‚Zum Arzt.' Zu welchem? ‚Das weiß ich doch nicht.' Dabei hat sie einen Blick drauf, da weißt du nicht, ob sie dich auslacht oder gar nicht bemerkt. Ich frage sie, ob ich hereinkommen dürfte. Vielleicht könnte sie mir ja ein paar Auskünfte geben. Weißt du, was sie da sagt? - Stell dir vor, sie mustert mich mit großen Augen, als sei ich ein Schüler, der die Hausaufgaben vergessen hat und bemerkt spitz: ‚Erstens, Herr…, ich habe leider Ihren Namen vergessen, ist das hier nicht mein Haus. Zweitens sollten Sie mehr Feingefühl aufbringen, auch wenn Sie ein Mann sind. Frau Auffermann trauert. Wir trauern alle. Kümmern Sie sich lieber um diesen Hund!'"

Der Kommissar stand auf, ging ans Fenster, öffnete es, holte aus der Jackentasche das Zigarettenetui.

„Lass es lieber!" sagte Rogalla. „Der PP hat sich angekündigt. Er kann jeden Moment kommen."

„Na und!" knurrte Brenner. „Dann häng ich eben den Kopf aus dem Fenster. Er sollte etwas toleranter sein. Ich fische ihm ja auch nicht den Whisky aus seiner Schreibtischschublade."

„Wie du meinst. Wenn dir die Zigarette wichtiger ist als die gute Laune unseres Präsidenten."

„Was will er denn? Wie klang er?"

„Ich weiß nicht, was er will. Aber sei beruhigt. Er hörte sich normal an. Nichts Besonderes. Also, was weiter? Was war mit der Bodschwinna."

„Sie will mir die Tür vor der Nase zumachen. Ich schieb den Fuß dazwischen, sage ‚Augenblick!' und reiche ihr meine Visitenkarte. ‚Sie kommen morgen um 15 Uhr zur Befragung ins Präsidium. Egal unter welchen Umständen. Das ist ein offizieller Termin. Nehmen Sie ihn nicht wahr, gibt es Ärger.' Sie zupft mir die Karte aus der Hand, schlägt die Tür zu. Was hältst du davon?"

„Merkwürdig ist es schon", antwortete Rogalla. „Auf der einen Seite verhält sie sich verdächtig, als hätte sie etwas zu verbergen. Auf der anderen Seite aber benimmt sich jemand, der in die Geschichte verwickelt ist, vorsichtiger. Ich würde keine Rückschlüsse daraus ziehen. Sie hatte einfach schlechte Laune, einen schlechten Tag. Und du bist nicht ihr Typ. Was ist jetzt mit Frau Auffermann?"

„Ganz einfach", sagte Brenner und zündete sich eine Zigarette an. „Morgen um 15 Uhr kommt die Bodschwinna. Sie wird kommen. Sie kann es sich nicht leisten wegzubleiben. Sie weiß genau, dass der Ärger dann schlimmer wird. Um 15

Uhr klingelt einer von uns bei Frau Auffermann. Ohne Ankündigung. Die beiden Frauen sind voneinander getrennt. Du kannst dir aussuchen, was dir lieber ist. Klara Bodschwinna oder Ulrike Auffermann."

„Werd's mir überlegen", knurrte Rogalla. „Dieser ehrenwerte Kreis ist kein Vergnügen."

„Ich ahne schon", bemerkte Brenner. „Deine Erfahrung mit Martina Kröger war wohl auch nicht die allerbeste. Du hast sie angetroffen?"

„Augenblick!" Erich Rogalla goss Kaffee in zwei Tassen, kam damit zu seinem Kollegen ans Fenster. „Nein, angeblich war sie nicht da. Behauptet jedenfalls ihr Mann. Der hat uns aufgemacht. Ich könnte schwören, sie war oben im Haus, lauerte hinter der Gardine. Also irgendetwas stimmt bei dieser Gruppe nicht. Sagt mir jedenfalls mein Gefühl. Und Kröger hatte ein zerkratztes Gesicht, behauptet, das sei ihm beim Rasieren passiert. Wer so aussieht wie er, muss sich mit fünf Klingen gleichzeitig bearbeitet haben. Das mit dem Rasieren ist eine glatte Lüge."

„Und Sabrina Melies? Welchen Eindruck hatte sie?"

„Denselben. Sie meint, wörtliches Zitat, den könnte seine Alte oder seine Freundin so zugerichtet haben. Das Mädchen ist übrigens ziemlich clever. Aus der wird noch mal was."

„Gut", sagte Brenner. „Dann kann sie uns ein Stück Arbeit abnehmen. Sie soll recherchieren, ob in den letzten Jahren ein Prozess gegen Auffermann geführt wurde. Wegen eines ärztlichen Kunstfehlers. Frau Auffermann könnte das verschweigen. Ehre des Toten und so weiter. Sie wird uns das nicht unbedingt auf die Nase binden wollen."

13. Kapitel

Am späten Montagnachmittag saß Mirko Lewinski vor dem Fernseher, fummelte mit der Fernbedienung herum und dachte an den Tod. Er schaltete das Erste Programm ein, wo gleich die nächste Folge der Serie ‚Großstadtrevier' beginnen würde, aber seine Gedanken waren nicht auf der Reeperbahn in Hamburg, sondern irgendwo in Herne. Er erinnerte sich an eine Episode in seiner Schulzeit am Otto-Hahn-Gymnasium, das er bis zur 12. Klasse besucht hatte. Weiter hatte er es nicht mehr gebracht, denn der hartnäckige Wunsch, Fußballprofi zu werden, hatte damals seine Schulkarriere vorzeitig beendet.

Es waren die Zahnschmerzen gewesen, die ihm heute seine alte Schule wieder in den Sinn gebracht hatten. Er musste nämlich daran denken, dass er im Leistungskurs Deutsch die ‚Buddenbrooks' von Thomas Mann lesen sollte. Das war ein ziemlich hartes Brot gewesen, und worum es in dem Roman tatsächlich ging, das hatte er längst wieder vergessen. Nur eine Sache war ihm im Gedächtnis geblieben. Eine der Hauptfiguren des Romans war nämlich an einem faulen Zahn gestorben und lag tot in einer Pfütze. Irgendwie unappetitlich, obwohl dieser Mann Senator, also ein hohes Tier gewesen war.

Er würde Dr. Kröger fragen, ob man heute auch noch so einfach umfallen konnte, wenn ein Zahn faul war. Das hatte er als Schüler schon angezweifelt, hatte es dem Dichter nicht abgenommen. Sein Deutschlehrer wusste auch nicht, ob so etwas überhaupt möglich wäre. Der hatte ausweichend geantwortet und irgendwas von dichterischer Freiheit gefaselt. Aber so war es immer gewesen, auf die wichtigen Fragen wussten die Lehrer keine Antwort.

Gerade als der Vorspann mit der Erkennungsmelodie zum ‚Großstadtrevier' begann, klingelte das Telefon. Ein Kunde wollte etwas über die Modalitäten seiner Haftpflichtversicherung wissen. Es war einer von der unangenehmen Sorte, ausgerechnet ein Lehrer aus der Nachbarschaft. Pädagogen waren in der Regel schwierige Kunden, die lasen auch das Kleingedruckte, wollten immer für sich das meiste herausholen und möglichst die niedrigsten Prämien bezahlen.

Dieser Versicherte hatte angeblich in der Schule einen Unfall gehabt, sagte, er wäre auf dem Weg zum Auto auf nassen Blättern ausgerutscht und hätte sich dabei den Arm gebrochen. Und nun ging es darum, ob seine private Berufshaftpflicht die Regulierung übernehmen würde. Lewinski hatte den Verdacht, dass der Lehrer sich den Arm überhaupt nicht im Dienst gebrochen hatte. Der war wahrscheinlich zu Hause von der Leiter gefallen und legte es nun darauf an, eine Rente zu kassieren. Er vertröstete den Mann, sagte, er würde morgen bei ihm vorbeischauen und machte sich eine entsprechende Notiz in dem Block, der auf dem Tisch lag.

Dann griff er wieder zur Fernbedienung und schaltete den Fernseher aus. Während des Telefonats hatte er mit einem Auge die Vorgänge auf dem Hamburger Kiez verfolgt und hatte gemerkt, dass die heutige Folge des ‚Großstadtreviers' eine Wiederholung war. Das musste er sich nicht antun, zumal der Zahnschmerz gegen Abend schlimmer geworden war. Die körperlichen Leiden wollte er durch geistige Qualen nicht noch verdoppeln. Er warf zwei Paracetamol aus der Schachtel ein, die er sich am Vormittag in der Greif-Apotheke gekauft hatte. Dann legte er sich auf die Couch im Wohnzimmer, zog die Wolldecke bis über sein Gesicht und dachte wieder an den Senator Buddenbrook und an dessen faulen Zahn.

In dieser Position hielt er es gerade mal fünf Minuten aus. Unschlüssig stand er wieder auf, trat ans Fenster, schob die Gardine zurück und blickte hinunter auf die Liboriusstraße. Es war schon richtig dunkel draußen. Vor einer Woche waren die Uhren auf Winterzeit umgestellt worden. Niemand war auf der Straße. Wahrscheinlich guckten alle das ‚Großstadtrevier' und merkten überhaupt nicht, dass sie eine Wiederholung sahen. Die Straßenbeleuchtung warf ein blasses Licht auf den Asphalt. Lewinskis schwarzer Volvo 50 stand vor der Tür.

Für einen kurzen Augenblick überlegte er, ob er nicht einfach wegfahren sollte, irgendwo in den Süden. Er könnte schon am nächsten Morgen in Italien sein, in Padua oder in Vicenza, und dort zum Zahnarzt gehen. Er würde sich in die Sonne setzen, auf einer Piazza, und einen Cappuccino trinken. Und hier in Bochum könnten sie ihn alle am Arsch lecken.

Lewinski hielt es in seiner Wohnung nicht mehr aus. Er fürchtete, dass noch ein Lehrer anrief. Es gab solche Tage, aber heute hätte er das nicht überlebt. Er schnappte sich seinen Parka und ging nach draußen. Vor der Tür schlug ihm eine kalte Brise entgegen, ein Hauch von Winter lag in der Luft. Er marschierte die Liboriusstraße hinauf, bog auf der Heckertstraße nach links und wanderte vor der Autobahnbrücke schräg über den Grummer Deckel und an den Sportplätzen vorbei bis zum VfL-Stadion an der Castroper Straße. Wie jämmerlich so ein Stadion doch am Abend aussah, wenn die Flutlichtmasten nicht ihr künstliches Licht auf die Szene warfen und wenn die Menschen fehlten, deren ganzes Glück von den Ereignissen drinnen, auf dem Rasen unter den großen Betonquadern, abhing! Lewinski sah, dass auf der Nordseite des Stadions immer noch heftig gebaut wurde. Wie lange jetzt schon? Ein Jahr? Zwei, drei Jahre? Und das alles für drei lächerliche Spiele bei der Frauen-WM im nächsten Jahr! Er kannte diese Seite des Stadions eigentlich nur noch als Baustelle. Da durfte man sich nicht wundern, wenn die Zuschauer wegblieben, weil sie keine Lust hatten, sich nach dem Spiel an schmuddeligen Bretterzäunen entlang zu quetschen.

Auf dem schmalen Fußweg zwischen dem Ruhrschnellweg und dem Grummer Friedhof wanderte er zurück in sein Revier. Die Grabmale lagen wie blasse Schatten auf der rechten Seite. Oben im Kiefer pochte der Zahn unaufhörlich. Lewinski knöpfte den Parka hoch bis zum Hals. Warum hatte er bloß keinen Schal mitgenommen? An der Kaiseraue stieg er hinunter bis zur Josephinenstraße, wo in der Tiefe das warme Licht der Gaststätte Goeke ihn von Weitem grüßte.

Er setzte sich sofort an die Theke, und Christian Goeke, der Wirt, stellte ihm unaufgefordert ein großes Fiege-Pils vor die Nase. Man kannte sich. Das Lokal war gut besucht, an den Tischen wurde gegessen und getrunken, ein Kellner und eine Kellnerin bedienten dort die Gäste. Links neben Lewinski thronten auf den Barhockern zwei Männer, ein junger und ein älterer. Vielleicht waren sie Vater und Sohn, zwei verbissene VfL-Anhänger, die kein anderes Thema kannten. Wahrscheinlich trugen sie blauweiße Unterwäsche unter ihren Jeans, die immer ein bisschen feucht wurde, wenn der VfL ausnahmsweise einmal in Führung lag. Lewinski kannte beide vom Sehen, hatte aber ihre Vornamen vergessen.

Der Ältere sprach ihn an: „Da kommt ja der Experte. Hömma, wat sagst du denn? Geht dat jetzt aufwärts mit unserm Verein?"

„Glaub ich nicht", sagte Lewinski, der sich nur zögernd zu einer Antwort durchringen konnte. „Das wird diesmal nichts mit dem Wiederaufstieg. Wer schon so viele Chancen gegen den FSV Frankfurt versiebt, der sollte sich keine großen Hoffnungen machen."

„Siehste?" sagte der Alte verbittert lächelnd zu dem Jüngeren. „So spricht der Kenner. Die Richtigen ham se verkauft und die Falschen dabehalten. Aber hömma," wandte er sich wieder an Lewinski: „Könn' die dich nich noch ma aktivieren? Du hast et doch noch drauf, oder?"

„Mach keine Witze, ich hab Zahnschmerzen."

Der Jüngere mischte sich ein: „Der bringt et doch nich mal mehr in der Landesliga. Außerdem: Wat wollt ihr eigentlich? Gewonnen is gewonnen. Dat is Fakt. Und die drei Punkte, die ham wir doch schon ma im Sack!"

„Ja klar, ein einziges Tor gegen Frankfurt!" sagte Lewinski ärgerlich. „Mach dich doch nicht lächerlich. Was sind denn drei Punkte? Gegen Berlin haben die in dieser Form keine Chance!"

Dann wandte er sich unmissverständlich seinem Bierglas zu und spielte mit den Filzdeckeln der Fiege-Brauerei herum, die auf der Theke lagen.

„Da hörste, wat der große Experte zu sagen hat. Aber lass den mal sein Bier trinken! Der will heute mit kleinen Leuten nix zu tun haben, hat schlechte Laune," sagte der Ältere, und der Wirt nickte, gewissermaßen zur Bestätigung.

Lewinski ging darauf nicht mehr ein, bestellte noch ein Bier und einen doppelten Steinhäger dazu. Als er den Schnaps getrunken hatte, griff er sich von einem der Tische die Speisekarte der Gaststätte und blätterte gedankenverloren darin herum. Eigentlich hätte er gern etwas zu essen bestellt, aber die unentwegten Zahnschmerzen signalisierten ihm, dass er heute keinen Appetit haben durfte. Trinken, das ging ja noch, und vielleicht half es wenigstens ein bisschen gegen die Schmerzen.

Nach einer Stunde hatte er fünf Bier und vier Steinhäger auf seinem Deckel. Ihm war ganz flau im Magen. Der unfreiwillige Verzicht auf feste Nahrung machte sich bemerkbar. Als er zur Toilette ging, spürte er, dass er wackelig auf den Beinen war. An der Toilettentür kam ihm der ältere der beiden Thekennachbarn entgegen. Lewinski hielt sich am Türrahmen fest, um nicht mit dem Schlaumeier zusammen zu stoßen.

„Ja, man wird auch nicht jünger", sagte der andere nur und warf einen mitleidigen Blick auf den Exprofi.

Bevor Lewinski die Gaststätte verließ, trank er noch auf die Schnelle zwei Schnäpse. One for my baby and one more for the road, der alte Sinatra-Song kam ihm in den Kopf. Aber ein ‚Baby', auf das er trinken konnte, war zurzeit leider nicht in Sicht. Die Straße war das einzige, was ihm blieb. Der Wirt guckte ihm nachdenklich hinterher.

Die kalte Luft biss sich hinter Lewinskis Zahnfleisch fest und bewies ihm einmal mehr, was für eine armselige Kreatur der Mensch ist, wenn er Schmerzen hat. Außerdem ärgerte er sich über die beiden VfL-Kumpel. Die hatten ihn doch bloß hochnehmen wollen. Das hatte man nun davon, dass man mal für den Verein seine Knochen hingehalten hatte, viele Jahre für die Amateure und dann auch noch kurze Zeit für die erste Mannschaft.

Es war inzwischen halb zehn. Eigentlich hatte er überhaupt keine Lust mehr zu laufen. Aber ein Taxi bis zu seiner Wohnung konnte er sich nicht bestellen. Die Entfernung betrug nicht mal einen Kilometer. Der Taxifahrer hätte ihm vor Ärger auf seinen kaputten Zahn gehauen, wenn er für eine solche Strecke die Taxi-Zentrale angerufen hätte. Also entschied er sich für den kürzesten Weg, die Josephinenstraße hinauf, und dann rechts ab in die Liboriusstraße.

Etwa zweihundert Meter bevor er das Mehrfamilienhaus erreichte, in dem er zu Hause war, hielt Mirko Lewinski noch einmal an. Das war genau an der Stelle, wo links die Waterkuhle, diese kleine Querverbindung zur Josephinenstraße, von der Liboriusstraße abzweigte. Hier standen gewöhnlich ein paar Absperrpfosten, da von dieser Seite die Einfahrt für Autos nicht gestattet war. Seit dem Morgen war ein rot-weißer Bauzaun hinzugekommen, der die Hälfte der Straße einnahm und wahrscheinlich ein Loch in der Erde abschirmte. Lewinski lehnte sich ein bisschen an diesen Bauzaun, wollte sich die Nase putzen, denn der kalte Wind hatte die Schleimhäute aktiviert. Als er das Taschentuch herausholte, hörte er hinter sich ein Zischen. Er drehte sich um, blickte in zwei tote Augen und spürte, wie sich Zähne in seinen Hals rammten. Er wollte schreien, fiel aufs Gesicht. Während ein düsterer Ruf durch die Waterkuhle hallte, zerbrach Lewinskis wunder Oberkiefer auf dem Pflaster.

14. Kapitel

Der Tote lag zusammengekrümmt im Winkel einer Gartenhecke mit einer rotweißen Barriere. Eine Blutlache hatte sich auf dem Asphalt ausgebreitet, sickerte immer noch in eine Grube, die nur einen halben Meter entfernt und von der Barriere umstellt war. „Verblutet“, sagte der Notarzt. „Vor einer Stunde, länger nicht. Ein oder zwei Bisse in die Kehle. Die Halsschlagader ist aufgerissen.“

Es war elf Uhr. Um halb elf hatte ein Rentner den Toten gefunden. Normalerweise kam um diese Zeit niemand mehr hier vorbei, vor allem nicht an einem so kalten Novemberabend, der den Winter ankündigte. Aber der Beagle des Mannes hatte unbedingt noch einmal vor die Tür gewollt, und der war es auch, der Lewinski zuerst entdeckt hatte.

Brenner hatte die aufgerissene Kehle dieses Mal lange betrachtet. Anders als bei Auffermann hielt er dem Anblick stand, zwang sich, einem Geschehen ins Auge zu sehen, von dem er ahnte, dass es sie die kommenden Tage, Wochen oder Monate nicht loslassen würde. War gestern noch der Polizeipräsident zu ihnen gekommen und hatte vorgeschlagen, nicht zu viel Zeit in einen Fall zu investieren, der seiner Meinung nach eher ein Unglück war, so hatte sich das vollkommen erledigt. Auch Mirko Lewinski trug diese seltsame rote Karte bei sich, auf der handschriftlich ‚Ex 21' stand. Sie steckte in der Tasche seines Parkas. Weiter hatten sie bei ihm ein Handy, einen Schlüsselbund und ein Portemonnaie gefunden mit etwas Bargeld und ein paar Visitenkarten, die hinten im Fach steckten. ‚Versicherungsmakler' war da als Beruf angegeben. ‚Policen für Sportinvalidität'. Andere Papiere hatte er nicht dabei.

„Der Täter wird unvorsichtig“, bemerkte der Kommissar. „Auf der Erzbahntrasse konnte er noch ziemlich sicher sein, nicht gesehen zu werden. Lewinski hat es kurz vor der Haustür erwischt.“

„Hier kommt so schnell niemand vorbei“, meinte Rogalla. „Jedenfalls nicht um diese Zeit. Ideale Ecke, um jemanden abzumurksen. Kleine Gasse, Baustelle, das Fachwerkhaus daneben steht leer, weil es restauriert wird. Mit Zeugen können wir kaum rechnen."

„Vielleicht hat jemand was gehört", gab sich Brenner weniger pessimistisch. „Der stirbt doch nicht lautlos. Wir werden morgen früh in den umliegenden Häusern nachfragen. Jetzt ist es zu spät."

Er musterte noch einmal die Umgebung. Zwanzig Meter vom Tatort entfernt stand eine Laterne, die nur ein mageres, schwaches Licht gab. Wie weit ihr Kegel wirklich reichte, war jetzt nicht festzustellen, da die Scheinwerfer der Spurensicherung diesen Abschnitt der Waterkuhle in grelles Licht getaucht hatten. In einigem Abstand standen ein paar Häuser. In einzelnen Fenstern war Licht. Ab und zu tauchte ein Schatten auf. Neugierige wahrscheinlich, die sich wunderten, warum die unscheinbarste Ecke Bochums eine Stunde vor Mitternacht taghell beleuchtet war.

„Komm!" sagte Brenner. „Wir sehen uns jetzt zusammen mit der Spurensicherung die Wohnung an. Den Wagen lassen wir stehen. Das sind nur ein paar Meter. Wenn ich mich nicht täusche, kenne ich Mirko Lewinski sogar. Ja, doch, ich bin mir ziemlich sicher. Er hat ein paar Mal für den VfL gespielt, ist nach einer Verletzung nicht mehr auf die Beine gekommen. Ist aber schon mindestens fünfzehn Jahre her."

„Wie alt schätzt du ihn?" fragte Rogalla. „Gleicher Jahrgang wie Auffermann?"

„Möglich. Auffermann sah zwar etwas jünger aus, aber das besagt nichts. Vielleicht hatte Lewinski einen anderen Lebensstil, mehr Kummer und mehr Getränke."

Es waren nur knapp hundert Meter zu der Adresse, die auf der Visitenkarte angegeben war. Auf dem Weg dorthin redeten sie nicht. Ihnen war klar, was der zweite Tote bedeutete. Nur einmal bemerkte Rogalla: „Das gibt Druck. Der PP, die Presse. Weiß der Teufel, was die Journaille schreiben wird! ‚Mörderische Bestie in Bochum' oder so ähnlich. Deren Phantasie ist grenzenlos."

Das Haus in der Liboriusstraße war ein schlichtes Mehrfamilienhaus mit fünf Parteien. Die Farbe des Anstrichs konnten sie im trüben Novemberdunkel nicht genau erkennen. Ein verwaschenes Braun vielleicht. Lewinski wohnte im dritten Stock, in zwei kleinen Zimmern, von denen eins zum Schlafen eingerichtet war, das andere diente als Wohn- und Arbeitsbereich. Die Einrichtung war karg, Zusammengewürfeltes aus einem schwedischen Möbelhaus. Einzig ein Fernseher, der vor einer schwarzen Ledercouch stand, verdiente mit seinem Heimkinoformat die Bezeichnung ‚Luxus'. Wahrscheinlich hatte Lewinski in jeder Minute Fußball geguckt. Ein dankbarer Kunde für Sky. Auf der Couch lag eine graue Wolldecke, daneben eine angebrochene Schachtel mit Paracetamol.

Sie inspizierten zuerst den Schreibtisch. Ordnung musste für Lewinski ein Fremdwort gewesen sein. Ein Wust an Blättern, Notizzetteln, Briefen war auf der Arbeitsfläche verstreut. Neben dem Telefon lag ein Block. Ein Name stand darauf, eine Telefonnummer. Herzstück des Minibüros war ein Laptop, der aufgeklappt in dem Chaos stand.

„Arme Sau!" sagte Rogalla, der wahllos in den Papierhaufen gegriffen hatte und ein Inkassoschreiben in der Hand hielt. „Er muss Probleme gehabt haben."

„Kann so schlimm nicht gewesen sein", widersprach Brenner. Der Kommissar hatte die oberste Schreibtischschublade aufgezogen, eine Brieftasche gefunden, einen Fahrzeugschein herausgezogen. „Immerhin fährt er einen Volvo 50, grade mal ein Jahr alt."

„Und? Was ist noch drin?"

Brenner sah nach. „Kreditkarten. Die ganze Palette. Visa, Master, American Express, Barclay in Gold. Konto hat er bei der Deutschen Bank. Nach Armut sieht das alles nicht aus."

„Besagt nichts", brummte Rogalla. „Personalausweis? Wie alt ist Lewinski?"

„Zweiundvierzig. Auffermanns Jahrgang."

Aktenordner gab es nur einen. Er enthielt Verträge mit Kunden. Für alles Weitere schien Lewinski das Speichervermögen seines Laptops zu bevorzugen. In einem Metallregal stapelten sich Zeitschriften, Ausgaben des ‚Kicker', geschichtet nach Erscheinungsdatum. Bücher waren rar. Eine Deisler-

Biographie zur Überwindung von Depressionen, zwei Bücher über Robert Enke. Eins davon, mit dem Titel ‚Robert Enke, ein allzu kurzes Leben', zeigte auf dem Umschlag das Foto des ein wenig unsicher lächelnden Torwarts. Das Buch war noch in Folie eingeschweißt. Dann gab es noch ein paar Ratgeber. ‚Wege ins Glück', ‚Anleitung zum siebten Sinn', ‚Erfolgreich handeln'. Rogalla las die Titel auf den Buchrücken, fischte am Ende der kleinen Reihe ein Taschenbuch heraus.

„Feinsinnig war er auch", murmelte er. „Gedichte von Andreas Arndt. Sogar ein signiertes Exemplar. Andreas Arndt. Kennst du den?"

Brenner schüttelte den Kopf. „Nie gehört. Da müsste ich Marie fragen. Was sind es denn für Gedichte?"

Rogalla blätterte. „Mein Geschmack ist es nicht. Etwas düster. Hier: ‚Erwartung'. ‚Altes Verhängnis / Seilschaft Tod / wir leben hinein ins Abendrot'. Na ja, und so weiter. Dass man damit Geld verdienen kann! Für jede Zeile Schmerzensgeld. Wusste gar nicht, dass sich ein Fußballer für Lyrik interessiert."

„Auf Schalke natürlich nicht", stichelte Brenner. „Aber beim VfL ist das möglich."

„So spielt ihr auch", konterte der Wattenscheider. „Mit einem Reim auf den Lippen immer wieder in die zweite Liga."

Er stellte das Buch zurück. „Komisch", meinte er. „Da steht auch kein einziger Rahmen mit Foto. Keine Frau, keine Freundin, kein Kind. Keine Urlaubserinnerung. Nichts."

Es war tatsächlich so, als habe jemand die Erinnerung an die Vergangenheit auslöschen wollen. Auch an der Wand war kein Bild. Nur neben dem Schreibtisch hing ein Kalender. Kreuze waren darauf, ab und zu ein Name. In einer Schrift, die zeigte, dass ihr Besitzer mit den Füßen besser umzugehen wusste als mit der Hand.

Brenner wies die Spurensicherung an, alles einzupacken und auch die Taschen der Kleidungsstücke im Schlafzimmerschrank zu untersuchen. Vielleicht würde man ja hier etwas finden, das Hinweise gab. Ebenso musste das Badezimmer überprüft werden. Möglicherweise hatte Lewinski vor seinem Tod Besuch gehabt, auch wenn das zunächst nicht so aussah. Es gab keine zweite Zahnbürste im Bad, keinen Lippenstift, keine Haarbürste, kein Parfüm, nichts, was auf weibliche Gegenwart hingewiesen hätte.

Die Küche, die sie nun in Augenschein nahmen, spiegelte das Chaos eines problematischen Lebens. Eine Plastiktüte mit leeren Bierdosen und Flaschen lag in einer Ecke. In der Spüle schichteten sich Teller und Töpfe. Auf einem blanken Tisch standen eine Kaffeemaschine und eine Elektroplatte mit nur einem Kochfeld, daneben eine leere Raviolidose. In einem Holzregal, das andere im Keller versteckt hätten, türmten sich Teller, Tassen, Gläser. Es gab keinen Schrank, nicht den kleinsten, bescheidensten. Löffel, Messer, Gabeln lagen zusammengewürfelt frei im Regal, dazwischen ein Korkenzieher. Entweder war Lewinski eine solche Einrichtung egal gewesen, oder er hatte einfach nicht die Mittel, es sich gemütlicher zu machen.

Rogalla schüttelte den Kopf. Nicht nur der Anblick des Toten hatte ihm zugesetzt. „So ist das im Profifußball", meinte er mitleidig. „Der eine jettet mit Luxusfrau um die Welt und berät in Südafrika die englische Nationalmannschaft. Der andere kommt mit nichts mehr klar und hätte selbst im Knast ein besseres Leben. Weißt du eigentlich, für welche Summe der Beckham versichert ist? Ich habe das einmal gelesen."

„Keine Ahnung. Wird mehr sein, als wir beide im ganzen Leben mit unserer Plackerei verdienen."

„Allerdings. Dreißig Millionen Euro!"

15. Kapitel

Dr. Erwin Hahn, der Polizeipräsident, war sehr freundlich, aber auch im gleichen Maße besorgt. Er hatte Brenner zu sich bestellt, ihm einen Kaffee angeboten. Es war Dienstagmorgen, zehn Uhr.

„Da bahnt sich doch hoffentlich nichts an, Herr Brenner. Müssen wir mit weiteren Opfern rechnen? Es wäre eine Katastrophe."

„Allerdings. Leider stehen wir erst am Anfang der Ermittlung. Die Befragung heute Morgen in den umliegenden Häusern hat nichts ergeben. Niemand hat etwas gesehen oder gehört. Bis auf einen der Hausbewohner. Der hat angegeben, er habe um die fragliche Zeit von draußen ein verzerrtes, blechernes Autoradio gehört. So wie mit einer Flüstertüte. Verstanden hat er aber nichts."

„Ich werde eine Sonderkommission einrichten", sagte Hahn. „So ein Theater wie damals im Fall Hunold und... wie hieß der andere noch mal? Rossfeld, Rosswald?"

„Rohrbach", half der Kommissar nach.

„Gut, so ein Theater mit der Presse will ich nicht noch einmal haben. Wir müssen alle Register ziehen. Niemand darf uns vorwerfen, etwas versäumt zu haben. Zunächst werden alle Hundebesitzer überprüft."

Brenner hob spöttisch die Augenbrauen. „Wie denn? Wir wissen doch gar nicht, woher der Täter kommt. Das kann Bochum sein, aber auch das ganze Ruhrgebiet und vielleicht darüber hinaus. Wieviel Einwohner hat NRW? Etwa 18 Millionen. Vorsichtig geschätzt hat jeder 60. einen Hund. Dann kommen wir auf 300 000 Besitzer. Von denen mag jeder zehnte einen Kampfhund haben. Wir müssten 30 000 Personen überprüfen. Außerdem ist ungewiss, ob unser vierbeiniger Freund nicht an der Steuer vorbeigeführt wird. Die schlimmsten Hunde sind nicht erfasst. Es gibt immer noch Kreise, da werden für viel Geld Wetten abgeschlossen, abgerichtete Beißer nicht nur gegen Artgenossen, sondern auch gegen Bären in die Arena geschickt. Das ist verboten, und deswegen sind diese Viecher nicht angemeldet."

„Eine perfide Methode, einen Hund als Waffe einzusetzen", murmelte Hahn. „Hätte der Täter sich nicht Bayern aussuchen können! Warum ausgerechnet Bochum?"

„Ganz einfach. Weil Auffermann und Lewinski hier wohnen."

„Was schlagen Sie also vor?"

„Es muss Gemeinsamkeiten zwischen den Opfern geben. Beide sind Jahrgang 1968. Wir müssen herausfinden, ob sie sich kannten. Vielleicht gemeinsamer Schulbesuch. Möglich auch, dass Lewinski bei Auffermann in Behandlung war. Könnte ja sein, sie haben eine gemeinsame Schweinerei ausgeheckt, der Arzt und der Versicherungsagent."

„Schweinerei? Wie soll das gehen?"

„Nun ja, es mag Fußballer geben, die sehen, das wird nichts mit der großen Karriere. Dann lieber gut abkassieren, bevor es runter in die Regionalliga oder sogar zu Hartz IV geht. Lewinski vermittelt die Versicherung. Auffermann schreibt das passende Gutachten."

„Und das Motiv für den Mord an beiden?"

„Ein dritter Mann im Spiel? Eine Bande mit Mafiastruktur? Die beiden wollten aussteigen aus dem Geschäft oder mehr Geld bekommen? Ich weiß es nicht. Es ist Spekulation."

„Eine ziemlich wilde." Hahn war skeptisch, hatte die Stirn in Falten gelegt.

„Was anderes, Herr Brenner", fuhr er fort. „Gibt es eine DNA-Analyse?"

„Nein. Die Speichelspuren sind ausgeschwemmt worden. Wir haben allerdings am Samstag ein Haarbüschel gefunden, ganz in der Nähe des Toten. Das kann aber alles Mögliche sein. Vom Hasen bis zum Wilddachs. Ich mache mir keine große Hoffnung."

„Wann werden Sie das Ergebnis haben?"

„Vielleicht morgen. Dann dürfte die Datei mit der DNA-Sequenz vorliegen und kann mit der Datenbank abgeglichen werden."

„Gut", sagte Hahn. „Ich hoffe, es bringt etwas. Damit wir wenigstens wissen, welche Kampfmaschine da eingesetzt wird.

Wäre wenigstens ein kleiner, bescheidener Erfolg. Hätten Sie übrigens etwas dagegen, wenn ich Ihnen einen Profiler oder eine Profilerin zur Seite stelle?"

Brenner schüttelte den Kopf. „Nein. Je mehr Ideen und Einsichten, desto besser. Ich gehe davon aus, dass wir es mit einem sehr raffinierten Täter zu tun haben. So ein Fall ist meines Wissens nach in der ganzen Kriminalgeschichte noch nicht vorgekommen."

Hahn seufzte. „Allerdings. Das wird viel Wirbel geben."

Für einen Augenblick spielte seine Hand mit der Schreibtischschublade. Aber er öffnete sie nicht, strich sich stattdessen die Krawatte glatt. An diesem Tag trug er ein dezentes graues Modell ohne aufgestickten Golfschläger.

„Eins noch, Herr Brenner", fuhr er fort. „Es ist nicht persönlich gemeint und auch nicht gegen Sie gerichtet. Mir wäre lieb, wenn mich Ihr Kollege in zwei Stunden zur Pressekonferenz begleiten würde. Sie sind, wie Sie ja selbst wissen, nicht der Diplomatischste. Ruppige Antworten kann ich mir bei dem ausstehenden Zeitungswirbel nicht leisten. Sie verstehen?"

„Sicher!" antwortete der Kommissar. „Nehmen Sie Herrn Rogalla mit. Das ist mir auch lieber. Ach, und noch etwas: Da ist ja diese Sache mit den Kinderknochen im Weitmarer Schlosspark. Sollen wir die abgeben?"

„Warum?" fragte Hahn. „Ich dachte, Sie wären belastbar."

16. Kapitel

Um fünf vor drei klopfte Klara Bodschwinna an die Tür, wartete keine Einladung ab, kam herein, ohne ‚guten Tag' zu sagen oder wenigstens ein ‚hier bin ich!'. Der Kommissar hatte ihrer Meinung nach Augen im Kopf und konnte sehen, dass sie da war. Sie trug einen langen schwarzen Rock, eine bordeauxrote Bluse und war in einen sandfarbenen Kaschmirmantel gehüllt. Brenner wusste, dass sie kam. Das wütende ‚Klack, Klack' ihrer Stiefeletten hatte er schon vorher vernommen.

„Hätten Sie bequemer haben können", begrüßte er sie. „Aber da Sie mich nicht ins Haus gelassen haben…" Er führte den Satz nicht zu Ende, bat sie, ihm gegenüber am Schreibtisch Platz zu nehmen.

„Also, was wollen Sie?" fragte sie ungeduldig. „Ich habe wenig Zeit."

„Ich weiß", bemerkte Brenner gelassen. „Ich hätte Ihnen gestern gerne noch gesagt, dass mir Ihr Projekt an der Ruhr gut gefallen hat. Ich hatte damals in der Zeitung davon gelesen. Sehr schöne Aufnahmen."

Klara Bodschwinna sah ihn irritiert an. „Deswegen bestellen Sie mich hierher?"

„Nein, natürlich nicht. Das war nur zur Einleitung. Und… ich habe mich auch über mein Gedächtnis geärgert. Das funktioniert eigentlich recht gut. Ich hatte überlegt, welcher Buchstabe in der Widmung stand. Sie wissen schon, das Herz aus Laub. Es muss ein H gewesen sein. Stimmt's?"

Die Augen der Frau wurden schmal. „Warum wollen Sie das denn wissen?"

„Es war ein H, nicht wahr? Eine Widmung für Ihren Mann?"

„Es war ein K, die Abkürzung seines Kosenamens."

Eine leichte Röte überflog sie. Brenner winkte ab. „Das müssen Sie mir nicht verraten."

„Wenn Sie so neugierig sind... bitte! K. steht für Käuzchen. Manchmal trägt er eine Brille mit dicken Gläsern. Dann sieht er komisch aus. Wie ein Kauz eben."

„Nun gut. Frau Bodschwinna, wir haben Fragen zu Herrn Auffermann. Hatte er Feinde? Probleme mit Patienten. Vielleicht eine Rachedrohung wegen eines Kunstfehlers oder einer falschen Diagnose. Wissen Sie etwas davon?"

Sie schüttelte den Kopf. „Nein. Herr Auffermann hatte keine Feinde. Es gab auch noch nie Probleme im Beruf. Jedenfalls weiß ich nichts davon. Aber fragen Sie doch lieber seine Frau."

„Da kümmert sich gerade mein Kollege drum. Gestern ging es ja nicht. Oder wäre es doch gegangen?"

„Wie meinen Sie das?"

„War Frau Auffermann wirklich beim Arzt?"

Klara Bodschwinna zögerte für einen Wimpernschlag mit der Antwort. Sie schien zu überlegen. Welche Falle stellte ihr der Kommissar?

„Sie hat mir jedenfalls gesagt, sie würde zum Arzt gehen."

„Das finden wir heraus, ob sie beim Arzt war oder ob Sie Frau Auffermann abschirmen wollten. Es ist nicht Ihre Aufgabe zu entscheiden, wen wir befragen und wen nicht. Das könnte man auch Behinderung von Ermittlungen nennen. In einem Mordfall, Frau Bodschwinna. Das ist strafbar."

„Mordfall? Ich denke, es war ein Unglück."

„Nein. Mord. Rache."

Brenner öffnete eine Aktenmappe, die vor ihm lag, legte ihr ein Foto vor. „Kennen Sie diesen Mann?"

Klara Bodschwinna betrachtete das Foto. Dem Kommissar schien, sie habe wieder jenen Blick, der wie durch Luft ging. Abwesend, abweisend, ungerührt. Er fand nicht das passende Wort.

„Nein. Ich kenne ihn nicht. Ich habe ihn nie gesehen."

„Er heißt Mirko Lewinski. Ist der Name einmal bei Auffermanns gefallen? Erinnern Sie sich daran?"

„Nein. Noch nie gehört. Wer ist dieser Mann?"

„Ein ehemaliger Fußballprofi. Wissen Sie, ob Herr Auffermann sich für Fußball interessierte? Hat er vielleicht sogar Spiele des VfL Bochum besucht? Wenigstens in früheren Jahren?"

„Christoph Auffermann? Fußball? Nein. Er hat Tennis gespielt."

„Frau Bodschwinna, in welchem Verhältnis standen Sie zu ihm?“

„Zu Herrn Auffermann?“ Klara Bodschwinna rückte mit dem Stuhl vom Schreibtisch weg, lehnte sich zurück, warf Brenner einen verächtlichen Blick zu. „Er ist der Mann meiner Freundin. Mehr nicht, wenn Sie auf so etwas hinauswollen.“

„Ich will auf nichts hinaus. Ich stelle nur Fragen. Das gehört zu meiner Arbeit.

Eine Weile schwiegen beide. Brenner hatte die Arme verschränkt. Klara Bodschwinna blickte an ihm vorbei in den Raum hinein.

„Sie können jetzt gehen“, sagte der Kommissar. „Das war es für heute.“

„Dafür lassen Sie mich kommen? Für fünf Minuten? Wissen Sie nicht, dass ich einen Beruf habe?“

„Doch. Aber es waren fünf wichtige Minuten“, antwortete Brenner. „Ich liebe Gespräche mit Ihnen.“

17. Kapitel

Erich Rogalla war sich gar nicht mehr so sicher, ob er mit der Betreuung der Praktikantin Sabrina wirklich die Arschkarte gezogen hatte. Allmählich fand er sogar ein bisschen Gefallen an der jungen Frau, die nicht nur wunderschöne, lustige Augen hatte, grün oder grau oder irgendwas dazwischen, sondern die auch verdammt unbekümmert an die Aufgaben heranging, mit denen man sie betraut hatte. Eins war ihm natürlich klar: Wenn Brenner nicht sein junges Familienglück zelebrieren müsste, dann hätte er Sabrina Melies vorsichtshalber unter seine eigenen Fittiche genommen, so nach dem Motto: Mal sehen, was daraus wird.

Gelehrig schien Sabrina auch zu sein, denn sie hatte am Morgen im Kommissariat unaufgefordert und vollkommen selbstständig Kaffee gekocht und sich dabei jede blöde Bemerkung, nach der das Kaffeekochen schon lange keine Frauensache mehr sei, verkniffen. Das musste man ja wirklich anerkennen.

Dann hatte sie Telefonate geführt, die helfen sollten, den Wirkungskreis des toten Mirko Lewinski zu rekonstruieren. Sie hatte herausgekriegt, dass Lewinski im Grunde ein armes Schwein gewesen war: Eltern oder Familie schienen nicht mehr vorhanden. Er war Einzelkind gewesen, bei der allein erziehenden Mutter aufgewachsen, die vor ein paar Jahren verstorben war. Seine Kindheit und Schulzeit hatte er in Herne verbracht, war auf dem Gymnasium einmal sitzen geblieben, hatte es aber immerhin bis zur Fachhochschulreife gebracht, wozu die gute Note im Leistungskurs Sport wesentlich beigetragen hatte. Dann war er auf eine Karriere als Fußballer fixiert gewesen. Seit der Jugend spielte er bei der Westfalia in Herne, später hatte ihn der VfL Bochum in seine Amateurmannschaft geholt. Ein paar Einsätze in der Bundesliga waren schließlich das magere Ergebnis großer Hoffnungen gewesen. Noch in den Zwanzigern, da war Lewinski schon Sportinvalide gewesen, hatte anschließend eine Lehre als Versicherungskaufmann absolviert und sich in dieser Branche mehr oder weniger durchs Leben geschlagen. Seit vielen Jahren lebte er in der kleinen Wohnung in der Liboriusstraße, seine Kundenkartei hatten sie dem Laptop entnommen. Ob Lewinski Freunde oder Freundinnen hatte, konnte Sabrina so schnell nicht herauskriegen. In seiner Wohnung, soweit sie informiert war, sah es nicht danach aus.

Jetzt saßen der Kommissar und seine Praktikantin in dem betagten Astra, den Ingrid Rogalla ihrem Mann überlassen hatte, und fuhren nach Stiepel in den Löwenzahnweg. Rogalla gähnte. Die Nacht war viel zu kurz gewesen. Aus einem Traum, den er meinte, schon einmal geträumt zu haben, war er morgens um kurz vor sechs aufgewacht. Er war auf der Jagd nach einer Horde von Kinderschändern gewesen, die die Knöchelchen der von ihnen Gepeinigten im Weitmarer Schlosspark verbuddelt hatten, doch dann hatte sich die Lage umgekehrt. Er war noch ein Junge gewesen und von diesen Pädophilen, die er eben noch gejagt hatte, selber verfolgt worden, hatte vor einem großen Gebäude gestanden und hastig versucht, die Haustür zu öffnen, um sich zu retten. Aber das klappte nicht, da keiner der vielen Schlüssel, die an einem Schlüsselbund hingen, passte.

Er hatte am Vormittag noch ein paarmal an den Traum gedacht, hatte darüber sinniert, was so einen dämlichen Traum verursacht haben könnte. Womöglich hatte er damit zu tun, dass sie mit dem Knochenfund im Schlosspark nicht weitergekommen waren, dass sie den Fall erst einmal auf Eis gelegt hatten, und irgendwo im Unterbewusstsein schlummerte ein schlechtes Gewissen. Er fragte sich, ob er deshalb so intensiv geträumt hatte. Vielleicht war es einfach nur das Alter, denn auch die Reste des Vortages, die sich vielleicht in seinem Hinterkopf festgesetzt hatten, gaben für eine solche Deutung nichts her.

Während Rogalla an seinen Traum dachte, sprach Sabrina ununterbrochen, sprudelte Hypothesen hervor, die irgendwelche Verbindungen zwischen den beiden Toten begründen sollten. Der Kommissar amüsierte sich über die unbändige Naivität, mit der Sabrina ihre Spekulationen an den Tag legte. Sie erinnerte ihn in ihrer Art zu reden ein bisschen an seinen Neffen, an dem er sehr gehangen hatte.

„Herr Rogalla", sagte Sabrina, „das können Sie mir nicht erzählen, dass die beiden Toten sich nicht gekannt haben."

„Wieso?" fragte Rogalla. „Das kann doch auch Zufall sein."

„Zufall? Dass ich nicht lache! Das ist nie und nimmer Zufall!"

„Also, Sabrina, ich bitte Sie! Vielleicht war es wirklich nur ein streunender Köter, der erst in Bochum-Hordel und später in Bochum-Grumme zugebissen hat. So weit liegen die Tatorte wirklich nicht auseinander."

Sabrina lachte laut auf: „Ja, klar. Und zwischendurch hat das Tier noch seine Kollegen im Tierheim in der Kleinherbeder Straße besucht. Das ist ja nur in Bochum-Querenburg, gut zu erreichen über die Autobahn."

„Sie wollen mich verarschen! Das gehört sich nicht gegenüber einem älteren Herrn! Übrigens: woher kennen Sie das Tierheim?"

„Weil meine Oma ihren Terrier da geholt hat. Also ein Terrier ist das eigentlich nicht, so was Ähnliches. Aber kläffen tut er wie ein Terrier."

„Das ist überhaupt eine Idee. Vielleicht fragen wir mal im Tierheim nach, ob die einen Hund vermissen oder ob bei denen kürzlich mal das Tor offen gestanden hat."

„Herr Rogalla, da steckt ganz was anderes hinter. Dieser Dr. Auffermann und der Lewinski, die haben gemeinsam was ausgeheckt, und jetzt rächt sich jemand, dem die beiden zu sehr auf die Füße getreten sind. Vielleicht haben die auch jemanden erpresst."

„Sie haben eine blühende Phantasie, Sabrina!"

„Phantasie kann doch nicht schaden, oder?"

„Wenn sie auf Fakten basiert, dann nicht. Aber Sie spekulieren ins Blaue hinein. So geht das nicht bei der Polizei!"

Sabrina schob die Unterlippe ein bisschen vor: „Herr Rogalla, Sie sind so streng mit mir. Sie hätten Lehrer werden sollen!"

„Ich, Lehrer? Niemals!" empörte sich Rogalla. „Aber meine Frau, die ist Lehrerin, in Wattenscheid, an einer Grundschule."

„Sehen Sie, das hat schon abgefärbt."

Vielleicht hatte Sabrina gar nicht so unrecht. Brenner hatte ihm auch schon gesagt, er, Rogalla, nörgele in letzter Zeit dauernd herum, könne keine andere Meinung mehr akzeptieren, sei ein ständiger Geist des Widerspruchs. Rogalla wollte das mal überprüfen, ein bisschen auf sich aufpassen.

„Erzählen Sie Ihrer Frau von den Fällen, mit denen Sie es zu tun haben?"

„Meiner Frau? Nee, die interessiert sich nicht dafür. Vielleicht mal, wenn ein Fall ganz spektakulär ist, sonst nicht."

„Hat die gar keine Lust, mit Ihnen über die Hundesache nachzudenken?"

„Überhaupt keine. Die liest in ihrer Freizeit irgendwelche englischen Krimis. Da hat sie es mit ganz feinen Leuten zu tun, jeder Polizeiinspektor ist ja in England mindestens adelig oder Akademiker. Am besten beides."

„Und was machen Sie selbst, wenn Sie nicht arbeiten?"

„Fragen Sie mich jetzt aus?"

„Wenn Ihnen das peinlich ist, brauchen Sie ja nicht zu antworten."

Rogalla zögerte, sagte dann aber doch: „In dieser Zeit fahre ich in meinen Schrebergarten und zähle die Blätter, die noch am Baum hängen."

„Genau wie meine Oma, die ist den ganzen Tag am Schnippeln und am Krauten. Wenn die nicht in den Garten kann, ist sie nicht zu genießen. Jetzt im Herbst, wenn es schon kalt ist, geht sie auch noch immer nach draußen und nimmt den Spaten mit. Dann holen wir sie wieder rein, weil sie schon ein bisschen durcheinander ist."

Rogalla versagte sich jegliche Nachfrage bezüglich der Oma. Es reichte ihm schon, dass die Praktikantin, die soeben ihre hübschen Beine übereinander geschlagen hatte, so treffende Parallelen zwischen ihm und ihrer Oma entdeckt hatte, und er wünschte sich nicht, dass sie in dieser Baustelle noch weiter herumrührte. Es hätte wahrscheinlich nicht viel gefehlt, da wäre er angesichts einer gewissen Seelenverwandtschaft noch zur Oma zum Kaffee eingeladen worden, natürlich in den sorgsam gepflegten Garten. Da hätte man dann weitere Gemeinsamkeiten herauskriegen können. Vielleicht hätte er auch gleich den Rasen mähen dürfen.

Als sie in den Löwenzahnweg einbogen, wurde Rogalla dienstlich: „Wir machen das wieder wie bei den Krögers."

Sabrina war überrascht: „Ich dachte, ich dürfte jetzt auch mal was sagen, ein paar Fragen stellen. Das wäre nämlich in diesem Fall besonders angebracht."

„Wieso angebracht?"

„Habe ich Ihnen nicht gesagt, dass ich Frau Auffermann kenne?"

„Nee, ist mir neu."

„Dann werden Sie sich wundern. Frau Auffermann war mal meine Klassenlehrerin an der Otto-Ruer-Schule."

18. Kapitel

Es war genau drei Uhr. Als Jochen Buchholz ihnen die Haustür öffnete, sah es beinahe so aus, als seien sie schon erwartet worden. Wahrscheinlich hatte Buchholz ihre Ankunft durch das Fenster beobachtet. Frau Auffermann war nicht zu sehen. Neben Buchholz stand ein schlaksiger Junge, er hatte ein pickeliges Gesicht, war hoch aufgeschossen mit Armen und Beinen, die aufgrund ihrer Länge etwas unproportioniert wirkten. Der Junge mochte vierzehn oder fünfzehn Jahre alt sein. Er trug eine schmale Kollegtasche in der Hand.

Buchholz ließ die beiden eintreten und sagte: „Sie wollen sicher zu Frau Auffermann. Ich bringe Sie in den Salon."

Rogalla fragte: „Was verschafft uns die Ehre, von Ihnen empfangen zu werden?"

„Ich bin nur für einen Augenblick hier, habe Frau Auffermann versprochen, Moritz zur Klavierstunde zu bringen. Er muss um halb vier in der Musikschule sein."

Moritz war offenbar der Sohn der Auffermanns. Er blickte starr auf seine Tasche, in der er wohl ein paar Notenhefte verstaut hatte. Es sah nicht so aus, als ob er Herrn Buchholz für seinen Freundschaftsdienst besonders dankbar wäre. Rogalla überlegte, ob er für den nächsten Tag eine Befragung mit Buchholz arrangieren sollte, ließ es aber erst mal sein.

Der Salon war edel ausgestattet. Die Polster der Sitzgarnitur hatten eine Farbe, die Rogalla nicht präzise hätte benennen können. So ähnlich wie rosa, vielleicht auch violett. Ulrike Auffermann saß in einem der Sessel, erhob sich ein paar Zentimeter, als sie eintraten, und war völlig überrascht, Sabrina an der Seite Rogallas zu sehen. Sie erinnerte sich offensichtlich gut an die junge Frau, kannte auch ihren Namen. Sabrina sagte, wie leid ihr alles tue und erklärte ihrer ehemaligen Lehrerin, was sie gerade beruflich machte.

Dann übernahm Rogalla die Regie. Er setzte sich zu Frau Auffermann an den Couchtisch, während Sabrina im Hintergrund blieb. Sie stellte sich an eins der beiden Eckfenster und holte ihren Notizblock aus der Jackentasche.

„Ich hatte eigentlich gedacht, dass Ihr Kollege hier noch einmal erscheinen würde", sagte Frau Auffermann. „Er war ja gestern hier, als es mir besonders schlecht ging. Frau Bodschwinna war ich sehr dankbar, dass sie ihn nicht zu mir ans Bett geführt hat. Meine Nerven hätten das nicht durchgehalten."

„Das kann ich verstehen", sagte Rogalla. „Sind Sie mit Frau Bodschwinna enger befreundet?"

„Was heißt enger befreundet? Unsere Familien kennen sich seit ewigen Zeiten. Mein Mann und Hartmut Bodschwinna waren Schulkameraden."

„Und ist es Zufall, dass Sie und Frau Bodschwinna an derselben Schule tätig sind?"

„Ach, das wissen Sie schon. Nein, eigentlich ist das kein Zufall. Klara Bodschwinna war früher an einer anderen Schule, in Recklinghausen. Als ihr Mann dann die Stelle an der Ruhr-Universität bekam, wollte sie natürlich gern an eine Bochumer Schule. Ich habe ihr weitergeholfen, habe sie meinem Schulleiter empfohlen. So ist das gekommen."

„Dann war sie Ihnen sicher sehr dankbar, oder?"

„Das weiß ich nicht, ist auch nicht wichtig. Aber darüber wollen Sie doch nicht mit mir reden. Ich hätte gedacht, Sie könnten mir sagen, dass es inzwischen Ergebnisse in Ihren Ermittlungen gibt."

„Nein, das tut mir leid, Ergebnisse haben wir noch nicht. Im Gegenteil. Es ist eine Entwicklung eingetreten, mit der wir alle nicht gerechnet haben."

„Was heißt das?"

„Sie werden es vielleicht noch nicht in den Nachrichten gehört haben. Es ist noch jemand zu Tode gekommen, auf ähnliche Weise wie Ihr Mann."

„Auch durch einen Hundebiss?"

„Es sieht so aus."

„Schrecklich. Und wieder an derselben Stelle? Auf der Erzbahntrasse?"

„Nein, diesmal in der Liboriusstraße."

„Liboriusstraße? Wo ist das?"

„In Bochum-Grumme.“

Frau Auffermann schien die Liboriusstraße tatsächlich nicht zu kennen. Rogalla erklärte ihr, wo das war und in wenigen Worten, was sie dort vorgefunden hatten. Er nannte auch den Namen Mirko Lewinski, fragte, ob sie etwas mit dem Namen verbinden könne.

„Mirko Lewinski? Nein, der Name ist mir völlig unbekannt.“

Sabrina Melies protokollierte fleißig im Hintergrund. Dass Frau Auffermann Lewinski nicht gekannt hatte, schien sie zu überraschen.

„Könnte Lewinski ein Patient Ihres Mannes gewesen sein?“

„Das weiß ich nicht. Aber das können Sie ja leicht in der Klinik erfahren. Da muss es Unterlagen über die Patienten meines Mannes geben.“

„Das werden wir auch tun, aber wir stehen noch ganz am Anfang mit unseren Ermittlungen. Hat Ihr Mann hier einen Computer im Hause, in dem er eventuell auch Daten aus der Klinik abgespeichert hat?“

„Sein Laptop liegt in seinem Arbeitszimmer. Sie können gerne hineinschauen.“

„Das wird kaum reichen. Wir müssen ihn mit ins Kommissariat nehmen. Dafür bitte ich Sie, Verständnis zu haben.“

„Ich weiß nicht, ob ich dafür Verständnis habe. Aber tun Sie, was Sie für richtig halten. Lebendig macht es meinen Mann nicht wieder.“

Rogalla erhob sich und ging im Zimmer auf und ab. „Sie werden über alles nachgedacht haben. Ich weiß nicht, ob Ihnen inzwischen etwas eingefallen ist. Wir haben Sie das ja schon am Freitag gefragt. Ich muss trotzdem noch einmal fragen: Bitte sagen Sie mir, ob es irgendjemand gibt, von dem Sie annehmen, dass er oder sie Ihren Mann so sehr gehasst haben könnte, dass diese Person seinen Tod wünschte?“

„Nein, da ist niemand. Ich glaube auch nicht, dass es ein Patient oder eine Patientin sein könnte. Mein Mann war ein guter, geduldiger und einfühlsamer Arzt und Chirurg. Er hatte keine Feinde.“

„Manchmal sind es gar nicht die Feinde, die etwas gegen einen haben, sondern Freunde oder auch Freundinnen."

„Was wollen Sie damit sagen?"

„Entschuldigen Sie. Das war nur so eine spontane Bemerkung. Hatte keine Bedeutung."

„Sie ahnen, dass mir im Augenblick nicht nach Scherzen zumute ist."

„Ich wollte gar keinen Scherz machen. Wir haben natürlich unsere Erfahrungen." Rogalla machte Sabrina ein Zeichen und ging zur Tür: „Das war es schon, Frau Auffermann. Wie gesagt, wir würden dann gern den Laptop Ihres Mannes mitnehmen. Natürlich kann es sein, dass wir weitere Fragen haben."

„Sie wissen, wo Sie mich finden."

Ulrike Auffermann führte die beiden in das Arbeitszimmer ihres Mannes. Sabrina löste mit schnellem Griff die Kabel und packte den Computer in die Tasche, die neben dem Schreibtisch stand. Rogalla sah sich ein bisschen im Zimmer um, konnte aber nichts entdecken, das ihn interessiert hätte. Die Schubladen des Schreibtisches rührte er nicht an. Frau Auffermann stand in der Tür und beobachtete misstrauisch, was die beiden unternahmen.

„Wo ist eigentlich Ihre Tochter?" fragte Rogalla.

„Ich habe sie zu den Eltern meines Mannes nach Hattingen geschickt. Jochen Buchholz hat sie dorthin gebracht. Sie geht ja noch nicht in die Schule und kann erst mal in Hattingen bleiben. Ich weiß auch noch gar nicht, ob ich sie an der Beerdigung teilnehmen lasse. Wann wird denn der Leichnam meines Mannes freigegeben?"

„Das kann Ihnen der Kollege Brenner sagen. Er wird Sie anrufen. Ach, noch eins: Hat Ihr Mann mal Fußball gespielt?"

„Fußball? Nein, nie. Wenn er Zeit hatte, ein bisschen Tennis. Im Übrigen machte er seine Touren auf dem Fahrrad, aber das wissen Sie ja."

„Und ins Stadion ist er auch nicht gegangen?"

„Nein. Am Fußball haben ihn nur die Verletzungen interessiert, mit denen die Spieler zu ihm auf die Station kamen."

Draußen im Wagen sagte Sabrina: „Dass Frau Auffermann mit der Bodschwinna befreundet ist, habe ich gar nicht gewusst. Ich war eigentlich froh, dass ich niemals Unterricht bei Frau Bodschwinna hatte."

„Warum?"

„Die war nicht gerade beliebt, stand bei den Eltern und Schülern nicht in einem besonders guten Ruf, hat immer viel gefehlt. Außerdem war sie streng, besonders im Biologieunterricht. Tat so, als ob Bio das wichtigste Fach in der Schule wäre. Und man hörte immer wieder, dass sie die Mädchen bevorzugte. Als Junge musste man doppelt so gut sein wie die Mädchen, um bei ihr überhaupt eine Chance zu haben."

„Und Frau Auffermann? Wie war die als Lehrerin?"

„Die war OK, freundlich und fair. Da konnte man sich nicht beklagen."

19. Kapitel

Es war Mittwochmorgen. Brenner betätschelte seine Wangen mit Rasierwasser, sah in den Spiegel. Die Ringe unter den Augen waren verschwunden. Endlich hatte er mal wieder ausgeschlafen. Das hatte er Marie zu verdanken. Der Dienstagabend war ihr Jour fixe. Da gingen sie mit dem Kleinen immer zum Italiener. Marie hatte darauf bestanden: „Egal, ob du in einem Fall steckst oder nicht. Einmal die Woche gehen wir raus, und du schaltest ab."

Sie hatten sich für den Italiener entschieden, weil der besser mit dem Bambino umging. Da konnte der Kleine krähen, ohne dass man sich genervte und vorwurfsvolle Blicke einfing. Aber so ganz war das mit dem Abschalten zuerst nicht gelungen. Der Kommissar hatte noch zu frisch die Bilder im Kopf. Auffermann mit aufgerissener Kehle und dann Lewinski. Er musste auch an das Gespräch mit Hahn denken und an die Befragung der Bodschwinna. Warum hatte sie gelogen? Sie hatte doch genau gewusst, dass ihre Freundin nicht beim Arzt, sondern im Haus gewesen war. War das wirklich Fürsorglichkeit oder steckte etwas anderes dahinter? Und dann war da noch Rogallas Bemerkung: „So aufgewühlt wirkte die Auffermann gar nicht."

Zum Jour fixe gehörte am nächsten Morgen ein ausgedehntes Frühstück. Brenner hatte sich abgewöhnt, beim Biss in die Brötchen auf die Uhr zu gucken. Zumindest mittwochmorgens. Er würde wie immer an diesem Tag zu spät kommen, jedenfalls nicht zur gewohnten Zeit im Präsidium erscheinen. Sie arbeiteten nicht nach der Stechuhr. Rogalla wäre schon da, hätte den DNA-Befund auf dem Tisch liegen. Brenner versprach sich nicht viel davon. Die erste Entdeckerfreude hatte sich gelegt. Was bedeutete schon ein Haarbüschel an einem Baum, der gewiss von vielen Hunden besucht wurde? Ein Indianer oder erfahrener Jäger hätte auf den ersten Blick mehr über die grau-schwarzen Haare sagen können. Brenner dagegen hatte keine Ahnung. Das Lesen solcher Spuren war dem Labor vorbehalten und den technischen Geräten. Der Kommissar wusste nur, dass die Haare nicht von einer Maus stammten. Dazu waren sie zu lang.

Gegen zehn betrat er das Dienstzimmer. Rogalla saß am Schreibtisch, hatte eine Tasse Kaffee vor sich, sah ihm stirnrunzelnd entgegen, nickte nur, als Brenner „Guten Morgen!“ sagte, erwiderte den Gruß nicht.

„Ist was? Du siehst aus, als hätte man dir für alle Zeiten dein Gehalt gestrichen.“

„Kann noch kommen“, brummte Rogalla. „Mach dir erst mal einen Kaffee und setz dich.“

„Du hast den Befund?“

„Ja. Frisch vom LKA. Sie wollen zur Sicherheit eine zweite Analyse machen und die noch einmal mit der Datenbank abgleichen lassen.“

Brenner goss sich Kaffee ein, setzte sich Rogalla gegenüber.

„Mach's nicht so spannend. Was ist los? Warum noch einmal eine Analyse? Ist denen ein Fehler unterlaufen?“

„Eigentlich ausgeschlossen. Es steht eins zu einer Million, dass sie sich getäuscht haben. Der Abgleich ist eindeutig. Die Datei mit der DNA-Sequenz bringt immer dasselbe Ergebnis.“

„Und wo ist das Problem?“

„Lies selbst! Hier.“

Brenner nahm den Befund, überflog ihn, stutzte, setzte die Kaffeetasse ab, schüttelte den Kopf. „Das ist nicht wahr!“

„Doch! Die zweite Analyse wird nicht anders sein. Wie gesagt, eins zu einer Million.“

Der Kommissar las den Namen laut vor, als könnte er seinen Augen nicht trauen und müsste sich bei seinem Kollegen noch einmal vergewissern, die Buchstaben richtig erkannt zu haben. „Canis lupus lycaon – Timberwolf. Was ist das?“

„Wie es da steht. Ein Wolf. Kommt in Kanada vor. Kopfrumpflänge bis 160 Zentimeter, variable Fellfarbe von weiß bis schwarz. So viel weiß ich seit zehn Minuten.“

„Und jetzt?“

„Erst mal nicht drüber reden. Geheimhaltung. Der Alte muss es natürlich wissen.“

„Was ist mit Sabrina Melies?“

„Wir können sie nicht ausschließen. Oder willst du ihr plausibel machen, warum sie auf einmal in eine andere Abteilung soll?“

„Ist sie verschwiegen? Wird sie dichthalten?“

„Bestimmt. Die ist in Ordnung. Sie erzählt das nicht rum oder läuft zur Presse.“

Brenner legte den Bericht auf die Schreibtischplatte, lehnte sich im Stuhl zurück, verschränkte die Arme hinter dem Kopf. „Ein Wolf in Bochum! Kann das sein? Kann es das geben? Du hast dir doch schon ein paar Gedanken gemacht.“

„Allerdings. Es läuft immer auf dieselbe Erkenntnis hinaus. Das kannst du drehen und wenden, wie du willst. Es gibt nur eine einzige Möglichkeit. Da ein Wolf nicht freiwillig durch eine Stadt läuft, gehört er jemandem, der das Tier dressiert hat, es begleitet und auf die Opfer ansetzt.“

20. Kapitel

„Wollen Sie mich verarschen, Brenner?“ sagte Hahn. „Wir haben November und nicht April.“

„Es ist, wie es ist“, antwortete der Kommissar. „Die DNA ist unbestechlich. Die Haare stammen von einem Timberwolf.“

Der Präsident, der zunächst noch kopfschüttelnd an seinem Schreibtisch gesessen hatte, stand auf und begann im Zimmer umher zu wandern. Dabei drehte er sich langsam um die eigene Achse, suchte die Wände ab, als ob es da eine versteckte Kamera gäbe.

„Wer weiß bis jetzt davon?“ fragte er nach einer Weile.

„Rogalla und das LKA in Düsseldorf. Den Essener Pathologen muss ich noch informieren.“

„Ihre Praktikantin?“

„Wird es bald wissen müssen.“

Hahn strich sich mit der Hand über die schon grauen Haare. „Mein Gott, Brenner, wenn das rauskommt! Ich sehe Schlagzeilen und Hysterie.“

„Ich auch“, entgegnete der Kommissar ruhig. „Im ersten Schrecken habe ich wie Sie an Geheimhaltung gedacht. Aber inzwischen sehe ich das anders. Die Presse ist unsere Chance. Wenn die Öffentlichkeit Bescheid weiß, findet sich jemand, der Hinweise geben kann. Niemand läuft unbemerkt mit einem Wolf durch die Stadt, niemand kann sich unbemerkt solch ein Tier halten. Wir müssen die Presse nutzen.“

Hahn seufzte. Der Gedanke an Zeitungen bereitete ihm Unbehagen. Öffentlichkeit erzeugte Druck. Er setzte sich wieder.

„Sie haben die Zeitung heute Morgen schon studiert?“ fragte er.

„Mittwochmorgens frühstücke ich nur.“

„Na gut, dann nehmen Sie sich unser geliebtes Blatt mal mit!“ Der Präsident schob Brenner die WAZ zu mit der Bemerkung: „Lokalteil. Noch. Das ändert sich, wenn die wissen, dass es sich um einen Wolf handelt.“

Der Kommissar schlug den lokalen Teil auf, überflog die Überschriften. Man hatte sich mit einem kleinen Artikel begnügt. Hahn, wie Brenner von Rogalla wusste, hatte bei der Pressekonferenz um Diskretion gebeten. Noch sei alles erst am Anfang, man wolle die Bevölkerung nicht verunsichern. Ein Zusammenhang der beiden Fälle, der Tod von Auffermann und der von Lewinski, sei nicht bewiesen. Die verräterische rote Karte hatten weder Rogalla noch der Präsident erwähnt, auch nicht von Mord gesprochen. Der Redakteur der WAZ war darauf eingegangen, bei der Überschrift vorsichtig gewesen. „Zwei rätselhafte Todesfälle“ hatte er zurückhaltend formuliert und war in dem Artikel sachlich geblieben, ohne Spekulationen zu betreiben.

„Die Meldungen in den Blättern, die wöchentlich verteilt werden, folgen noch“, meinte Hahn. „Sie wissen aber, Brenner, wie das aussieht, wenn die Sensationspresse davon Wind bekommt. Dazu braucht man keine Phantasie. ‚Killerwolf in Bochum – Polizei ratlos‘ und so weiter. In der nächsten Ausgabe heißt es dann: ‚Tut endlich was! Schützt uns!‘ Brauche ich Ihnen ja nicht mehr zu erzählen, wie die schreiben. Also überlegen Sie sich das mit Ihrer Presseoffensive!“

Der Polizeipräsident atmete durch. Seine Hand spielte mit dem Krawattenknoten, rückte ihn am Kragen hin und her, so als gelte es, einen Strick auf seinen Sitz zu überprüfen. „Was werden Sie jetzt unternehmen?“ fragte er.

„Es muss Zusammenhänge geben zwischen Auffermann und Lewinski. Danach suchen wir.“

„Gut“, sagte Hahn. Er hörte auf, mit dem Knoten zu spielen, legte beide Handflächen auf den Schreibtisch. „Auch wenn es Ihnen vielleicht nicht schmecken wird. Ich kenne da eine Profilerin beim LKA. Sie wird Sie unterstützen.“

Brenner hob leicht die Schultern, sagte nur: „Wir haben ja schon darüber gesprochen.“

„Begeistert wirken Sie nicht“, ging Hahn auf die Geste ein. „Aber es sind unnütze Vorbehalte. Sehen Sie die Dame einfach als eine Beraterin, die neben ihrer kriminalistischen Ausbildung auch eine psychologische hat. Sie könnte Ihnen Hinweise geben, zu Mustern führen, die helfen. Sie haben ja selbst gesagt: Je mehr Ideen und Einsichten, desto besser."

„Gut", lenkte der Kommissar ein. „Ich hoffe nur, dass sie zu uns passt."

„Keine Angst. Ich kenne sie. Sie werden sich vertragen."

21. Kapitel

Lena Rieken kam vom LKA in Düsseldorf, hatte ihre Einsätze aber nicht nur dort, arbeitete als ‚mobile Profilerin' oder, wie es genauer hieß, als ‚Fallanalytikerin'. Profiler gab es nur im Fernsehen. Von daher hatte dieser Begriff, auch wenn er falsch war, Einzug in die Sprache gehalten. Selbst Kriminalisten benutzten ihn.

Hahn hatte überraschend schnell reagiert. Schon am Nachmittag desselben Tages betrat er mit ihr das Dienstzimmer der Kommissare. Brenner war allein, Rogalla mit Sabrina Melies unterwegs. Die Frau war Brenner auf Anhieb sympathisch. Zuerst war er überrascht, wie jung sie war. 35, vielleicht 38 Jahre. Das war nur grob abzuschätzen. Die zweite Überraschung war ihre Kleidung. Jeans, Pullover, Strickjacke, sehr leger. Er hatte sich eher jemanden in einem altbackenen Kostüm vorgestellt, mit Brille und klugem Blick dahinter. Die dritte Überraschung kam nach der ersten Tasse Kaffee, die sie im Bochumer Dienstzimmer tranken. Der PP war nur kurz geblieben, hatte sich mit einem amüsierten Blick auf Brenner entfernt. Sie saßen am Schreibtisch des Kommissars. Er hatte von Lewinski erzählt, vom Fußball, dabei so getan, als müsste er erst erklären, dass ein Ball rund war. Lena Rieken hatte gelächelt, gesagt: „Ich spiele selbst. In meinem Heimatort, in Twisteden."

„Wo ist das denn?"

„Kleiner Ort bei Kevelaer. Die Frauenmannschaft der DJK Twisteden spielt in der Bezirksliga, eine Liga höher als die Herren. Unsere älteste Spielerin ist 54."

Für ein paar Minuten hatten sie Auffermann und Lewinski vergessen. Brenner erzählte von seinem Leid mit dem VfL. Die Kriminalistin vom LKA berichtete von der Ungerechtigkeit, nicht zur besten Sonntagszeit auf dem heimatlichen Sportplatz spielen zu können. Den Termin hätten die Herren beschlagnahmt, obwohl die, wie gesagt, eine Liga tiefer spielten.

„Wird sich ändern", tröstete Brenner. „Nach der WM 2011. Falls unsere Frauen nicht unter zu großem Erwartungsdruck leiden."

Sie kamen wieder auf den Fall zu sprechen. „Wie schätzen Sie unseren Täter ein?“ fragte Brenner.

„Warum Täter? Es könnte auch eine Frau sein. Zwischen der Person, die wir suchen, und dem Wolf – vorausgesetzt der DNA-Befund stimmt – muss es eine intensive Beziehung geben, eine große Einfühlung. Sonst wäre so etwas nicht möglich. Eine Frau ist dazu genauso fähig wie ein Mann.“

„Auch dazu, das Tier als Mordwaffe einzusetzen? Ich könnte sie mir eher als Drahtzieherin vorstellen.“ Brenner war skeptisch.

„Möglich. Wir wissen zu wenig. Ich weiß auch zu wenig über Wölfe. Noch. Der Fall ist ungewöhnlich.“

Der Kommissar berichtete von seinen ersten Überlegungen. Rache an Auffermann wegen eines Operationsfehlers oder einer falschen Diagnose. Aber das sei hinfällig wegen Lewinski. Der passte nicht in die Theorie hinein. Und dass die beiden mit irgendeiner Schieberei oder Erpressung unter einer Decke steckten, sei eine ziemlich vage Vermutung. Dazu passte der Wolf nicht. In Mafiakreisen schoss man, erledigte die Dinge ganz unkompliziert, wie es vor ein paar Jahren in Duisburg geschehen war.

Was hatte man als Motiv für die Morde? Rache. Da war sich Brenner ziemlich sicher. Aber warum? Da tappte er im Nebel. Es gab noch keinen Punkt, in dem sich Auffermanns und Lewinskis Leben berührten. Was das betraf, wirkten die beiden Morde zufällig. Wenn es nicht diese rote Karte gegeben hätte. Oder hatte man es zu tun mit jemandem, der allgemein enttäuscht von Menschen war, sie hasste und sich wahllos rächte?

„Auch möglich“, meinte Lena Rieken. „Allerdings wäre es dann näher liegend, dass der zweite Mord ebenso an einem abgelegenen Ort passiert und nicht mitten in der Stadt. Der Täter oder die Täterin hat viel riskiert, dabei aber keine Spuren hinterlassen, außer, dass wir wissen, er oder sie hat einen Wolf als Begleiter. Die Person, die wir suchen, ist, so vermute ich, sehr intelligent, raffiniert, zu jeder Täuschung fähig, zugleich auch sehr einfühlsam. Vielleicht sogar…“ – sie stockte für einen Augenblick – „ja, vielleicht sogar moralisch. Die rote Karte ist ein

Signal, eine Entschuldigung. Deswegen tue ich das, deswegen muss ich es tun. Ich bin nicht einfach nur ein gemeiner Mörder oder eine gemeine Mörderin. Ich habe ein berechtigtes Motiv."

Die Profilerin schüttelte den Kopf, als wolle sie diese Überlegung wieder verwerfen. „Ich weiß es natürlich nicht", fügte sie hinzu. „Geben Sie mir erst einmal eine Kopie der Akte mit allen Protokollen, Fotos und Befunden. Dann sehen wir weiter. Was ist mit Auffermanns Laptop?"

„Ist noch bei der technischen Abteilung. Er war mit einem Passwort geschützt."

Brenner stand auf. „Auch noch eine Tasse Kaffee?" fragte er.

Sie schüttelte den Kopf. „Nein, danke. Ich fahre jetzt, habe noch einen weiten Weg."

„Nach Düsseldorf?"

„Nein, nach Twisteden. Es ist das schönste Dorf an der holländischen Grenze. Da wohne ich und da bleibe ich auch."

Bevor sie sich verabschiedete, überlegte Brenner: Soll ich sie fragen oder nicht? Eigentlich hatte er sich schon entschieden und Hahn kein Veto eingelegt. Aber schaden konnte es nicht, eine kluge Frau um Rat zu fragen.

„Sagen Sie", meinte er, „was halten Sie von der Idee, die Presse aufzuklären? Wir könnten wertvolle Hinweise bekommen."

Lena Rieken überlegte nicht lange. „Auf keinen Fall", antwortete sie. „Die Person, die wir suchen, wäre gewarnt. Noch hat sie keine Ahnung, dass wir wissen, dass es sich um einen Timberwolf handelt. Das ist eine größere Chance, als auf Hinweise aus der Bevölkerung zu warten. Mit dem ersten Bericht würde jede Spur verwischt werden, die auf eine Verbindung mit einem Wolf deutet. Bleiben Sie gegenüber der Presse bei der Version mit dem Kampfhund."

22. Kapitel

Kastor arbeitete und rackerte für seinen Herrn. Immer wieder apportierte er den Stock, legte ihn seinem Hundemeister zu Füßen. Er setzte sich auf die Hinterpfoten, blickte nach oben und erwartete den nächsten Befehl.

Nach einer halben Stunde hatte Jochen Buchholz keine Lust mehr, seinen Schäferhund weiter mit den üblichen Spielchen zu beschäftigen. Er orderte Kastor mit einem knappen Kommando an seine Seite, ließ den Hund bei Fuß gehen und marschierte mit ihm durch das Wäldchen unterhalb der Kosterstraße. Kurz vor dem Zisterzienserkloster machten beide kehrt, der Hund blieb ständig wie ein dressierter Roboter neben ihm, blickte immer wieder fragend hoch, als wünsche er sich neue Aufträge, mit deren Erledigung er seinen Herrn zufriedenstellen konnte. Doch der war in Gedanken, hatte anderes im Sinn, ließ im hinteren Teil des Wäldchens den Hund noch einmal für ein paar Minuten frei herumlaufen, denn es waren keine weiteren Spaziergänger in Sicht. Kastor scheuchte ein wildes Kaninchen auf, folgte ihm ein paar Meter, merkte aber bald, dass er keine Chance hatte und blickte sich um. Kurz bevor sie wieder zur Kosterstraße hinauf stiegen, orderte der Herr seinen Schäferhund mit einem scharfen Pfiff zurück an seine Seite.

Während des heutigen Spaziergangs hatte Buchholz versucht, seine Gedanken zu ordnen und mit sich ins Reine zu kommen. Das war beileibe keine einfache Sache. Er wusste, dass er mit den unterschiedlichsten Reaktionen aus dem Kreis der sogenannten Freunde rechnen musste, falls er tatsächlich aktiv wurde. Das Heikelste an der ganzen Angelegenheit war, dass er nicht genau kalkulieren konnte, wie Ulrike Auffermann selbst reagieren würde. Aber ihre Welt war ja seit Freitag schon in Unordnung geraten; daran gemessen war es eigentlich nur ein kleiner Schritt, der noch getan werden musste.

Als die Glocken der Klosterkirche zu ihm herüber klangen, war Jochen Buchholz fest entschlossen, Ulrike Auffermann die Wahrheit zu sagen. Allerdings war er nicht ganz sicher, ob er schon jetzt zu ihr gehen oder bis nach Christophs Beerdigung warten sollte. Der Leichnam war bisher nicht freigegeben, der Termin der Beisetzung stand noch nicht fest. Wahrscheinlich hatte es keinen Sinn, vor diesem sensiblen Datum zusätzliche Unruhe in die Geschichte zu bringen. Den richtigen Moment abzupassen, darauf kam es an.

Natürlich konnte man auch Gerd Kröger ins Bild setzen und ihm auf diese Weise einen besonderen Part zukommen lassen. Er sah Krögers Gesicht vor sich, wie es rot anlaufen würde und wie unter den schwarz gefärbten Haaren die Poren seiner Nase grob und unangenehm plastisch hervortraten.

Aber es gab auch gewichtige Gegenargumente. Wenn er den geprellten Ehemann mit ins Boot holte, dann würde diese Aktion wiederum von Buchholz selbst ablenken, ihm unter Umständen nur eine Außenseiterrolle zubilligen. Die Bodschwinnas würden sich einmischen, würden ihm womöglich unterstellen, die Unwahrheit zu sagen. Einer der beiden Hauptbeteiligten war ja gar nicht mehr am Leben, konnte nicht mehr Rede und Antwort stehen. Wenn es so liefe, dann hätte er das Gegenteil dessen erreicht, was er eigentlich wollte. Und damit er seinem wichtigen Ziel näher kommen konnte, musste er selbst das Gesetz des Handelns in der Hand behalten. Falls er sich so verhielt, wie er es geplant hatte, würde es für alle vollkommen plausibel sein, dass er Ulrike Auffermann davor schützen wollte, die Rolle der trauernden Witwe mit einer anderen zu teilen. Das Entscheidende war, dass Ulrike ihm gewogen blieb.

Klar, wenn man wollte, konnte man dem Gatten der anderen Dame irgendwann mal reinen Wein einschenken. Aber nicht jetzt. Erst sollte Ulrike erfahren, was er gesehen hatte. Was Kröger betraf, so hatte er noch einen Trumpf in der Hinterhand. Ob er den einweihen würde, konnte er unter Umständen auch vertraulich mit Ulrike besprechen.

Es galt zu bedenken, wie Martina Kröger reagieren würde. Natürlich war die ein Biest, das konnte sogar dem Zahnarzt Kröger auf Dauer nicht verborgen geblieben sein. Sie hatte sich wahrscheinlich äußerst bereitwillig mit Auffermann eingelassen, war mit ihm sicher nicht ungern ins Bett gestiegen und hatte sich – das schien ihm inzwischen zweifelsfrei – von dieser Verbindung ein paar berufliche Vorteile versprochen. Wenn Auffermann die Chefarztstelle bekommen hätte, wären seine Möglichkeiten, Einfluss zu nehmen, erheblich angewachsen. Zumindest eine Stelle als Oberärztin wäre dann für Martina Kröger in Reichweite gewesen. Jung war sie und karrieregeil, da passte alles zusammen. Dass sie Auffermann wirklich geliebt hatte, erschien Buchholz eher als unwahrscheinlich.

Aber man konnte andererseits nicht in die Menschen hineingucken. Nach außen hin wirkte Auffermann durchaus charmant, wusste die Charakterlosigkeit, mit der er seine Umgebung ausnutzte, immer geschickt zu verstecken. Wenn er ehrlich war, musste sich Buchholz eingestehen, dass er selbst Auffermann stets durch seine ganz persönliche Brille gesehen hatte, was den Arzt natürlich nicht attraktiver machte. Er wollte auch nicht ausschließen, dass in einschlägigen Beziehungskisten häufig mehrere Dinge zusammen kamen. Zuneigung und Karrierewunsch, das konnten durchaus zwei Seiten derselben Medaille sein. Im Grunde war es ihm egal, ob da etwas Ähnliches wie Liebe im Spiel gewesen war oder nicht.

Buchholz erinnerte sich gut, wie er Christoph und Martina in der letzten Woche auf dem Dortmunder Westenhellweg gesehen hatte. Der vorweihnachtliche Schmuck der Einkaufspassage hatte dem Ereignis etwas Unwirkliches, einen eher kitschigen Beigeschmack verliehen. Jedenfalls war das, was er gesehen hatte, in seiner Peinlichkeit vollkommen eindeutig gewesen. Hand in Hand waren sie durch die Fußgängerzone flaniert, hatten sich gegenseitig auf Auslagen in den Schaufenstern aufmerksam gemacht. Wahrscheinlich suchten sie sich schon Weihnachtsgeschenke aus, die sie einander später in der Besenkammer der Klinik zustecken wollten. Vielleicht beriet Martina ihren Liebhaber auch in der Wahl der Geschenke für seine Ehefrau. Buchholz traute ihnen alle Geschmacklosigkeiten dieser Welt zu. Die beiden waren in ihrem konspirativen Glück so naiv gewesen, dass sie sich wohl nicht einmal vorstellen konnten, in der Dortmunder Innenstadt könne ein Bekannter aus Bochum herumlaufen.

Nachdem sich seine Überraschung gelegt hatte, war er ihnen sogar ein paar Schritte hinterher gegangen. Er kam sich vor wie ein Detektiv aus einer Fernsehserie, der jemanden verfolgen musste. Das war gar nicht so einfach, wie es in den Tatortfilmen erschien. Als die beiden mitten in der Einkaufszone stehen blieben und sich küssten, hatte er befürchtet, Christoph könne ihn sehen, weil er sich zu Martina umgedreht hatte. Im Eingang der Mayerschen Buchhandlung war Buchholz in Deckung gegangen. Dann hatte er das Pärchen einfach laufen lassen, vielleicht auch, weil in ihm plötzlich ein merkwürdiges Gefühl aufgestiegen war, eine noch vage, unartikulierte Hoffnung, dass sich ihm nun eine einmalige Chance bieten würde.

Ulrike Auffermann sollte wissen, was er in Dortmund gesehen hatte. Er würde ihr erzählen, dass er lange darüber nachgedacht habe, ob er sie überhaupt informieren konnte. Würde ihr ausführlich beschreiben, wie sehr er sich mit der Entscheidung herumgequält habe. Den Ausschlag hätte die Befürchtung gegeben, sie könne Gefahr laufen, aus dem Toten einen Heiligen zu machen, der er nun wirklich nicht gewesen sei. Andererseits durfte er auch nicht die Mitleidsmasche herauskehren, die hätte sie ihm nicht abgenommen.

Was er selbst von Auffermann gehalten hatte, wollte er ihr jedenfalls nicht auf die Nase binden, zumindest nicht in aller Deutlichkeit. Buchholz hatte Auffermann nie wirklich gemocht. Vielleicht war es Außenstehenden so erschienen, als seien sie irgendwie befreundet, aber eigentlich hatte der Arzt ihn ständig ausgenutzt: „Hallo, Jochen, hier ist Christoph. Kannst Du mal eben zu uns raufkommen? Wir haben ein kleines Problem."

So ähnlich hatte es stets am Telefon geklungen, wenn Auffermann nach ihm verlangte und sich mal wieder gebetsmühlenartig darauf berief, dass er im Haushalt leider zwei linke Hände hätte. Gern rief Auffermann an, wenn er gerade im Begriff war, sein Haus zu verlassen, so dass er nicht mit ansehen musste, wie Jochen Buchholz im Löwenzahnweg arbeitete. Die Anlässe waren vielfältig. In regelmäßigen Abständen funktionierte die Waschmaschine nicht, oder ein Spiegel musste aufgehängt werden, oder im Garten war eine Ratte gesehen worden, die aus der Ruhr bis in den herrschaftlichen Garten gewandert war. Auch für die Drecksarbeit war Buchholz zuständig.

Zwei linke Hände! Das war lachhaft, wenn man bedachte, welchen Beruf Auffermann ausübte. Buchholz verstand auch nicht, warum Ulrike Auffermann ihrem Ehemann dieses Märchen abnahm. Der war einfach zu fein, war sich zu schade für Arbeiten am Haus. Das war etwas für mittelmäßige Kreaturen. Und immer erwartete der Herr, dass auf der Stelle Abhilfe geschaffen wurde, ob es passte oder nicht. Kostbar war nur die Zeit des großen Chirurgen.

Und doch hatte Jochen Buchholz das Spiel mitgespielt, war zuverlässig und pünktlich gewesen. Er hatte niemals von den Auffermanns Geld angenommen, selbst wenn es um aufwendigere Arbeiten ging und Christoph, wie er es gönnerhaft ausdrückte, ihm ‚ausnahmsweise' einen Stundenlohn angeboten hatte. Stattdessen war Buchholz irgendwie in den Freundeskreis der Auffermanns aufgenommen worden, in einen Kreis, der ihn gleichwohl spüren ließ, dass er eigentlich nicht dazu gehörte. Wahrscheinlich sonnten diese Freunde sich in dem für sie schmeichelhaften Gefühl, in sozialer Hinsicht offen, zumindest liberal und ohne gesellschaftlichen Vorbehalt zu sein. ‚Politisch korrekt' hätte man auch sagen können.

Sicher, niemand hatte ihn gezwungen, für die Auffermanns den Hausmeister zu spielen. Das Motiv lag einzig bei ihm selbst. All seine Hilfsbereitschaft hatte von Anfang an Ulrike Auffermann gegolten. Ihr wollte er helfen, auch weiterhin. Sie war das Ziel seiner Wünsche, das nach den jüngsten Ereignissen näher lag, als je zuvor. Manchmal fragte er sich, woher eine derart uneingeschränkte Liebe kam, wie ein solch unbändiges Gefühl von seinem Herzen hatte Besitz ergreifen können. Er hatte sich diese Leidenschaft nicht gewünscht, sie war einfach da, war über ihn gekommen, als er die ersten Male das Haus der Auffermanns betreten und Ulrike gesehen hatte. Ihre große Gestalt, die schönen Augen, ihr sicheres Auftreten, die Natürlichkeit, mit der sie ihm begegnete. Da war kein Hochmut im Blick wie bei den anderen. Im Gegenteil. Ein paarmal hatte er in ihren Augen einen zweifelnden Glanz entdeckt, einen Funken Unsicherheit, von dem er wusste, dass der nur von ihm wahrgenommen wurde und der ihm zu sagen schien: Hilf mir hier raus. Ich stehe das alles nicht mehr durch.

Auf der Kosterstraße blickte er hoch zum Henkenberg. Dort, hinter dem Berg, saß Ulrike Auffermann in ihrem Salon und wusste nicht, was sie vom Lauf der Dinge halten sollte. Er wollte ihr helfen. Er hoffte nur, dass Klara Bodschwinna nicht bei ihr war, die stets versuchte, ihren Einfluss auszuspielen. Das war eine Frau, die ihm vorkam wie ein Chamäleon. In ihrer kalten Schönheit war sie ihm immer ein Buch mit sieben Siegeln geblieben.

Der Hund hatte auf der Straße die Seite gewechselt, ging nun rechts von Buchholz, hielt sich eng an seinen Herrn. In Richtung Hattingen hatte sich eine Autoschlange gebildet. Vielleicht war die Kosterbrücke kurzzeitig gesperrt oder nur einspurig befahrbar. Von der stillgelegten Henrichshütte ging schon lange keine Verkehrsbehinderung mehr aus. Als Jochen Buchholz sein Haus betrat, war er froh, dass er sich endlich entschieden hatte.

Drinnen war es kalt. Er hängte seinen Parka an die Garderobe und marschierte durch den Flur, öffnete die Hoftür. Kastor folgte ihm. Im Hof schloss Buchholz den Zwinger auf. Kastor kroch in geduckter Haltung hinein, drehte sich dreimal um sich selbst, bevor er sich grunzend zur Ruhe legte.

23. Kapitel

„Das ist doch mal wieder ganz große Scheiße", schimpfte Rogalla. „Eine Profilerin! Oder wie heißt das richtig?"

„Fallanalytikerin."

„Ist ja noch beschissener. Was will die denn analysieren?"

Es war kurz nach acht. Sie hatten gemeinsam das Polizeipräsidium an der Uhlandstraße verlassen und saßen jetzt draußen in Rogallas Auto. Auf den Fahrzeugen, die noch auf dem Parkplatz standen, lag eine dünne Reifschicht. Die Fensterscheiben beschlugen, während sie miteinander sprachen. Im Radio hörten sie gerade noch den Wetterbericht. In der Nacht sollte es glatt werden, nicht nur im Sauerland, sondern auch im Ruhrgebiet.

„Warum meckerst du mich an? Das war doch nicht meine Idee!" sagte Brenner.

„Ja, klar. Du heckst wieder irgendwelche Schweinereien mit dem PP aus, und ich darf das einfach so schlucken."

Brenner schüttelte den Kopf: „Jetzt sei doch nicht beleidigt. Das war eine Anordnung vom Chef. Ich habe damit gar nichts zu tun. Übrigens: die ist ganz nett."

„Kann ich mir vorstellen, dass du sie nett findest. Wie alt?"

„Über vierzig."

„Du machst sie extra älter als sie ist. Damit ich nicht auf dumme Gedanken komme, wenn du sie nett findest."

„OK, vielleicht Mitte dreißig."

„Ich habe sie übrigens gesehen, als sie durch den Flur gewandert ist", sagte Rogalla. „Auf solche wie die fährst du ja immer ab. Stramm und selbstbewusst. So was imponiert dir. Weißt du was? Du hast Komplexe!"

„Na, das ist mal ganz was Neues. Jetzt bist du plötzlich der Analytiker. Und ich bin der Fall. Oder was soll das ganze Gerede? Bist du eifersüchtig auf die Dame? Die hat doch noch gar nichts getan. Und dir hat sie auch nichts getan."

„Nee, getan hat die mir überhaupt nichts. Mir geht es aber um deinen Seelenfrieden und um dein Familienglück.

Schließlich bin ich da auch ein bisschen verantwortlich, seit bei dir zu Hause mein Patenkind rumkriecht."

„Jetzt sei mal friedlich. Ich passe schon auf mich auf."

Rogalla guckte ihn ungläubig an.

Brenner fuhr fort: „Und was dich betrifft, da bin ich ja froh, dass du dich so intensiv um unsere kleine Praktikantin kümmerst. Erst wolltest du nicht, und inzwischen bist du Feuer und Flamme. Was ist denn da passiert?"

„Nichts! Was soll passiert sein?"

„Du brauchst mir gar nichts zu erklären. Ich merke seit ein paar Tagen, wie du aufblühst, wenn sie in deiner Nähe ist. Und umgekehrt ist es auch so. Sie hängt an deinen Lippen und liest dir jeden Wunsch von den Augen ab. ‚Der Herr Rogalla hat gesagt …' oder ‚Der Herr Rogalla ist aber der Meinung …' – solche schönen Sprüche höre ich von ihr."

„Du hast sie mir doch aufs Auge gedrückt!"

„Aufs Auge ist gut …! Jetzt fahr los! Mir ist kalt."

Sie schwiegen. Rogalla steuerte den Wagen gemächlich die Kortumstraße entlang in Richtung Innenstadt, ließ kurz vor der Ampel erst noch den Gegenverkehr vorbei und bog dann links auf den Nordring ab. Brenner guckte gelangweilt aus dem Fenster.

„Was wir brauchen, ist ganz was anderes", sagte Rogalla, nachdem sie sich eine Minute lang angeschwiegen hatten.

„Nämlich?"

„Wir brauchen jemanden, der was von Wölfen versteht."

„Du meinst, einen Zoologen oder Tierpfleger?"

„Nein, einen richtigen Spezialisten für Wölfe. Einen, der das Verhalten von Wölfen erforscht. So etwas muss es doch geben."

„Hat der Bochumer Tierpark nicht auch ein paar Wölfe? Ich meine, dass ich da mal welche gesehen habe. Oder?" fragte Brenner.

„Die sind schon lange nicht mehr da. Als Michael klein war, bin ich öfter mit ihm in den Tierpark gegangen. Ich glaube, dass die Wölfe schon vor zehn Jahren ausgemustert wurden. Vielleicht ist es auch länger her."

„Ach so. Wenn die noch hier wären, hätten wir gleich umkehren können und da mal nachfragen. Der Tierpark ist ja um die Ecke. Dann hätten wir uns auch mal ein paar Wölfe aus der Nähe ansehen können."

„Klar, wenn der Herr Hauptkommissar Brenner vom KK 11 kommt, dann stellen sich die Wölfe in einer Reihe auf und geben alle Pfötchen."

Brenner sagte nichts. Hinter der Serra-Plastik, kurz vor dem Bochumer Hauptbahnhof, bog Rogalla links in die Wittener Straße ein. Auf der Höhe des neuen Stadtarchivs hielt er in der zweiten Reihe, hinter ihm wurde heftig gehupt. Brenner sprang schnell aus dem Wagen.

„Danke", rief er Rogalla noch zu. „Und über den Wolf-Spezialisten können wir ja morgen noch mal nachdenken. Dann gucken wir ins Internet. Sabrina macht das bestimmt gerne für dich."

Was heißt eigentlich morgen? fragte sich Rogalla, als er nach Wattenscheid fuhr. Zu Hause in der Emilstraße stellte er fest, dass Ingrid in der Schule war. Schulkonferenz oder so ähnlich. Das wurde immer doller. Jeden zweiten Abend war etwas los in ihrer Schule. Früher war es doch anders gewesen. Oder hatte er das nur nicht gemerkt? Er schmierte sich ein Butterbrot und setzte sich vor den Laptop, der in seiner Arbeitsecke auf einem Tischchen stand.

Er gab bei Google den Begriff ‚Wolfsgehege' ein und wurde sofort fündig. Solche Anlagen existierten in den unterschiedlichsten Ecken Deutschlands. Alle warben sie um Besucher, die in den Bayerischen Wald oder in den Süden Hamburgs, ins Saarland oder nach Brandenburg reisen sollten, um zahlreiche Wolfsarten auf dem jeweiligen Gelände beobachten zu können. Rogalla hatte gar nicht gewusst, dass man zwischen Timber-, Arktis- und Polarwölfen, zwischen sibirischen, kanadischen, indischen und europäischen Wölfen unterscheiden musste.

Eins der Wolfsgehege, die sich im Internet vorstellten, lag südlich von Nordhorn, war also gar nicht so weit entfernt. Irgendwie war das schon Emsland, aber praktisch im äußersten Südwesten Niedersachsens, nahe der niederländischen und der nordrhein-westfälischen Grenze. Das war über die A 31 in einer guten Stunde zu erreichen. Da könnte er vielleicht mit seiner Praktikantin mal hinfahren und sich ein bisschen über Wölfe aufklären lassen.

Die Homepage warb mit vielen Bildern um Besucher. Eltern und Kinder konnten dort alle Arten von Wölfen in ihrem natürlichen Lebensraum beobachten. Rogalla fragte sich, wieso das Emsland der natürliche Lebensraum für einen sibirischen Wolf war. Aber vielleicht hatte er den Ansatz auch nicht richtig verstanden. Er war ja kein Wolfsexperte, und im Biologieunterricht hatte er meistens geschlafen.

Interessant war noch eine Besonderheit, die für Besucher des Wolfsgeheges bei Nordhorn angeboten wurde: Man konnte dort sogar eine ganz spezielle Führung buchen, in der eine Verhaltensforscherin von ihren eigenen Erfahrungen und von ihren Erlebnissen in einem Wolfsrudel berichtete. Das Gehege war täglich geöffnet. Ob aber diese Verhaltensforscherin auch jeden Tag zur Verfügung stand, war in der Homepage nicht angegeben. Er nahm sich vor, dort mal aus dem Präsidium anzurufen und nachzufragen.

Auf jeden Fall wollte er sich an einem der nächsten Tage zusammen mit Sabrina Melies aufmachen. Das würde die ja sicher äußerst interessant finden. Brenner würde er erst kurz zuvor informieren, damit der ihm keinen Strich durch die Rechnung machen konnte. Dem war zuzutrauen, dass er sich mit seiner Profilerin selbst auf den Weg ins Emsland machte und Rogalla im Regen stehen ließ.

24. Kapitel

„Schlechte Laune?“ fragte Marie und sah ihn prüfend an.

„Ich? Warum?“

„Siehst aus, als hätte es Ärger gegeben.“

„Ach so. Kleine Diskussion mit Rogalla. Wir haben eine Profilerin bekommen. Er hat was dagegen.“

„Eine Profilerin?“

„Ja, eine Kommissarin mit besonderem psychologischem Gespür.“

„Was hat Rogalla denn dagegen?“

Brenner zuckte mit den Schultern. „Was weiß ich? Er will nicht, dass man uns reinredet. Vielleicht befürchtet er Autoritätsverlust. Offensichtlich hat er auch ein paar Vorurteile wegen ihres Alters.“

Maries Blick wurde prüfender. „Wie alt ist sie denn?“

„Weiß ich nicht. Danach habe ich sie nicht gefragt.“

„Aber das sieht man doch.“

Der Kommissar blickte gottergeben zur Flurdecke, hängte seinen Mantel an den Haken. Er wusste, jetzt kam es auf die richtigen Worte an oder auf die richtigen Gesten. Was die Worte betraf, musste man bei Marie Feinmechaniker sein. Früher hätte er provozierend gesagt: „Sie ist jung, schön, außergewöhnlich intelligent, hat aber den Fehler, verheiratet zu sein.“ Da wäre sie sofort dazwischen gefahren. „Fehler? Aha! Warum Fehler?“ Und schon wäre der Abend gelaufen gewesen. Jetzt vermied er solche Bemerkungen. Sie brachten nichts, störten nur die Harmonie, waren überflüssig wie ein Kropf und in gewisser Weise auch einfach nur dumm. Es waren Nadelstiche, aus denen leicht ein großes Missverständnis entstehen konnte.

„Ich schätze so um die vierzig“, antwortete er. „Aber das ist doch völlig unwichtig. Die Hauptsache, wir haben Hilfe bei diesem schwierigen Fall. Es ist gut, wenn eine Frau einen Blick auf die Geschichte wirft. Das habe ich versucht, Rogalla klar zu machen.“

Er nahm Marie in den Arm, streichelte ihr über das Haar. „Schluss bitte mit beruflichen Fragen. Es gibt auch noch eine andere Welt.“

Aber beim Abendessen war der Beruf wieder da. Marie würde es merken, dass er mit den Gedanken umherschweifte. Einen Timberwolf bekam man nicht so leicht aus dem Kopf. Er überlegte, ob er ihr das erzählen sollte von der DNA-Analyse, bevor sie falsche Schlüsse zog, vermutete, dass er an die Profilerin dachte. Marie würde schweigen, es nicht in die Welt posaunen. Da war er ziemlich sicher. Auf der anderen Seite aber war eine Geheimhaltung eben eine Geheimhaltung. Von den beiden Todesfällen hatte er erzählt. Auch von ihrer Vermutung, dass ein abgerichteter Kampfhund dahintersteckte. Warum sollte er nicht vom Ergebnis der Analyse berichten? Machte es einen Unterschied, ob das Tier nun Rottweiler hieß oder Timberwolf? Vielleicht doch. Der Wolf war die größere Sensation, verleitete dazu, es weiter zu erzählen, mochte auch Anlass geben zu größeren Sorgen. Ein Wolf war nicht nur irgendein Tier. Da hingen Geschichten dran, Aberglaube, mythische Übertreibungen, Ängste.

Und auf der anderen Seite wieder: Wenn man Sabrina Melies ins Vertrauen zog, ziehen musste, warum sollte er nicht mit seiner eigenen Frau darüber reden dürfen? Es machte keinen Sinn, den Grund zu verschweigen für seine Nachdenklichkeit, die ihm als Verschlossenheit oder Verheimlichung ausgelegt werden konnte. Marie konnte falsche Schlüsse aus seinem Verhalten ziehen. Sie spürte, auch jetzt, dass er mit den Gedanken anderswo war.

Er schenkte Wein nach. „Also“, sagte er, „der Ärger mit Rogalla ist eigentlich Nebensache. Das ist morgen vergessen. Es ist etwas anderes. Wir haben es nicht mit einem Kampfhund zu tun, sondern mit einem Wolf. Das hat eine DNA-Analyse ergeben. Daran ist kein Zweifel.“

„Ein Wolf? In Bochum?“ Sie sah ihn ungläubig an.

„Ja. Es muss jemanden geben, der einen dressierten Wolf auf bestimmte Personen ansetzt. Wir wissen nicht warum und auf wen vielleicht noch.“

„Du wirst vorsichtig sein?“ fragte sie sofort.

„Die Angriffe gelten ja nicht uns.“

Sie nahm ihr Glas mit dem Wein in die Hand, schwenkte die Flüssigkeit langsam, trank nicht, hatte die Stirn in Falten gelegt. „Bitte keinen Leichtsinn mehr", sagte sie.

Er wusste, was sie meinte. Vor zwei Jahren war er unbedacht in eine Falle gelaufen, hatte sich überwältigen, an einen Heizkörper fesseln lassen. Dem Brand in dem Zimmer war er in letzter Sekunde entkommen. Mit Hilfe Rogallas, der ihm nachgespürt hatte. Marie, von irgendeiner Ahnung getrieben, hatte seinen Kollegen alarmiert.

„Nein, keine Sorge!" bekräftigte Brenner. „Einen Alleingang wird es nicht mehr geben. Ich passe auf."

25. Kapitel

Lena Rieken haderte mit den Tatortfotos. „Das ist alles?“ meinte sie.

Sie saßen zu dritt im Dienstzimmer der Kommissare. Sabrina Melies war unterwegs zu Recherchen. Sie brauchten Daten über Lewinskis Kunden. Der Praktikantin trauten sie für diese Aufgabe genug Selbstständigkeit zu.

Rogalla verdrehte die Augen. „Geht das jetzt schon mit der Besserwisserei los?“ mochte das bedeuten.

Brenner warf ihm kurz einen warnenden Blick zu, wandte sich dann an die Profilerin. „Die Tatorte geben leider nicht mehr her“, antwortete er. „Es gab keinen Kampf. Bei Auffermann nicht, bei Lewinski nicht. Sie sind beide überrascht worden. In dieser Hinsicht ist die Ermittlungslage einfach schlecht. Die einzige Spur, abgesehen von den Wolfshaaren, ist diese Karte. Und die ist ein absichtliches Geschenk.“

Er musste sich die Fotos nicht noch einmal ansehen. Er hatte die Bilder im Kopf. Vier Spurentafeln waren es bei Auffermann. Die Leiche hatte die Nummer eins, die Blutlache die zwei, das Fahrrad die drei, Nummer vier war die Bremsspur. Sonst hatte es an diesem verdammten Ort nichts Auffälliges gegeben. Keine Fußabdrücke, keinen Zigarettenstummel oder eine achtlos weggeworfene leere Schachtel, kein Projektil, keinen Textilfetzen, keinen Knopf oder sonst irgendetwas, keine fremden Blutspritzer. Der Fall war einfach anders. Bei Lewinski war es noch magerer gewesen. Zwei Tafeln. Eine für die Leiche, die andere für das Blut. Der Tatort war sauber, als sei kurz vor dem Eintreffen der Kommissare eine Kehrmaschine vorbeigekommen.

Die Profilerin hatte Rogallas Reaktion offenbar bemerkt, sprach ihn direkt an. „Herr Rogalla, ist das die einzige Handschrift des Täters? Hat er vielleicht bei den Opfern die Taschen durchsucht?“

„Nein“, brummte der Kommissar, machte eine Pause, schien sich ausschweigen zu wollen, entschied sich aber, es nicht bei dieser Einsilbigkeit zu belassen. „Die Taschen hingen nicht heraus, auch nicht ansatzweise. Da ist nur in den Anorak beziehungsweise in den Parka diese Karte hinein geschoben worden. Das war alles. An der Untersuchung der Toten hatte der Täter kein Interesse. An Auffermanns Brieftasche gab es nur seine eigenen Fingerabdrücke. Ebenso war das bei Lewinskis Portemonnaie. Der Reißverschluss an Auffermanns Anoraktasche wurde wahrscheinlich aufgezogen. Am Griff sind aber nur Auffermanns Abdrücke. Der Täter hat Handschuhe getragen, glatte Lederhandschuhe wahrscheinlich. Reste von Mikrofasern gab es nicht. Aber das steht ja alles im Bericht drin. Muss ich ja nicht erzählen."

„Gut", meinte Lena Rieken. „Dann ist die Ausgangslage klar. Wir haben es mit jemandem zu tun, dem nur am Tod der beiden gelegen war. Nachfolgende Übergriffe gab es nicht, also keine Hassattacken, Tritte, Schläge. Es gab keine weiteren Verletzungen. Es sieht so aus, als wurde der Angriff kühl kalkuliert, geplant, möglicherweise ist er lange vorbereitet worden. Wie weit der Grund für diese Rache zurückliegt, wissen wir nicht. Wir brauchen eine Biographie von Auffermann und Lewinski."

Bevor Rogalla wieder die Augen verdrehen mochte, um kundzutun „Das haben wir auch schon gewusst!", griff Brenner ein.

„Wie weit zurück soll diese Biographie gehen?" fragte er.

„So weit wie möglich. Fangen Sie meinetwegen mit der Schullaufbahn an. Jedes Detail kann wichtig sein, auch wenn es uns zunächst als nebensächlich erscheint. Was hat die Untersuchung der Laptops ergeben? Haben die beiden über E-Mail Kontakt gehabt?"

Sie legt sich ja ganz schön ins Zeug, dachte Brenner. Wahrscheinlich gibt sie beim Fußball auch die Spielführerin ab. Nun ja, warten wir's ab.

Er ließ sich nichts anmerken, antwortete ruhig: „Wissen wir noch nicht genau. Wahrscheinlich nicht. Bisher kennen wir nur das Ergebnis von Lewinski. Der hatte seinen Laptop nicht mit einem Passwort gesichert. Kontakt mit Auffermann über E-Mail hatte er jedenfalls nicht. Er hat den Computer nur geschäftlich benutzt, abgesehen von ein paar Erotikseiten, die im

Browserverlauf gespeichert waren. Sonst nur Kundendateien. Auffermanns Name kommt darin nicht vor. Die Handys haben wir selbstverständlich auch überprüft. Es gab keine Telefonate zwischen den beiden."

„Und am Tag der Tat? Mit wem haben sie telefoniert?"

„Auffermann nur mit seiner Frau. Lewinski hat sein Handy überhaupt nicht benutzt. Es gab an diesem Tag nur ein Telefonat mit einem Kunden. Das Gespräch ging über das Festnetz."

Rogalla stand auf. „Ich geh mal zu den Technikern und mach ein bisschen Druck. Passwort knacken ist für die doch ein Kinderspiel." Er nickte kurz der Profilerin zu, bedachte Brenner mit einem Blick, der sagen mochte: „Was tun wir uns da an!" und hatte dann rasch die Tür von außen geschlossen.

„Ist der immer so brummig?" fragte Lena Rieken.

„Eigentlich nicht. Aber er ist eingefleischter Schalkefan und hat zurzeit Kummer. Einen Abstiegsplatz verträgt er nicht." Um sich weitere Erklärungen zu sparen, schob er die Frage nach: „Haben Sie etwas über Wölfe herausgefunden?"

„Ja. Wenn man einen Wolf als Welpen aufzieht, kann eine sehr enge Bindung entstehen. Der Wolf gehorcht, lässt sich ein bestimmtes Verhalten andressieren. Hätten Sie einmal Lust, ein Wolfscenter zu besuchen? Es gibt einige in Deutschland."

„Im Prinzip gerne. Aber den Ausflug hat Rogalla schon gebucht. Mit unserer Praktikantin."

Die Profilerin hob fragend die Augenbrauen.

„Rein dienstmäßig", sagte Brenner.

Lena Rieken lächelte. Aber es war ein eher schelmisches Lächeln, das bedeuten mochte „Was kann man euch Männern schon glauben?" Sie hatte aber keine Lust, das Thema zu vertiefen.

„Warum eigentlich haben Sie Frau Bodschwinna einbestellt?" fragte sie. „Hatten Sie einen Verdacht?"

Der Kommissar erzählte von der Begegnung bei Auffermanns, von Klara Bodschwinnas Abneigung sich befragen zu lassen.

„Etwas Ärger, gebe ich gerne zu, war dabei", meinte er abschließend. „Sie wollte mich stehen lassen wie einen dummen

Jungen. Aber uns war schon bei der ersten Begegnung aufgefallen, wie sehr sie sich bemühte, Frau Auffermann aus der Schusslinie zu halten. Sie wirkte so, na ja, wie ein Kind, das etwas verstecken will."

„Welchen Grund könnte sie haben?"

„Vielleicht genau diesen Grund, etwas verbergen, verstecken. Aber wir haben keine Ahnung, was."

„Mir ist da bei den Protokollen noch etwas aufgefallen", bemerkte Lena Rieken. „Das Protokoll Ihrer Praktikantin. Die Befragung von Frau Auffermann. Sabrina Melies schreibt: ‚Sie ist nervös, gar nicht traurig.' Was halten Sie davon?"

Brenner nickte. „Ja, ich weiß. Mein Gefühl sagt mir, da wird etwas unter den Teppich gekehrt. Aber wir haben noch keine Anhaltspunkte, tappen bei dem Kreis um Auffermanns wie in einem Nebel herum. Alle, die an dem Abend im Haus waren, haben kein richtiges Alibi. Buchholz gibt an, er sei mit seinem Hund zur Tatzeit spazieren gegangen. Er kann es nicht beweisen. Wir können es nicht widerlegen. Genauso ist das bei den Krögers. Martina Kröger war angeblich in der Kortumstraße, frühzeitig Weihnachtsgeschenke besorgen. Sie hat aber, wie sie angibt, nichts gefunden, folglich auch keine Zeugen. Gerd Kröger sagt, er sei zu Hause gewesen. Alleine. Die beiden Bodschwinnas haben einen Spaziergang gemacht. Getroffen haben sie dabei niemanden. Jedenfalls niemanden, der sie kennt oder den sie kennen. Frau Auffermann hat den Abend vorbereitet, war alleine im Haus. Wertlose Alibis. In ihrer seltsamen Häufung geradezu verdächtig."

Eine ganze Stunde blieb die Profilerin vom LKA noch. Sie stellten Hypothesen auf, stuften sie ein als möglich oder weniger möglich, verwarfen manche. Einmal, so ziemlich gegen Ende der Unterredung, trat Brenner ans Fenster, um eine Zigarette zu rauchen. Draußen begann es schon dunkel zu werden. Merkwürdig, dass Rogalla noch nicht aufgetaucht war.

26. Kapitel

Gegen sieben kam der Wattenscheider. Er öffnete die Tür, streckte vorsichtig und etwas übertrieben den Kopf herein, als müsse er erst die Lage sondieren.

„Sie ist weg", sagte Brenner. „Du kannst hereinkommen."

Rogalla schien guter Laune zu sein. Unter den Arm hatte er eine Mappe geklemmt. Er legte sie auf seinen Schreibtisch, setzte sich.

„Wir haben unsere erste wichtige Spur", sagte er und schlug die Mappe auf. „Die sind mit Auffermanns Laptop durch. Du wirst es nicht glauben."

„Was denn? E-Mail an Lewinski?"

„Nein, das nicht. Der Name Lewinski kommt nirgendwo vor. Aber zwei Buchungsbestätigungen. Beide für Christoph Auffermann. Die eine ist für den 11. Januar nächstes Jahr. Einzelzimmer in einem Wiener Hotel. Die andere ist auch für den 11. Januar. Doppelzimmer in Rom."

„Das erklär mir mal!"

„Ganz einfach. Im Renaissance Hotel in Wien findet am 12. Januar ein Workshop statt für EKG und Schrittmacher. Da hat er sich angemeldet. Er will am 11. anreisen, im Hotel übernachten, dann am 12. an dem Workshop teilnehmen. Wie er anreisen will, weiß ich nicht. Mit dem Wagen wahrscheinlich. Aber das ist völlig unwichtig. Wichtig ist: Der hatte gar nicht vor, nach Wien zu fahren. Das ist nur ein Alibi. In Wirklichkeit fährt der am frühen Morgen des 11. Januar nach Frankfurt-Hahn und fliegt von dort nach Rom."

„Woher weißt du das?"

Rogalla lächelte. „Das ist das Schöne an Ryan Air. Man kann nur über Internet buchen, muss sich selbst das Ticket ausdrucken. Alle Daten sind gespeichert."

„Es gibt ein zweites Ticket?"

„Richtig. Er hat nicht nur für sich alleine den Flug gebucht, sondern für noch jemanden."

„Mach's nicht so spannend. Für wen?"

„Ich hab's ausdrucken lassen." Rogalla entnahm der Mappe ein paar Blätter, murmelte „Doktor Christoph Auffermann", zählte laut „eins, zwei, hin, rück." Er zählte noch einmal „eins, zwei… Frau…". Sein Murmeln wurde unverständlich. Er stand auf, ging zu Brenners Schreibtisch. „Hier! Sieh selbst!"

Der Kommissar überflog die vier Blätter. Zwei zeigten die Tickets für Christoph Auffermann. Das erste Blatt: Abflug Frankfurt-Hahn, Dienstag 11.1.2011 um 7.45 Uhr, Ankunft Rom-Ciampino, 9.30 Uhr. Das zweite: Abflug Rom-Ciampino, Donnerstag, 13.11. um 9.55 Uhr, Ankunft Frankfurt-Hahn 11.50 Uhr. Blatt drei und vier brachten diese Daten noch einmal. Diese Tickets waren ausgestellt auf Martina Kröger.

„Alles klar", sagte Brenner. „Die beiden Doctores schieben einen Workshop in Wien vor, fliegen in Wirklichkeit nach Rom. Weißt du, in welchem Hotel sie absteigen wollten?"

„Ja. Feine Adresse. Campo de' Fiori. Deluxe Double. 390 Euro die Nacht. Der Flug ist billiger. 27 Euro pro Person. Hin und rück. Da könnte ich glatt auf die Idee kommen, mal den Papst zu besuchen."

Brenner schob die Blätter wieder zusammen. „Bringt uns das weiter?" fragte er. „Kröger hätte damit zwar ein Motiv, Auffermann an die Wäsche zu gehen. Aber Lewinski passt nicht rein."

„Wer weiß?" hielt ihm Rogalla entgegen. „Kennen wir Martina Kröger? Sie muss sich ja nicht nur mit Auffermann zufrieden gegeben haben. Weißt du zum Beispiel, was sie heute macht?"

„Wieso heute?" fragte Brenner?

„Man merkt, dass du nicht aus Wattenscheid kommst."

Brenner sah seinen Kollegen an, als ob Wattenscheid kurz hinter Kappadozien läge: „Wie? Wattenscheid?"

„Heute ist Karnevalsanfang."

27. Kapitel

Sie tauchten ein in den Dschungel der Uni-Zufahrten. Kurz vor der Schranke, die den Parkraum hinter den Gebäuden der Geisteswissenschaften versperrte und für die man offenbar einen besonderen Chip benötigte, stellte Rogalla seinen Astra ab. Hart am rechten Rand, so dass die durchfahrenden Autos noch passieren konnten. Einen Parkplatzwächter, dem man die Polizeimarke unter die Nase halten konnte, gab es nicht. Das Wintersemester war im vollen Betrieb, Studierende eilten, vom Uni-Center kommend, in die hohen Häuser und in die Hörsäle, von denen viele in den Katakomben der Gebäude angesiedelt waren.

Im mittleren Gebäude der Geisteswissenschaften, dem Haus GB, scholl ihnen auf der Etage 02 ein munteres Stimmengewirr entgegen. Hier waren sie offensichtlich richtig. Rogalla und Sabrina ergatterten den letzten freien Tisch in der Cafeteria. Auf dieser Etage tranken Studierende und Lehrende der Anglistik, der Romanistik und auch der Germanistik vor und nach den Veranstaltungen ihren Kaffee. Der Kommissar machte es sich dort gleich gemütlich, während Sabrina nur schnell ihre Sachen auf einem Stuhl deponierte, Schreibzeug und ein Reclam-Heftchen aus der Innentasche ihres Mantels herauszog.

„Ich geh dann mal“, sagte sie.

„Wissen Sie denn, wo der Hörsaal ist?“ fragte Rogalla.

„Ja klar, hab mir das auf dem Plan angesehen. Der Raum heißt HGB 10. Das ist eine Etage tiefer. Ich muss mich sputen, um Viertel nach elf geht es los.“

„Ich würde mich hier nie zurechtfinden. Na, denn viel Spaß! Ich bewege mich nicht vom Fleck, bis Sie wieder hier sind.“

„Dauert ja nur eine Dreiviertelstunde.“

Sabrina zog ab. Sie fühlte sich in dieser Umgebung offensichtlich wohl. Das war wirklich ein patentes Mädchen. Sie hatte selbst vorgeschlagen, Dr. Hartmut Bodschwinna in einer Vorlesung zu besuchen, um sich ein Bild von ihm und seiner

Tätigkeit zu machen. Rogalla hatte zugestimmt, ohne dass er eine Vorstellung davon gehabt hätte, was eine solche Aktion bringen würde. Andererseits sagte er sich: Wenn Sabrina schon mit eigenen Ideen kam, dann wollte er nicht unbedingt daran herumnörgeln. Schaden musste es nicht.

Er selbst konnte ja nicht mit in die Vorlesung gehen, da Bodschwinna ihn genau vor einer Woche, nach dem Tod Auffermanns, im Löwenzahnweg gesehen hatte. Das wäre zu auffällig gewesen, hätte Bodschwinna misstrauisch gemacht. Aber Sabrina Melies kannte er nicht, sie konnte sich ohne aufzufallen in den Hörsaal setzen und einfach mal sehen, was dort passierte. Nach Sabrinas Bericht würde Rogalla allein Dr. Bodschwinna in seinem Büro aufsuchen, da hatte er sich telefonisch bei der Sekretärin angemeldet.

Rogalla legte seine Zeitung auf den Stuhl, holte sich eine Tasse Kaffee und ein Stück Käsekuchen am Tresen. Er blickte sich um. Allzu häufig hatte ihn sein Beruf nicht in die heiligen Hallen der Ruhr-Universität geführt. Die Betonwände waren zugeklebt mit allen möglichen Plakaten und Inseraten. Graffiti prangten überall, waren teilweise übereinander geschmiert. Ein Glück, dass es in der Kantine im Präsidium anders aussah. Sonst hätte ihm das Mittagessen nicht geschmeckt.

Es war eigentlich erstaunlich, dass hier um diese Zeit schon so viele Studierende herumliefen. Am Nachbartisch unterhielten sich drei Studentinnen über einen ‚unmöglichen' Dozenten, der im Ruf stand, unter den Teilnehmerinnen seiner Seminare gute Noten zu verteilen, wenn sie ihn ein bisschen ‚ranließen'. Der Kommissar fragte sich, was wohl ‚ein bisschen' zu bedeuten hätte. Vielleicht spielten sich die Damen auch nur ‚ein bisschen' auf. Einen Tisch weiter saß ein glatzköpfiger junger Mann und trank Bier. Rogalla erinnerte sich an einen Spruch seines Schwagers: ‚Nie vor elf', hatte der immer gesagt. Jedenfalls war er davon überzeugt, dass alle, die hier rumsaßen, eigentlich in irgendwelchen Veranstaltungen sitzen müssten und sich Notizen machen, wenn die Professoren ihnen von ihren Forschungsergebnissen erzählten. Aber womöglich hatte er ein völlig falsches Bild von der Sache. Er hatte nur die Polizeischule besucht und keine Universität.

Er zog die WAZ unter seinem Kaffeebecher hervor und schlug sogleich den Bochumer Lokalteil auf. In Altenbochum hatte es in einer Wohnanlage für ältere Menschen gebrannt, eine Frau war dabei ums Leben gekommen. Von einer Kammer des Landgerichts war ein Vergewaltiger zu sechs Monaten Haftstrafe mit Bewährung verurteilt worden, was aufgrund der Milde des Urteils viel Empörung hervorgerufen hatte. Im Schauspielhaus präsentierte der neue Intendant eine seiner ersten, verstörenden Inszenierungen. Von einem mörderischen Wolf, der in Bochum umging, war nirgendwo die Rede. Offenbar hatte der kleine Kreis von Eingeweihten dicht gehalten. Auch Sabrina Melies gehörte inzwischen zu diesem Kreis, denn die Kommissare wollten auf ihre Impulsivität und auf ihre spontanen Ideen nicht verzichten, obwohl damit ein gewisses Risiko verbunden war. Sabrina, die ja an keinen Beamteneid gebunden war, hatte hoch und heilig versichert, ja sogar ‚geschworen', niemandem etwas zu sagen.

Dann griff sich Rogalla den Sportteil, aber er las nicht gleich die Sportberichte, sondern begann erst mal mit den Todesanzeigen, die auf der letzten Seite standen. Er war wieder mal erstaunt über die vielen polnischen Namen, die dort verzeichnet waren.

In den überregionalen Sportberichten gab es einen großen Artikel über die katastrophale Situation, in die sich die Schalker Spieler hineinmanövriert hatten, zumindest was die Bundesliga betraf. Er las nur den ersten Absatz, klappte dann die Zeitung zu, weil er sich ärgerte. Glücklicherweise sah die Lage in der Champions-League günstiger aus. Da war seine Mannschaft jedenfalls noch im Rennen. Aber wie lange würde sie durchhalten? Das Übelste an der ganzen Situation war die Tatsache, dass die Dortmunder in der Bundesligatabelle ganz oben standen. Das war für einen Schalker nur schwer zu ertragen.

Er guckte auf die Uhr. Sabrina war schon seit einer halben Stunde in der Vorlesung. Wahrscheinlich waren die Dinge, die sie dort hörte, weitgehend böhmische Dörfer für sie. Er hatte mal gehört, dass Germanisten ihr Fach künstlich hochjubeln mussten, damit man ihnen auch die Wissenschaftlichkeit ihres

Geschäfts abkaufte. Wahrscheinlich schadete es nicht, wenn Sabrina merkte, dass der Boden, auf dem sie sich im Polizeidienst bewegte, viel mehr mit dem wirklichen Leben zu tun hatte, als die Luftnummern dieser Geisteswissenschaftler. Aber vielleicht war er ja ungerecht; natürlich hatte er gar keine Ahnung, was die wirklich machten und ob man das nicht doch vernünftig begründen konnte. Von Kollegen seiner Frau hatte er allerdings mal gehört, dass sie im Lehrerberuf nur sehr wenig von dem gebrauchen konnten, was sie irgendwann mal auf der Hochschule gelernt hatten.

Im hinteren Teil der Cafeteria hatte sich eine Frau erhoben, die ihm zunächst den Rücken zugekehrt hatte. Eine Dozentin oder eine Spätstudierende? Mit einer eleganten Bewegung warf sie sich einen weiten Umhang über und entfernte sich mit selbstbewussten Schritten. Sie strebte offenbar den Fahrstühlen zu. Rogalla konnte jetzt ihr Profil sehen. War das nicht Klara Bodschwinna? Er war sich nicht sicher, wollte ihr erst folgen, blieb aber doch, wo er war. Denn was hätte ihm das genutzt, wenn er hier auf Frau Bodschwinna getroffen wäre? Wahrscheinlich wollte sie in der Mittagspause mit ihrem Mann zum Essen gehen oder ihn abholen. Diese Hochschullehrer arbeiteten ja manchmal nur zwei Stunden am Tag und wussten dann mit ihrem Feierabend nichts mehr anzufangen. Aber was Frau Bodschwinna betraf, so fragte er sich, ob sie um diese Zeit nicht in ihrer Schule sein musste und arbeiten.

Als er noch versonnen der Person nachstarrte, die er für Klara Bodschwinna gehalten hatte, klopfte ihm jemand auf die Schulter. Sabrina war wieder da.

„Na, wie war's?“ fragte er.

„Ganz toll. Und spannend.“

„So?“ fragte Rogalla sichtlich enttäuscht, als habe er eine negative Botschaft erhofft.

Sabrina kümmerte sich nicht darum und setzte sich zu ihm, hatte ihren Schreibblock und das Reclam-Heftchen noch immer in der Hand.

„Worum ging es denn überhaupt?“

„Die Vorlesung heißt: ‚Wagner und die Nibelungen‘.“

„Nibelungen? Ist das nicht so ein Mittelalter-Zeug? Mit Siegfried und dem Drachen?“

Sabrina zögerte. „Ja, irgendwie schon. Ich hab mich ja vorher schon ein bisschen schlau gemacht. Man kann das alles auf der Homepage von dem Dr. Bodschwinna nachlesen. Aber heute ging es um die Vorgeschichte, so wie Richard Wagner sie erzählt hat.“

„Ich denke, Wagner war Komponist?“

„Das ist schon richtig, aber er hat auch die Texte zu seinen Opern geschrieben. Und heute ging es um die ‚Walküre‘. Das ist eine von vier Opern zu dem Nibelungen-Thema. Der ‚Ring des Nibelungen‘, so heißen alle vier zusammen.“

„Und das war spannend?“

„Ja, wirklich. Es ging nämlich um die Eltern von dem Siegfried. Das ist ein Liebespaar, aber eigentlich sind sie Bruder und Schwester.“

„Solche Sauereien hat der Wagner geschrieben?“ fragte Rogalla amüsiert.

„Das wissen die erst gar nicht, dass sie Geschwister sind, aber später erkennen sie sich wieder. Ganz spannend ist die Sache, weil sie lange getrennt waren und Siegmund seine Schwester im Haus seines schlimmsten Feindes findet.“

Rogalla tat interessiert: „Also, Sabrina, das sind ja tolle Geschichten!“

„Aber jetzt kommt erst der Hammer, Herr Rogalla!“

„Wie, der Hammer?“

„Jetzt kommt nämlich der Wolf ins Spiel!“

„Ich dachte, bei Siegfried wäre das ein Drache, den er totschlagen muss.“

„Herr Rogalla! Sie haben mir nicht zugehört! Es geht doch um die Eltern. Von dem Drachen ist hier noch gar keine Rede.“

„Also, was ist mit dem Wolf?“

„Das wollte ich Ihnen ja gerade erzählen. Der Vater von den beiden Geschwistern, die übrigens auch noch Zwillinge sind, ist eigentlich ein Gott. Und zwar der oberste Gott. Wotan – so heißt er. Aber das darf niemand wissen.“

„Und deshalb verkleidet der sich als Wolf? Dann ist der so eine Art Werwolf, oder?“

„Nein, alles falsch. Hören Sie mir einfach zu!“

„Fällt mir nicht so leicht.“

Sabrina achtete nicht auf seinen Einwand und fuhr fort: „Dieser Gott Wotan nennt sich zu seiner Tarnung Wolfe. Wenn Siegmund von ihm erzählt, sagt er – hier, ich hab das gleich …“, sie blätterte in ihrem Reclam-Heftchen. „Jetzt hab ich die Stelle:

Wolfe, der war mein Vater;
zu zwei kam ich zur Welt,
eine Zwillingsschwester und ich.

Und dann beschreibt er seinen Vater, hier, das ist ein Stückchen weiter:

Wehrlich und stark war Wolfe;
der Feinde wuchsen ihm viel.
Zum Jagen zog
mit dem Jungen der Alte!
Von Hetze und Harst
einst kehrten sie heim:
da lag das Wolfsnest leer.“

„Muss ich das alles verstehen?“ fragte Rogalla dazwischen.

„Das hat der Dr. Bodschwinna genau erklärt. Der Harst, das ist der Haufen Feinde, das waren also die Männer, die die Wolfsfamilie verfolgten und jagten und bekämpften. Mit dem Wolfsnest meint er das Haus, in dem seine Familie wohnte. Das haben die Feinde völlig kaputtgeschlagen, die Mutter haben sie getötet und die Schwester ist verschwunden, wahrscheinlich entführt. Das geht aber noch weiter. Dann erzählt Siegmund, wie sein Vater und er, der Junge, gegen ihre vielen Feinde kämpfen mussten:

Geächtet floh
der Alte mit mir;
lange Jahre
lebte der Junge
mit Wolfe im wilden Wald:
manche Jagd
ward auf sie gemacht;
doch mutig wehrte das Wolfspaar sich.

Übrigens wurde Siegmund damals, als er mit seinem Vater zusammen gegen diese Übermacht der Feinde kämpfte, immer der Wölfing genannt, also der kleine Wolf."

„Ich kenne nur den kleinen bösen Wolf aus den Micky Maus-Heften."

„Herr Rogalla, Sie nehmen das nicht ernst!"

„Wie gesagt, fällt mir ein bisschen schwer. Aber erzählen Sie ruhig weiter, Sabrina. Mit diesem Wolfe, dem Vater, ist dieser Wölfing mit dem immer noch zusammen, als er seine Schwester wiederfindet?"

„Nein, von dem ist er dann getrennt worden, als sie ganz fürchterlich von einer Übermacht ihrer Feinde gejagt wurden. Das steht hier ein Stückchen weiter, ist eine tolle Stelle. Der Dr. Bodschwinna hat dazu auch die Musik vorgespielt. Da sagt Siegmund über seinen Vater:

seine Spur verlor ich,
je länger ich forschte;
eines Wolfes Fell
nur traf ich im Forst;
leer lag das vor mir;
den Vater fand ich nicht.

Ja, das sind die wichtigsten Stellen."

Rogalla lachte: „Steht da wirklich: eines Wolfes Fell? Das ist ja lustig. Wir haben doch tatsächlich so etwas gefunden, Brenner hat so ein Büschel Haare mitgenommen."

„Sehen Sie? Und da passt auch noch mehr zusammen. Niemand außer uns und natürlich außer dem Mörder selbst weiß, dass in Bochum zwei Männer von einem Wolf totgebissen worden sind. Auch der Mörder weiß nicht, dass wir das inzwischen wissen. Der muss doch denken, dass wir immer noch an den durchgeknallten Hund glauben. Und genau in diesem Augenblick hält einer von denen, die zum engeren Kreis der Verdächtigen gehören, eine Vorlesung an der Bochumer Uni, in der es um eine Wolfsfamilie geht, die in einem Wolfsnest lebt und die dauernd gegen ihre Feinde ankämpfen muss. Wolfe und Wölfing – jetzt sagen Sie mal selbst, Herr Rogalla, das kann doch kein Zufall sein."

„Warum eigentlich nicht?“

„Ich bin fest überzeugt, dass dieser Dr. Bodschwinna etwas mit unserer Wolfssache zu tun hat. Vielleicht ist der selbst auch völlig abgedreht und hält sich zu Hause einen Wolf. Vielleicht glaubt der, er ist selber einer.“

„Jetzt bleiben Sie mal auf dem Teppich, Sabrina. Warum sollte der denn seinen alten Schulfreund Auffermann um die Ecke bringen? Und ob der etwas mit Lewinski zu tun hat, das wissen wir noch gar nicht. Ich werde mich jetzt in sein Büro begeben. Das ist da oben auf der vierten Etage. Dann wollen wir mal sehen, was er so von sich gibt. Sie bleiben am besten hier und ruhen sich erst mal aus von Ihren Strapazen. Ich hole Sie wieder ab.“

„Sie machen einen großen Fehler, Herr Rogalla, wenn Sie diese Zusammenhänge nicht sehen wollen. Vielleicht passiert hier in der Uni der nächste Mord!“

„Jetzt machen Sie bitte die Pferde nicht scheu, Sabrina. Außerdem hat der Dr. Bodschwinna seine Vorlesung ja nicht erst gestern geplant. Das ist anders als an der Schule. Ich denke mal, dass die Themen für Seminare und Vorlesungen an einer Uni schon lange vorher festgelegt werden. Ich muss Ihnen leider sagen, dass wir es nur mit einem merkwürdigen Zufall zu tun haben.“

„Das kann doch alles von langer Hand geplant sein. Vielleicht hat er die Termine der Morde und der Vorlesung genau auf einander abgestimmt.“

„Unsinn!“

Rogalla griff die WAZ und legte sie Sabrina vor die Nase: „Hier, lesen Sie mal was Vernünftiges.“

Er blickte sie herausfordernd an. Aber Sabrina schmollte ein bisschen, blätterte demonstrativ in dem Textbuch der ‚Walküre‘ herum und beachtete Rogalla auch dann nicht, als er sich zögernd von ihrem Platz entfernte.

28. Kapitel

Am Nachmittag setzte Rogalla seine Praktikantin am Bochumer Hauptbahnhof ab und fuhr selbst noch einmal ins Präsidium, weil er eine Aktennotiz über das Gespräch mit Dr. Bodschwinna anfertigen wollte. Im Flur des Präsidiums traf er auf den Kollegen Brenner. Der trug zwei Tassen Kaffee in der Hand und hatte es irgendwie eilig.

„Na, bist du auf dem Weg zu deiner neuen Freundin?" fragte Rogalla.

„Rede keinen Quatsch!" sagte der Kollege. „Frau Rieken hat noch keine Kaffeemaschine auf ihrem Zimmer. Aber wenn du willst, komm doch mit, dann kannst du uns beiden erzählen, was mit Bodschwinna los war."

„Nein, ich lass euch lieber allein."

Sie blieben für einen Moment auf dem Flur stehen und Rogalla berichtete Brenner in aller Kürze, was er im Gespräch mit Dr. Bodschwinna erfahren oder besser, was er nicht erfahren hatte. Der Hochschullehrer hatte den Kommissar in seinem Büro empfangen. Es war eins der Eckzimmer ganz am Ende der vierten Etage, von dem aus man einen schönen Blick ins Querenburger Tal und hinüber nach Witten hatte. Dieser Blick war eigentlich das Beste an dem ganzen Gespräch gewesen.

Ansonsten war nicht viel dabei herausgekommen. Dass Bodschwinna und Auffermann sich schon seit langem kannten, wussten sie ja bereits, Schulfreunde und so weiter. Auch nach den Alibis hatte Rogalla vorsichtig gefragt. Am Abend des ersten Mordes waren Bodschwinna und seine Frau noch ein bisschen spazieren gegangen, bevor sie zu den Auffermanns gefahren waren. „Im Regen?" hatte Rogalla gefragt. Sie hätten durchaus einen Regenschirm, war die kurze Antwort, sogar zwei, wenn es darum ginge. Beim zweiten Mord waren beide im Hause gewesen und konnten das wiederum gegenseitig bezeugen. Dünn war das schon, aber nur schwer zu entkräften.

Und mit dem Namen Lewinski konnte Bodschwinna angeblich genauso wenig anfangen wie all die anderen, die sie schon vorher gefragt hatten. Fußball war auch nicht Bodschwinnas Thema, das stellte sich zwischendurch heraus. Ob seine Frau heute hier in der Uni gewesen sei, hatte ihn Rogalla noch gefragt. Aber Bodschwinna hatte ausweichend geantwortet, hatte behauptet, sie arbeite manchmal in der Unibibliothek. Was sie in der Cafeteria gemacht haben sollte, entziehe sich seiner Kenntnis.

Während Rogalla berichtete, hatte Brenner trotz einer gewissen Ungeduld zugehört. Bei der Bemerkung über Klara Bodschwinna und die Reaktion ihres Ehemannes war er aufmerksamer geworden. Die beiden Tassen klapperten in seinen Händen, als er weiterging.

Rogalla rief ihm noch hinterher: „Montag fahre ich dann ins Emsland. Zu diesem Wolfsgehege."

„Aber du fährst nicht allein, oder?" fragte Brenner, der sich noch einmal umgedreht hatte und dabei fast den Kaffee verschüttet hätte.

„Nein, mit Sabrina. Hab ich dir doch schon gesagt."

„Na, dann grüß sie schön! Und viel Vergnügen!" rief Brenner und marschierte weiter.

Rogalla fragte sich, was das denn wieder heißen sollte. Brenner war schon ein komischer Kauz. Sollte das eine Retourkutsche sein wegen der Bemerkung über die ‚neue Freundin'? Eigentlich war Brenner nicht nur ein guter Kollege, sondern auch ein Freund, aber man konnte nie wirklich sicher sein, was der mit seinen albernen Sprüchen meinte. Und ganz schlimm wurde es, wenn Brenner in einem Fall auf eigene Faust aktiv wurde. Dann kümmerte er sich um keine Vorschrift, und man wusste nicht, was er im nächsten Moment anstellte. Das machte die gemeinsame Arbeit nicht so ganz einfach. Und deshalb kam ihm Brenners Frage, ob Rogalla doch wohl nicht allein ins Emsland reisen wolle, auch ziemlich blödsinnig vor.

Bevor Rogalla nach Hause fuhr, entschloss er sich, noch ein wenig Dampf abzulassen. Er ging zu Fuß die kurze Strecke hinüber zur Herner Straße. In der alten Wache Hofstede, direkt an der A 40, wo jetzt die Autobahnpolizei ihr Domizil hatte, gab es einen Schießstand, auf dem man seine jährlichen Pflichtübungen mit der Dienstpistole absolvieren konnte. Man schoss auf bewegliche

Ziele, die durch einen Film simuliert wurden. Die Übungen mit der P 99 machten Rogalla Spaß, er wusste nicht, warum das so war. In der Summe seiner Übungen lag er immer weit über dem geforderten Kontingent. Das war bei Brenner ganz anders. Der drückte sich vor dem Schießen, wenn er nur konnte. Wie der auf seine Pflichtzahlen kam, war Rogalla ein Rätsel. Er glaubte, dass Brenner irgendwie mogelte, konnte es aber nicht beweisen.

Auf dem Heimweg nach Wattenscheid dachte er noch einmal über Sabrinas wundersame Geschichte von Bodschwinnas Wagner-Vorlesung nach. Die hatte sich da etwas in den Kopf gesetzt, das ihm nicht einleuchten wollte. Sie konstruierte Zusammenhänge, die ihm ziemlich hergesucht erschienen. Was sollte das denn für ein Wolfsnest sein, von dem aus die beiden Bochumer Morde geplant waren? Wer konnte diese Wolfsfamilie sein, Wolfe und Wölfing? Geschwisterliebe spielte offensichtlich eine Rolle in dem Stück. Das passte ja nun gar nicht.

Nein, er würde Sabrina den Gedanken austreiben müssen, dass hier ein Zusammenhang bestände. Das konnte nur Zufall gewesen sein, dass der Germanist Bodschwinna am heutigen Tage gerade diese Vorlesung zu diesem Thema gehalten hatte. Und das Büschel Wolfsfell hatten sie auch nur zufällig auf der Erde gefunden. Das hätte man ebenso gut übersehen können. Im Übrigen hatte Dr. Bodschwinna auf ihn nicht gerade den Eindruck gemacht, dass der irgendwelche raffinierten Bezüge zwischen einer Oper aus dem 19. Jahrhundert und zwei Tötungen durch Wolfsbisse miteinander koordinieren konnte.

Sabrina war auf der Heimfahrt noch immer etwas beleidigt gewesen, weil er ihre Spekulationen so barsch von sich gewiesen hatte. Sie war entgegen ihrer ansonsten fröhlichen Natur diesmal sehr wortkarg gewesen. Rogalla wollte sie ein wenig beruhigen und rief sie vom Autotelefon aus auf ihrem Handy an:

„Haben Sie Lust, am Montag mit ins Emsland zu fahren?"

„Wie, ins Emsland?"

„Ein echtes Wolfsnest besuchen."

„Was für ein Wolfsnest?"

„Ein Wolfsgehege, wo wir uns die Burschen mal persönlich angucken können."

„Aber nur, wenn Sie sich meine Theorie mit der Wagner-Oper noch einmal durch den Kopf gehen lassen."

„Sabrina, Sie wollen mich unbedingt nerven. Na gut, wir können ja während der Fahrt darüber reden. Aber machen Sie sich nicht allzu große Hoffnungen, dass da etwas dran sein sollte. Also, denken Sie dran, Montagmorgen, um acht geht's los."

Er beendete das Gespräch. Während der Weiterfahrt fiel ihm ein, dass er weder Sabrina noch Brenner von einer Beobachtung erzählt hatte, die er im Gespräch mit Bodschwinna gemacht hatte. Ihm war aufgefallen, dass der Dozent eine leichte Fahne gehabt hatte. Cognac oder Whisky, irgendwie durchmischt mit Pfefferminzgeruch.

29. Kapitel

Rogalla mit seinen Bemerkungen! Neue Freundin. Was für ein Blödsinn! Aber so war das eben. Stand man einmal wegen einer längst vergangenen Affäre in einem gewissen Ruf, haftete einem das ewig an. Kaum tauchte eine intelligente, muntere Frau auf, hieß es gleich: „Na, was Neues?" Oder so ähnlich.

Brenner balancierte die Tassen bis an das Ende des Flurs, wo das Zimmer lag, das jetzt der Profilerin zur Verfügung stand. Es war ein kleiner Besprechungsraum mit Konferenztisch, Stühlen, Telefon, Internetanschluss, Leinwand und Projektor. Besonders hatte sich Lena Rieken über eine große Magnettafel gefreut mit verschiedenfarbigen Markern und einem Set bunter Magnete, die man beschriften konnte.

„Ich liebe die Anschaulichkeit", hatte sie gegenüber dem Kommissar bemerkt. „Sie werden sehen."

Er hatte sich von seinem Dienstzimmer aus telefonisch angekündigt und fand, weil er erwartet wurde, die Tür angelehnt. Das Kunststück, mit zwei Tassen in der Hand anzuklopfen, erübrigte sich. Er schob die Tür mit dem Fuß auf, stellte den Kaffee auf den Tisch, an dem die Kollegin vor ihrem Laptop saß. Mit einem Seitenblick bemerkte er, dass auf dem Monitor Bilder von Wölfen waren.

„Entschuldigung, hat etwas länger gedauert. Kleine Unterhaltung mit Rogalla. Ich hoffe, der Kaffee ist noch heiß genug."

„Danke! Sehr angenehmer Service. Passen Sie auf, dass ich nicht von Düsseldorf nach Bochum wechsele!" Lena Rieken lächelte, lehnte sich zurück, probierte einen ersten Schluck. „Wie frisch gebrüht."

„Wölfe?" fragte Brenner und machte eine kurze Kopfbewegung Richtung Laptop.

„Ja. Was es nicht alles gibt! Stellen Sie sich vor: Weihnachtsfeier mit Wölfen. Anschließend Gänsebraten. Bin grade auf der Website eines Wolf-Centers."

„Wo ist es?"

„Im Emsland."

„Ach! Und das Gänseessen? Am Wochenende?"

Die Profilerin schüttelte den Kopf. „Nein, täglich. Vom 1. November bis zum 23. Dezember. Man muss sich allerdings anmelden. Zuerst gibt es Glühwein neben einem Wolfsgehege, danach geht es in einen Gasthof, der zu dem Center gehört. Und wer will, kann sich zwischendurch im Wald ein Weihnachtsbäumchen schlagen."

Schuft! dachte Brenner. Von wegen Dienstreise und Wölfe studieren. Er sah Rogalla fröhlich mit einem Glas Glühwein in der Hand, und anschließend gab es Gänsebraten. Wahrscheinlich würde der Wattenscheider auch noch mit einem Weihnachtsbaum heimkehren und sich von seiner Frau loben lassen.

Der Kommissar behielt seine Gedanken für sich, bemerkte nur: „Interessant. Da kann man ja das Studieren mit dem Vergnüglichen verbinden."

„Ja", sagte Lena Rieken. „Es gibt auch eine Ausstellung ‚Alles rund um den Wolf'. Mit Führung unter fachkundiger Leitung. Hätten Sie Lust?"

Brenner überlegte. Rogalla hatte die Tour ausdrücklich für sich reserviert. Das würde Ärger geben. Andererseits: Ein Wolfscenter zu besuchen kam nicht täglich im Leben eines Kommissars vor. Ein reizvoller Durchbruch der Routine. Vom Glühwein und vom Gänsebraten musste man ja niemandem erzählen. Man musste eigentlich gar nichts erzählen. Und vor allem musste man aus dem Emsland auch keinen Weihnachtsbaum nach Hause schleppen.

„Rogalla fährt am Montag schon hin", antwortete er. „Warten wir ab, mit welchen Ergebnissen er kommt." Um das Thema zu wechseln, fuhr er fort: „Mein Kollege hat übrigens Herrn Bodschwinna in seinem Büro in der Universität besucht. Vorher war unsere Praktikantin in dessen Vorlesung. Bodschwinna soll etwas von einem Wolf erzählt haben. Rogalla hält das für unwichtig, Sabrina Melies nicht. Ach ja, und dann noch etwas. Er hat Klara Bodschwinna in der Cafeteria der Universität gesehen, ist sich aber nicht ganz sicher. Normalerweise hätte sie zu dieser Zeit in der Schule sein müssen."

„Um was ging es in der Vorlesung?"

„Irgendwas mit den Nibelungen. Weiß ich nicht genau.

Das wird uns am besten Sabrina Melies erklären. Übrigens hilft sie uns dabei, dass etwas mehr auf die Tafel kommt. Sie recherchiert die bisherigen Wohnorte. Bei Auffermann, bei Lewinski."

Der Kommissar sah zur Magnettafel hinüber, wo sich ein buntes, nicht sofort zu durchschauendes Spiel anbahnte. Lena Rieken hatte eine Reihe verschiedenfarbiger Magnete mit Buchstaben versehen. Zwei schwarze Magnete trugen die Buchstaben CA beziehungsweise ein L. Das waren die Magnete der Toten. CA für Christoph Auffermann, das L für Lewinski. Bei den anderen Magneten war die Farbe weiß. Sie trugen die Buchstaben B für Buchholz, MK für Martina Kröger, GK für ihren Mann, HB beziehungsweise KB für die beiden Bodschwinnas, die Buchstaben UA galten Ulrike Auffermann. Auf den Magneten der Lebenden standen die Buchstaben rot auf den weißen Magneten. Es schien wie ein harmloses Spiel, das sich anbahnte, und war doch tödlicher Ernst.

30. Kapitel

Wo steckte bloß Rogalla? Es war vier Uhr nachmittags und Brenner saß wieder in seinem Dienstzimmer. Der Kollege hatte sich nicht mehr blicken lassen. Gesagt hatte er auf dem Flur nichts. Außer, dass es am Montag ins Emsland ging. Hatte er schon Feierabend gemacht, oder war er mit der Praktikantin unterwegs? Das schien dem Wattenscheider zunehmend Spaß zu machen. Offensichtlich genoss er diese Verjüngungskur und war jetzt mehr mit Sabrina Melies zusammen als mit ihm. Er beschloss, der Frage nicht weiter nachzugehen. Rogalla würde es schon erzählen. Vielleicht auch nicht.

Ein Besuch bei Dr. Kröger war angesagt. Da bestand Aufklärungsbedarf. Woher stammten die Kratzspuren wirklich? Wie war das mit dem Verhältnis, das seine Frau mit Auffermann gehabt hatte? Den Zahnarzt würde er um diese Zeit noch in der Praxis antreffen. Dazu musste er sich nicht anmelden. Es war besser, ihn zu überraschen, ehe er sich Ausreden zurechtlegen konnte.

Und auch mit Klara Bodschwinna war noch einmal zu reden. Bei ihr aber wusste man nie, wo sie gerade herumschwirrte. Da musste er anrufen. Sie entweder ins Präsidium bestellen oder sie zu Hause befragen. Die zweite Möglichkeit war die bessere. Noch einmal Präsidium, da würde sie fauchen und hätte nicht ganz Unrecht. Würde sie sich weigern, konnte er zwar mit der Androhung einer zwangsweisen Zuführung kontern. Das aber hieße, mit Kanonen auf Spatzen schießen. Sie zu Hause zu befragen brachte dagegen den Vorteil, die Umgebung der Bodschwinnas einmal kennen zu lernen. Die Profilerin hatte ihm gegenüber bemerkt: „Wir sind Jäger des Details“. Wer wusste schon, was bei den Bodschwinnas, wenn man genau hinsah, alles zu entdecken war! Die Besuche konnte er alleine machen. Dazu brauchte er Rogalla nicht.

Er suchte sich in seinem Notizkalender die Adresse von Krögers Praxis heraus und die Handynummer von Klara Bodschwinna. Die hatte sie ihm gegeben, geben müssen. Darauf hatte er bei der Befragung bestanden. Es zuerst mit der Handynummer zu versuchen, hielt er für besser. Er hatte keine Lust, mit Bodschwinna zu sprechen, der bei einem Anruf über das Festnetz womöglich zuerst an den Apparat kommen würde. Was den Professor betraf und seine Vorlesung, musste er sich erst einmal schlau machen.

Er hatte richtig getippt. Klara Bodschwinna meldete sich sofort am Handy.

„Frau Bodschwinna“, erklärte Brenner, „es gibt noch ein paar Fragen. Die würde ich gerne unter vier Augen klären, nicht am Telefon. Sie haben die Wahl. Bei Ihnen zu Hause oder Sie kommen noch einmal ins Präsidium. Wie Sie wollen.“

Sie schwieg einen Moment, schien nachzudenken oder war einfach nur überrascht. Dann aber meinte sie: „Es gibt noch eine andere Möglichkeit. Ich bin gerade in meinem Atelier angekommen und möchte jetzt noch nicht nach Hause fahren.“

„Auch gut“, sagte Brenner. „Wo?“

„Henrichshütte Hattingen, Industriegelände. In der Werksstraße. Auf der Glasfassade des Gebäudes steht ‚Werkseingang Henrichshütte‘. Dort gehen Sie aber nicht hinein. Rechts davon, vielleicht fünfzig Meter, sehen Sie eine riesige Schmiedezange, sieht aus wie ein Torbogen. Daneben ist eine Halle. Sie nehmen die Treppe, die dort hochführt, es gibt nur eine, und sehen dann auch schon links die Tür. Dort ist mein Atelier. Sie kennen sich in der Gegend aus?“

„Ich war noch nie dort.“

„Dann können Sie endlich mal was für Ihre Bildung tun. Es ist ein Teil der Route Industriekultur. Um was geht es denn?“

Statt auf ihre Frage einzugehen, antwortete er nur: „Ich bin in etwa anderthalb Stunden da. Vorher habe ich noch etwas zu erledigen.“

Eine Weile blieb Brenner an seinem Schreibtisch sitzen, dachte nach. Gegen halb sechs oder auch später würde er in Hattingen sein. Dann war es dunkel. ‚Industriegelände‘ hörte sich nicht gerade verlockend an. Was hatte Marie gesagt? „Bitte keinen Leichtsinn mehr!“ Aber was sollte schon passieren? Gegen eine Kugel aus einer Polizeipistole kam auch ein Wolf nicht an. Aus welcher Richtung musste man überhaupt mit ihm rechnen? Das wusste er nicht. Dazu hätte man erst das Verhalten eines jagenden Wolfes studieren müssen.

Der Kommissar zögerte. Sollte er Rogalla anrufen? Aber dann kamen ihm seine Bedenken lächerlich vor. Der Besuch bei Kröger war harmlos und der auf dem Industriegelände auch. Das war ja keine dunkle Brache, sondern ein Stück Kultur, wahrscheinlich auch nachts beleuchtet wie eine normale Stadt. Brenner stand auf, holte das Halfter aus dem Schrank, streifte es sich über, nahm die P 99 aus der Schreibtischschublade, schob sie in das Halfter, zog den Mantel an, verließ das Präsidium. Draußen war es kalt, grau. Der Winter schien dieses Jahr früher zu kommen. Ein paar Schneeflocken tanzten als Vorboten durch die Luft.

Die Praxis hatte er schon nach wenigen Minuten erreicht. Die Dame an der Rezeption erinnerte ihn auf den ersten Blick an die junge Marilyn Monroe. Sie hatte etwas herausfordernd Kesses und sah ihr auch in Gesicht und Figur recht ähnlich. Sie fragte ihn nach seinem Termin, wollte ihn schon ins Wartezimmer bitten, aber Brenner zeigte seinen Ausweis, verlangte Dr. Kröger so rasch wie möglich zu sprechen. Darauf ging sie ins Behandlungszimmer, kam mit dem Zahnarzt zurück, der nur sagte: „Geht in Ordnung, Lisa."

Kröger war freundlich und sofort bereit zu einem Gespräch. Die Spuren im Gesicht waren noch deutlich zu sehen. Brenner wunderte sich, wie freimütig der Arzt alles zugab.

„Sicher", meinte er, „die Kratzer stammen von meiner Frau."

„Und warum behaupten Sie erst, es sei beim Rasieren passiert?"

„Sagt man halt so. Ich wollte den Streit für mich behalten."

„Streit? Warum?"

„Ganz einfach, Herr Kommissar. Meine Frau hatte seit zwei Jahren ein Verhältnis mit Herrn Auffermann. Ich weiß davon, und mir ist das auch egal. Es interessiert mich nicht. Sie glaubt mir das aber nicht, wirft mir vor, ich hätte was mit seinem Tod zu tun. Lächerlich! Ich habe sie für verrückt erklärt. Sie stürzt auf mich zu, und dann hatte ich ihre Fingernägel im Gesicht."

„Wie kommt Ihre Frau dazu, so etwas zu vermuten?"

„Das weiß ich nicht. Fragen Sie sie selbst. Auf jeden Fall ist das blanker Unsinn. Erstens habe ich keinen Hund, zweitens kenne ich auch niemanden, der so einen Köter hat."

Brenner runzelte die Stirn. „Sie sagten, es sei Ihnen egal. Ich meine das Verhältnis Ihrer Frau mit Herrn Auffermann. Wie kann einem das egal sein?"

„Wie das eben so ist", erwiderte der Zahnarzt. „Wir sind seit fünfzehn Jahren verheiratet und haben uns schon alles erzählt. Da bleibt nicht mehr viel übrig. Sie werden das ja vielleicht kennen."

„Nein, kenne ich nicht. Trotzdem, ich verstehe Ihre Gleichgültigkeit noch nicht ganz."

„Ich hatte auch meine Affären. Und seit einem Jahr bin ich nur an einer einzigen Frau interessiert. Martina weiß das."

„Interessiert? An wem?"

Kröger zögerte einen Moment. Dann zuckte er mit den Schultern. „Warum sollte ich es Ihnen nicht sagen? Weiß doch sowieso jeder. Klara Bodschwinna."

„Ach! Und? Sie hatten Erfolg?"

„Nein. Das ist eine nicht zu erobernde Festung. Aber das macht gerade ihren Reiz aus."

„Sie ist verheiratet."

Kröger lachte, machte eine wegwerfende Handbewegung. „Die? Da müssten Sie Herrn Bodschwinna mal fragen."

„Und Frau Auffermann? Wusste sie von dem Verhältnis ihres Mannes?"

„Möglich. Wir fragen uns, warum dieser Buchholz so oft im Haus ist. Eigentlich gehört er nicht dazu."

„Gehört nicht dazu? Warum?"

„Herr Auffermann und Herr Bodschwinna sind alte Schulfreunde. Ich habe Herrn Auffermann während des Studiums kennen gelernt."

„Während des Studiums?"

„Ja. Meine Schulkarriere verlief nicht so glatt. Ich habe das Abitur auf dem zweiten Bildungsweg nachgeholt."

„Und Buchholz? Ist später dazu gestoßen?"

„Sehr viel später. Er ist irgendwie zugelaufen, hat früher mal in der Henrichshütte gearbeitet. Eigentlich fühlt er sich unwohl unter uns, kommt aber trotzdem. Kann doch nur wegen Frau Auffermann sein. Oder?"

Brenner schwieg, dachte: Ein feiner Kreis! Kröger selbst kam ihm vor wie jemand, der großzügig Nebenschauplätze offenlegte, um das Wesentliche zu verdecken. Er wollte sich schon verabschieden, hielt dann aber inne. „Eins noch", sagte er und zog ein Foto aus der Manteltasche. „Kennen Sie diesen Mann?"

Der Zahnarzt nahm das Foto, starrte darauf. „Ja, ja doch", sagte er nach einer Weile. „Das ist Herr Lewinski, einer meiner Patienten. Warum?"

„Er ist auch das Opfer einer Hundeattacke geworden."

„Lewinski? Und?"

„Wie bei Herrn Auffermann. Er hat es nicht überlebt."

Der Kommissar beobachtete Dr. Kröger aufmerksam. War sein Erstaunen gespielt?

„Wie lange kannten Sie ihn schon?"

Kröger holte tief Luft. „Da muss ich überlegen. Ist ziemlich lange her. Kennengelernt haben wir uns in der Halbzeitpause bei einem Spiel des VfL Bochum. Das war unten am Bierstand. Ich hatte ihn angesprochen, wusste ja, wer er war. Lewinski hatte eine kurze Karriere als Profi beim VfL, bis dann diese Geschichte passierte, Kreuzbandriss. Die ersten paar Worte mit ihm, das war vor mindestens zehn Jahren. Na ja, und dann ist er vor etwa fünf, vielleicht auch sechs Jahren das erste Mal in meiner Praxis aufgetaucht."

„Und das letzte Mal?"

„Da müsste ich nachsehen. Einen Zahnarzt besucht man nicht so gerne. Einen Kneipenwirt eher."

„Er hatte Alkoholprobleme?"

„Na ja, kann man so nennen. Ist auch kein Wunder nach so einem Absturz."

„Was wissen Sie noch über Herrn Lewinski? Wie gut kannten Sie ihn? Gab es noch andere Probleme?"

Kröger schüttelte bedächtig den Kopf. „Da kann ich Ihnen nicht weiterhelfen. Wir haben nur über Fußball gesprochen, nie über Privates."

„Und die anderen? Ich meine alle, die an dem Abend bei Auffermanns waren. Kannten sie Herrn Lewinski?“

„Kann ich mir nicht vorstellen. Wie gesagt, wir haben uns nur manchmal beim Fußball getroffen oder eben hier in der Praxis.“

„Und Ihre Frau? Kannte sie ihn?“

„Nein. Für Fußball interessiert sie sich absolut nicht. Der könnten Sie weismachen, dass man hinter dem Tor weiterspielen darf.“

„Bei Ihnen zu Hause war er nie?“

„Nein, Herr Kommissar. Mirko Lewinski ist eine völlig oberflächliche Bekanntschaft gewesen. Mehr wirklich nicht.“

„Na gut“, beendete Brenner das Gespräch. „Das wär’s für heute. Aber vielleicht sehen wir uns ja noch einmal.“

31. Kapitel

Gegen halb sechs hatte Brenner die Ruhr überquert, Hattingen erreicht, rasch die Werksstraße gefunden, wo das Industriemuseum lag. Es war wirklich einfach gewesen. So, wie Klara Bodschwinna behauptet hatte.

Es war dunkel, das Schneetreiben heftiger geworden. Die Flocken blieben nicht liegen, zerschmolzen auf dem nassen Asphalt. Die Glasfassade mit der Aufschrift ‚Werkseingang Henrichshütte' war hell erleuchtet. Auf dem Parkplatz vor dem Gebäude standen ein paar Wagen. Er war also nicht alleine. Das beruhigte ihn. Trotzdem tastete er noch einmal mit der rechten Hand unter den Mantel, sah sich vorsichtig nach allen Seiten um. Da war niemand. Hinter dem Gebäude ragte die Stahlkonstruktion eines Hochofens empor. Die Silhouette, die sich vor dem Himmel abhob, wirkte wie eine düstere mittelalterliche Burg. Er entdeckte die Schmiedezange, die ihm Klara Bodschwinna beschrieben hatte, ging darauf zu und sah die Treppe, die an der Hallenfassade zu einer Tür hochführte.

Brenner zögerte einen Moment, die erste Stufe zu betreten. Konnte das nicht eine Falle sein? Niemand bekäme es mit, wenn da oben der Wolf auftauchte. Das Tier sprang lautlos. Der Kommissar schüttelte den Kopf. Warum sollte er angefallen werden? War das nicht absurd? Trotzdem. Er holte die Pistole hervor, entsicherte sie. Dann begann er, sich mit der linken Hand am Geländer haltend, langsam hochzusteigen.

Als er oben angelangt war, schob er die Waffe, ohne sie zu sichern, zurück ins Halfter, ließ die rechte Hand unter dem Mantel, um schnell genug zu sein. Mit der linken drückte er die Klinke vorsichtig nach unten, zog leise die Tür auf, blickte in einen hellen Raum, der mit weißen Stellwänden unterteilt war. In einer der Abteilungen sah er Klara Bodschwinna. Sie trug einen schwarzen Overall, stand vor einer Staffelei, betrachtete ein Bild. Sie hatte ihn anscheinend nicht kommen hören.

„Guten Abend, Frau Bodschwinna!“ sagte Brenner vernehmlich.

Sie drehte sich nicht um, betrachtete weiter das Bild, reagierte erst nach ein paar Sekunden. „Augenblick, bitte! Aber kommen Sie ruhig näher.“

Während er langsam auf sie zuging, führte sie auf einmal einen raschen Strich aus, als müsse sie eine Welle zeichnen oder einen Blitz, trat einen Meter zurück, verharrte so eine Weile. Dann erst wandte sie sich ihm zu.

„Weswegen kommen Sie?“ Ihr Ton war unfreundlich. Sie legte den Pinsel, den sie in der Hand gehalten hatte, in eine Schale auf einem Holztisch neben der Staffelei, griff nach einer Zigarettenschachtel, die dort lag. „Rauchen stört Sie doch hoffentlich nicht.“

„Wenn ich auch rauchen darf.“

„Bitte.“

Der Kommissar ging nicht auf die Frage nach dem Grund für seinen Besuch ein, zeigte auf das Bild. „Sie lieben große Formate?“

„Wenn Sie wegen der Kunst kommen, dann halten Sie sich bitte an den Tag des offenen Ateliers.“

„Ich hätte nichts dagegen, wenn Sie etwas freundlicher wären“, meinte Brenner und zündete sich eine Zigarette an. Er überlegte. In der Situation jetzt wäre es albern, sie wegen der Schule zu fragen. Sie blockierte, baute eine Mauer auf. Er musste etwas erfinden. Ob es stimmte oder nicht, war egal. „Weswegen ich komme?“ wiederholte er langsam. „Unsere Spurensicherung hat Fingerabdrücke gefunden, von Ihnen, an Herrn Auffermanns Wagen.“

Sie sah ihn verblüfft an. „Am Wagen? Von Herrn Auffermann? Meine Abdrücke? Woher haben Sie überhaupt meine Fingerabdrücke?“

„Sie waren im Präsidium, haben die Türklinke gedrückt.“

„Mit solchen Mitteln arbeiten Sie?“

„Die Tür geht nicht anders auf.“

Sie nahm einen tiefen Zug aus der Zigarette. Brenner sah, dass sie zum ersten Mal aus der Fassung geraten war. Aber sie hatte sich rasch wieder in der Gewalt.

„Ich habe niemals Herrn Auffermanns Wagen auch nur berührt.“

„Na gut", lenkte der Kommissar ein. „Vielleicht war es unabsichtlich. Der Wagen stand ja ab und zu vor dem Haus, und Sie waren oft da. Oder Frau Auffermann hat den Wagen benutzt, und Sie sind mitgefahren."

Sie verzog spöttisch den Mund. „Unmöglich. Frau Auffermann hat ihren eigenen Wagen."

„Ja, sehen Sie", meinte Brenner, „in solche Schwierigkeiten kommt man in meinem Beruf. Was soll ich machen? Ich muss der Spur nachgehen, eine Erklärung finden."

„Mir wäre es lieber, Sie ließen mich in Ruhe."

„Das darf ich nicht. Mit Befragungen verdiene ich mein Geld."

Sie drückte die angerauchte Zigarette in einem Aschenbecher aus, der auf dem Tisch neben der Staffelei stand. Sie machte das mit raschen, entschlossenen Bewegungen. „Was kommt jetzt?" dachte der Kommissar.

Sie baute sich dicht vor ihm auf, sah ihm kühl in die Augen. „Weswegen kommen Sie wirklich? Erst bestellen Sie mich ins Präsidium, fragen dummes Zeug. Jetzt machen Sie das schon wieder."

„Den Gang ins Präsidium haben Sie sich selbst zuzuschreiben", entgegnete Brenner ruhig. „Jetzt bin ich da, um einer Spur nachzugehen. Das ist alles. Sie malen, ich forsche."

„Bei mir gibt es nichts zu forschen. Ich möchte weiter arbeiten."

„Bitte! Aber eins noch. Sie waren heute morgen in der Cafeteria der Universität?"

„Sie spionieren mir nach?"

„Nein. Mein Kollege hat Sie zufällig gesehen."

„Na und! Warum sollte ich nicht in der Cafeteria sein? Ist das verboten? Mein Mann arbeitet an der Uni. Das wissen Sie ja."

Brenner lächelte: „Sie passen auf, ob er auch seine Vorlesungen hält?"

„Quatsch! Ich habe es schon vor Jahren aufgegeben, wie eine gewöhnliche Ehefrau an meinem Mann herumzuzerren."

„Wie angenehm. Sie arbeiten also nicht daran, Ihren Mann dem Ideal, das Ihnen vorschwebt, anzugleichen oder zumindest näher zu bringen?“

„Sehr verehrter Herr Kommissar! Ich habe schmerzlich erfahren, dass die Begriffe ‚Mann‘ und ‚Ideal‘ sich gegenseitig ausschließen.“

„Und wie steht es mit den Begriffen ‚Lehrerin‘ und ‚Ideal‘?“

„Was soll die Frage? Ach so! Ich verstehe. Bevor Sie auf die Idee kommen, mich bei meinem Direktor anzuschwärzen... Ich hatte mich für diese Woche krankschreiben lassen. Das wissen Sie wahrscheinlich schon, haben es erst mal für sich behalten. Die Karte im Ärmel. Sehr schlau, Herr Kommissar. Aber bevor Sie mich nach dem Grund fragen, sage ich Ihnen, warum. Erstens braucht Frau Auffermann meine Unterstützung. Zweitens bin ich nach so einer Tragödie nicht in der Lage, vor einer Klasse zu stehen und dummes Zeug zu erzählen. Können Sie das verstehen?“

„Aber sicher. Und mit der Malerei lenken Sie sich ab.“

„Malerei? Ich bin Künstlerin, habe Ausstellungen. Das ist etwas anderes.“

„Schon gut, schon gut!“ Brenner hob beschwichtigend die Hand. „So war das nicht gemeint. Ich weiß das ja. Mir hat die Ausstellung an der Ruhr sehr gut gefallen. Das hatte ich Ihnen gesagt. Also!“

Klara Bodschwinna verschränkte die Arme vor der Brust, atmete durch. „Sie gehen besser jetzt. Ich gehe auch. Ich kann erst morgen wieder an dem Bild arbeiten.“

„Tut mir leid“, bemerkte der Kommissar bedauernd. „Ich wollte Ihnen die Stimmung nicht verderben.“

„Haben Sie aber. Sie nerven.“

„Sie bereiten eine neue Ausstellung vor?“ Brenner machte eine Handbewegung zu der Staffelei hin.

„Gehen Sie jetzt bitte!“

Auf der Heimfahrt war der Kommissar nachdenklich. Ihm ging das Bild nicht aus dem Kopf. Er hatte es gesehen. Es schien fertig zu sein. Ein großes Format. Er schätzte es auf vier mal drei Meter. Im Vordergrund eine Wüstenlandschaft, zerklüftet. Im Hintergrund ein stahlblauer, dunkelnder Himmel. Das Merkwürdigste, was sofort den Blick des Betrachters fesselte, war eine riesige, stachelige Kaktee, aus der oben wie eine Blüte ein Frauenkopf heraussah. Die Augen blickten einen unverwandt an. Die aufgewirbelten Haare waren keine Haare, sondern Schlangen. Er musste sich in Acht nehmen, von dem Bild nachts nicht zu träumen. Diese Begegnung war giftig gewesen.

32. Kapitel

Der Dichter Andreas Arndt war mit sich und der Welt zufrieden. Heute war sein freier Tag. Am Abend sollte die jährliche Lesung in den Kammerspielen stattfinden, dieses Mal im Rahmen der Bochumer ‚Literarischen Gesellschaft'. Deshalb hatte er Lisa Balke animiert, schon am späten Nachmittag mit ihm ins Bett zu gehen. Nicht bei ihm zu Hause, wo seine Mutter, die mit einem unverwüstlichen Instinkt für den falschen Moment ausgestattet war, jeden Augenblick hereinplatzen konnte, sondern in Lisas gemütlicher Mansardenwohnung.

Lisa schlief. Das war immer ein gutes Zeichen. Wenn sie beim Sex mit seinem Einsatz oder sozusagen mit seiner Performance nicht ganz glücklich gewesen war, was durchaus schon vorgekommen und auch angemerkt worden war, dann stand sie gleich hinterher wieder auf, ging erst auf die Toilette und kochte anschließend für beide starken Kaffee. Heute hatte sie wenig auszusetzen gehabt. Sie lag im Augenblick weitgehend hüllenlos unter der großen Bettdecke und gab gurrende Schnarchgeräusche von sich.

Was Lisa an ihm fand, war ihm eigentlich nicht klar. Er war, was sein Äußeres betraf, nicht sonderlich attraktiv, so schien es ihm. Zwar hielt er sich fit, stieg ein paarmal in der Woche auf sein Heimfahrrad. Aber wenn er in den Spiegel guckte, konnte er keine Besonderheit entdecken. Sein Allerweltsgesicht passte wahrscheinlich besser in die Sparkasse als hinter ein Lesepult. Und doch war es ihm recht, dass Lisa ihn liebte und dass sie auch der Altersunterschied nicht zu stören schien. Mit ihr hatte er einfach Glück gehabt.

Wenn er zuvor mit Lisa geschlafen hatte, war er bei einer abendlichen Lesung meistens gut drauf. Lisa wusste natürlich, dass er sie an solchen Tagen unter Umständen ein bisschen ausnutzte, um seine sensible Literatenseele, wie er sich ausdrückte, zu stabilisieren. Aber ganz so oft kam das auch nicht vor. Nur einmal im Jahr las Arndt in Bochum, in seiner Heimatstadt. Diese Beschränkung hatte sich als klug erwiesen, denn das Auditorium war bei der einmaligen Lesung immer gut gefüllt, und er brauchte bei seinen wohl dosierten Auftritten nie jemanden zum Kommen zu nötigen, musste seinen Freundes- und Bekanntenkreis nicht um Teilnahme anbetteln. Natürlich gab es eine ansehnliche Zahl an Lesungen in anderen Städten, die meistens im umliegenden Ruhrgebiet stattfanden, aber auch mit solchen Lesereisen übertrieb er es nicht.

Andreas Arndt hatte sich längst mit dem Gedanken abgefunden, dass er als Lyriker die ganz große Bühne nicht mehr erklimmen würde. Aber irgendwo in der zweiten Reihe hatte er sich einen Platz erobert, und er fühlte sich dort wohl. Er hatte Preise erhalten, ein paar Stipendien bekommen, regelmäßig im Radio gelesen, meistens beim WDR. Und durch seinen Job bei der Bochumer Sparkasse war er vergleichsweise unabhängig, wenn er sich auch eingestehen musste, dass seine Mutter gelegentlich finanziell zu seinem Wohlergehen beitrug. Aber er brauchte kein schlechtes Gewissen zu haben. Seine Mutter war wohlhabend und von dem Verkauf seiner Bücher fiel immerhin so viel ab, dass er es sich leisten konnte, nur noch mit reduzierter Stundenzahl bei der Sparkasse zu arbeiten. Das war schon etwas Besonderes, da sich Lyrik bekanntermaßen schlecht verkaufte.

Und Arndt wusste, dass sich daran im Zeitalter der E-Books auch nichts ändern würde. Also stand er durchschnittlich zwanzig Wochenstunden an der Kasse der Hauptstelle, war stets korrekt gekleidet und auf kühle Weise höflich. Er funktionierte in seinem Glaskasten wie ein gewissenhaft programmierter Roboter. Aber während er Geldscheine entgegen nahm, ordnete, wieder herausgab und die entsprechenden Quittungen ausstellte, bildete sein Geist Verszeilen und kombinierte sie miteinander, tauschte er Wörter aus, formulierte riskante Metaphern und verwarf unanständige Überschriften.

Er war ein Dichter der sparsamen Worte, der jenen vorwurfsvoll-larmoyanten Ton vermied, den er bei manchen seiner Kolleginnen und Kollegen wahrnahm und der ihm billig, irgendwie anbiedernd vorkam. Die machten es sich zu einfach, wollten gefühlsduselige Zustimmung, Solidarität einkaufen. Das war nicht seine Sache. Er saß lange an den Texten, schmiedete seine Zeilen, indem er immer wieder änderte, korrigierte. Manchmal dauerte es Wochen und Monate, bis er mit den Texten, an denen er gerade arbeitete, zufrieden war. Gedichte mussten kantig und kristallklar sein im Zugriff auf die Welt, aus deren unbestechlicher Wahrnehmung sie ihren Wahrheitsanspruch schöpften. Ein paarmal war ihm das auch gelungen, einige seiner Gedichte standen in renommierten Anthologien, waren in Lesebüchern abgedruckt und wurden an Schulen interpretiert. Wissenschaftliche Arbeiten waren über sein Werk geschrieben worden, auch eine Doktorarbeit war dabei.

Er stand an dem schrägen Fenster der Mansardenwohnung und blickte über die Dächer von Bochum-Weitmar hinweg. Ein böiger Novemberwind heulte hier oben im dritten Stock wie ein heiserer Wolf und rüttelte an den Dachpfannen des Gebäudes. Gegenüber lag die Matthäuskirche mit ihrem üppigen Kirchenschiff und dem etwas zu klein geraten Glockenturm. Irgendwie stimmten die Proportionen nicht. Wahrscheinlich war der alte Turm im Krieg zerstört worden. Arndt hatte mal so etwas gehört.

Auf dem Fensterbrett lag ein Röhrchen, dem Arndt eine Vitamintablette entnommen hatte. Er löste sie in einem Glas Wasser auf, rührte die Kohlensäure mit einem Teelöffel heraus und trank die Brühe in kleinen Schlucken. Diese Zeremonie hatte er sich vor Lesungen angewöhnt. Er bildete sich ein, dass die geballte Ladung an Vitaminen seiner Stimme zugutekommen würde, die ja den ganzen Abend über durchhalten musste. Alkohol würde er erst nach der Lesung trinken, und zwar in Maßen. Er wollte am Abend hellwach sein, sich nicht zu oft verlesen und seine sparsamen Pointen richtig setzen.

Lisa räkelte sich, drehte sich auf die andere Seite. Er würde sie weiter schlafen lassen, wollte selbst aber in wenigen Minuten für eine halbe Stunde in die Etagenwohnung in der Bochumer Innenstadt fahren, in der er mit seiner Mutter lebte. Dort würde er sich an seinen Schreibtisch setzen und die ausgewählten Texte ein letztes Mal durchgehen, einige von ihnen noch einmal halblaut lesen, wie er es immer machte. Dann würde er seinen Signierstift einstecken und sich vor dem Spiegel ein bisschen für den Abend rüsten.

Es war gut, dass Lisa und er in getrennten Wohnungen lebten. Diese Regelung ließ jedem von ihnen die Freiheit, die man brauchte, um Dinge tun zu können, für die man keine Lust hatte sich zu rechtfertigen. Und was noch wichtiger war – sie vermieden diese eheähnliche Routine, die sie bei befreundeten Paaren beobachtet hatten und von der sie annahmen, dass sie die Freude auf die Gegenwart des anderen einschränkte.

Mit Lisa Balke war Arndt nun schon drei Jahre zusammen. Sie arbeitete als Sprechstundenhilfe in Bochum-Grumme bei Dr. Kröger. Arndt kannte den Zahnarzt und seine Frau. Er hoffte, dass sie am Abend seine Lesung besuchen würden, ebenso wie ihr Freund Dr. Bodschwinna, dem er seit langem freundschaftlich verbunden war und der Arndts Gedichte an der Bochumer Universität in einem Hauptseminar über moderne Lyrik behandelt hatte.

„Wo gehst du hin?“ fragte Lisa, die inzwischen aufgewacht war und sich gähnend zu ihm umgedreht hatte.

„Ich muss noch mal nach Hause, meine Texte holen“, sagte Arndt. „Wir sehen uns nachher in den Kammerspielen. Ich werde rechtzeitig da sein, kurz nach halb acht.“

Lisa setzte sich im Bett hoch. Wie schön sie ist, dachte er wieder mal, und es wurde ihm ein bisschen flau im Magen. Als sie sich rekelte, fiel ihm auf, dass die sommerliche Bräunung ihrer Arme und Schultern trotz der fortgeschrittenen Jahreszeit immer noch einen starken Kontrast zu ihren weißen Brüsten abgab. Er dachte mit einer gewissen Wehmut an ihren gemeinsamen Urlaub in Binz auf Rügen, wo sie im September jeden Abend auf der Seebrücke gesessen, den Anglern zugesehen hatten und glücklich gewesen waren. Das war nun auch schon wieder ein paar Monate her. Die Zeit, die war wirklich ein ‚sonderbar Ding‘.

„Kommt deine Mutter auch mit?“ fragte Lisa.

„Nein, du weißt doch, dass sie immer etwas erfindet, um nicht zu meinen Lesungen gehen zu müssen.“

„Warum eigentlich?“

„Ich glaube, sie schämt sich."

„Was hat sie sich heute ausgesucht?"

„Weiß ich nicht, ich habe sie nicht gefragt."

„Läuft etwas nach der Lesung? Gehen wir noch irgendwo hin?"

„Lass uns mal abwarten, wer kommt. Vielleicht haben die Bodschwinnas ja Lust, noch ins Tucholsky zu gehen. Nach einer Lesung ist es immer angenehm, mit Bodschwinna zu reden. Der hört genau zu und versucht nicht, einem hinterher die eigenen Werke zu erklären."

Lisa zögerte ein wenig: „Seine Frau ist ein bisschen komisch, oder?"

„Finde ich gar nicht. Außerdem sieht sie blendend aus."

„Du meinst, so eine wie die Bodschwinna schmückt deine Lesung?"

Er lächelte und sagte: „Niemand kennt mich so gut wie du."

„Doch, deine Mutter!"

Andreas Arndt reagierte nicht mehr auf ihre spitze Bemerkung, sondern winkte ihr nur freundlich zu und ging hinaus.

33. Kapitel

„Bin ich zu spät?"
„Nein. Nicht du."
„Wirklich?"
„Niemals."
„Ich bin in Sorge."
„Dann komm zu mir!"
„Du weißt, das geht nicht."
„Ja."
„Hast du geschlafen?"
„Nein."
„Was machst du?"
„Ich warte."
„Bald ist es soweit."
„Wann?"
„Mittwoch, Donnerstag, vielleicht Freitag."
„Ich warte."
„Nicht mehr lange."
„Enttäusch mich nicht!"
„Nein."
„Bist du mir treu?"
„Bin treu."
„Ade."

34. Kapitel

Am Montag war Erich Rogalla nicht so gut drauf. Von seinem Urologen hatte er sich ein neues Medikament verschreiben lassen, das gegen die hin und wieder auftretenden Prostatabeschwerden helfen sollte, die ihn manchmal nervten. Aber seit er angefangen hatte, diese verdammten Tabletten einzunehmen, bekam er immer häufiger Schwindelanfälle, und ihm war gelegentlich derartig kotzübel, dass er sich am Morgen nach dem Aufstehen erst noch einmal für ein paar Minuten hinsetzen musste. Deshalb hatte er vor der Abfahrt in der Uhlandstraße Sabrina gebeten, auf der Fahrt ins Emsland seinen Astra zu steuern, und sie schien das gern zu tun. Überhaupt war sie wieder munter, hatte sich offenbar entschlossen, nicht mehr auf ihre Spekulationen über Bodschwinnas Wagner-Vorlesung einzugehen. Rogalla war heilfroh darüber. Wenn sie wollte, konnte sie ja mit Brenner darüber reden oder, noch besser, mit der durchtrainierten Profilerin. Gewissermaßen von Frau zu Frau.

Sabrina hatte, während sie den Kommissar die A 43 entlang kutschierte, das S 04-Emblem auf der Windschutzscheibe entdeckt und wollte nun wissen, ob Rogalla auch mal die Schalke-Spiele in der Arena besuchte.

„Klar, wenn ich keinen Dienst habe, dann gehe ich da hin. Aber in dieser Saison hat das bisher noch nicht viel Spaß gebracht."

„Nee, die verlieren ja dauernd. Nur in der Champions-League, da klappt es. Ich persönlich mag ja den Torwart, den Manuel Neuer, gern", sagte Sabrina.

„Warum?"

„Der ist noch so natürlich geblieben und nicht so arrogant wie die anderen."

„So, den mögen Sie gern?" fragte Rogalla noch einmal nach und versuchte ein wohlwollend väterliches Lächeln aufzusetzen. „Hoffentlich kaufen uns die Bayern den nicht weg."

„Ich glaube, der bleibt. Das ist ein echter Schalker. Aber ich mag auch den Roman Weidenfeller von Dortmund."

„Stehen Sie auf Torwarte, Sabrina?"

„Kann schon sein. Ich hatte mal einen Freund, der war Torwart in der Kreisliga A. Aber der sah nicht so gut aus wie der Weidenfeller vom BVB."

„Also, das läuft so nicht, Sabrina", warf Rogalla ein. „Zwischen Schalke und Dortmund muss man sich entscheiden. Beides geht gar nicht."

„Eigentlich bin ich ja für Bochum."

„Wie Bochum?"

„Für den VfL. Schon immer. Meine ganze Familie. Meine drei Brüder gehen alle ins Stadion, manchmal nehmen die mich mit."

„Na, dann viel Spaß in der zweiten Liga. Da können Sie sich gleich mit meinem Kollegen Klaus Brenner zusammentun. Der geht da auch hin. Und so, wie die spielen, so sieht er auch an jedem Montagmorgen aus."

Sie kamen zügig voran. Als sie aus dem Ruhrpott heraus waren, wurde es sehr ruhig auf dem Friesenspieß. Am Schüttorfer Kreuz wechselten sie auf die A 30, bewegten sich auf die holländische Grenze zu, verließen aber die Autobahn an der nächsten Ausfahrt. Dann fuhren sie über ein paar kleinere Straßen durch grau-gelbe Wäldchen und an abgeernteten Feldern vorbei, über denen ein weißer Dunstschleier hing. Nach einer Viertelstunde landeten sie in dem Dörfchen Engden, das ein paar Kilometer vor Nordhorn lag. Im Dorfkern gab es passenderweise eine Kirche und in unmittelbarer Nachbarschaft die obligatorische Gaststätte. Dort fanden sie den Wegweiser zum ‚Wolf-Center Emsland', wie es so schön neudeutsch hieß.

Die Anlage war nicht zu übersehen. Draußen vor dem Center warb eine große Plakattafel um Besucher. Da ihm wieder schwindelig geworden war, als er aus dem Auto steigen wollte, setzte sich Rogalla für einen Augenblick auf die Bank, die neben dem Eingang stand. Er blickte auf die Plakattafel und las dort, dass sich die Betreiber dieses Centers vorgenommen hatten, besonders Kinder und Jugendliche für den Artenschutz zu sensibilisieren. Das sollte nicht nur durch interessante Filme und Vorträge geschehen, sondern auch durch die direkte Begegnung mit Wölfen der verschiedensten Herkunft. Auch im weiteren Sinne um ökologische Zusammenhänge schien es den Verantwortlichen zu gehen. Das sind ja hehre Ziele, dachte Rogalla. Außerdem gab es irgendwo auch Glühwein, und die Eintrittspreise waren auf der Tafel angegeben. Ganz schön happig, fand er. Er ging aber davon aus, dass sich das Bezahlen für ihn und Sabrina erübrigen würde.

Der Parkplatz war noch ziemlich leer. Aus dem Inneren des Centers kam mit schnellen Schritten eine Frau heraus, die dem Mann im Kassenhäuschen zunickte und direkt zu dem Wagen ging, der neben Rogallas Astra stand. Es war ein Landrover, dessen Räder stark verschmutzt waren, offenbar war die Besitzerin damit über Waldwege gefahren. Die Frau mochte Ende dreißig sein, war recht groß, sehr schlank, trug dunkelblondes Haar, das gefärbt sein konnte und das in einem gewissen Kontrast stand zu ihrem hellhäutigen Gesicht mit den ein wenig engstehenden, aber gleichwohl wachen Augen und einer etwas zu langen, blassen Nase. Wenn sie die beiden Besucher wahrnahm, dann höchstens aus dem Augenwinkel und auch nur für ein paar Sekunden, aber sie warf einen kritischen Blick auf Rogallas Astra und schien das Bochumer Nummernschild prüfen zu wollen, wobei sie sich ein bisschen bückte. Vielleicht war sie kurzsichtig, trug aber keine Brille. So selbstverständlich, wie sie sich bewegte, gehörte sie wohl zum Personal des Wolf-Centers.

Am Kassenhäuschen zeigte Rogalla dem Pförtner seinen Dienstausweis und bat um ein Gespräch mit der Leitung des Centers. Der junge Mann war offensichtlich etwas überrascht, dass hier bei ihnen Bochumer Polizisten auftauchten. Aber er fragte nicht nach dem Grund ihres Erscheinens, sondern griff sofort zum Handy.

„Es wird gleich jemand kommen und Sie abholen“, sagte er.

„Wo sind denn jetzt die Wölfe? Man müsste sie doch irgendwie hören“, fragte Sabrina, die neugierig war.

„Wieso hören? Die können sehr still sein. Die Gehege sind dort hinten.“ Er wies mit dem Zeigefinger nach links, eine kleine Stichstraße hinunter. „Herr Janssen wird Ihnen alles zeigen. Aber da ist er ja schon.“

Janssen war der Kaufmännische Leiter der Anlage. Er sah nicht im Geringsten aus wie ein Tierpfleger oder wie ein Förster. Er war ein kleiner, rundlicher Herr in den Fünfzigern, der sich wahrscheinlich besser mit Betriebsführung auskannte als in der Biologie. Er trug Anzug und Krawatte, was in einer zooähnlichen Anlage etwas deplatziert wirkte. Er führte Sabrina und Rogalla in das Gebäude, das gleich neben dem Kassenhäuschen lag. Das Häuschen sah ein bisschen so aus, als sei es dem Klischee eines Forsthauses nachgebaut. Rogalla fand das ziemlich albern.

Die Räumlichkeiten im Gebäude passten allerdings nicht zu seinem Äußeren. Dort gab es mehrere Büroräume für das Leitungspersonal, ein Restaurant, zwei Vortragsräume und einen Kinosaal. Im Büro des Kaufmännischen Leiters wies Rogalla sich noch einmal aus und erklärte kurz den Grund ihres Kommens. Herr Janssen setzte sich hinter seinen Schreibtisch, die beiden Bochumer davor. Rogalla bat Janssen, was die Tötung der beiden Bochumer Opfer durch einen Wolf betraf, um absolutes Stillschweigen. Nichts dürfe, zumindest zurzeit, an die Presse oder überhaupt an die Öffentlichkeit gelangen.

„Entschuldigen Sie, bitte, Herr Kommissar", sagte Janssen, „aber ich kann mir das eigentlich gar nicht vorstellen. Sind Sie sicher, dass es sich um einen Wolf handelt?"

„Ja. Da besteht überhaupt kein Zweifel. Die DNA-Analyse der Essener Uni-Klinik ist eindeutig. Es muss sich um einen Timberwolf handeln."

„Seltsam. Die sind eigentlich sehr scheu."

„Ist es denn denkbar, dass ein Timberwolf so dressiert wird, dass er auf einen Menschen angesetzt werden kann und dass er gezielt tötet?"

„Ich kann Ihnen nur sagen, was ich weiß. Ich bin Geschäftsmann, kein Biologe, auch kein Wolf-Experte. Eigentlich müssten Sie mit Frau Candeira sprechen."

„Frau Candeira? Wer ist das?"

„Frau Dr. Catarina Candeira. Unsere Verhaltensforscherin. Sie hat sogar eine Zeit lang mit Wölfen gelebt. Sie könnte Ihnen wirklich Auskunft geben."

Rogalla war irritiert: „Warum sagen Sie ‚könnte'? Gibt es sie nicht mehr? Oder ist sie nicht mehr tätig in Ihrem Center?"

„Doch, doch. Aber für heute hat sie sich beurlauben lassen. Ein Trauerfall in der Familie. Sie hätten sie fast noch antreffen können. Frau Candeira hat sich gerade vor ein paar Minuten von mir verabschiedet."

Sabrina fragte: „War das die Frau mit dem Landrover?"

„Ja, genau die. Dann haben Sie sie ja doch noch gesehen. Aber, wie gesagt, wenn Sie Dr. Candeira sprechen wollen, müssen Sie noch einmal wiederkommen. Heute klappt das nicht mehr."

Rogalla war nachdenklich: „Das werden wir wohl tun müssen. Eventuell kommt dann ein Kollege von mir. Vielleicht können Sie mir trotzdem vorab schon einmal Ihre Meinung sagen, Herr Janssen. Wölfe sind ja keine unbekannten Wesen für Sie."

„Nein, das sicher nicht."

„Sie glauben nicht, dass man einen Wolf so abrichten kann, dass er auf Kommando tötet?"

„Also, wenn Sie mich fragen, kann ich nur sagen: Sie werden einen Wolf niemals so dressieren können, dass er einem Menschen unbedingt gehorcht, wie zum Beispiel ein Schäferhund das tut. Sie kriegen ihn auch nicht stubenrein, das funktioniert nicht. Und was auch noch wichtig ist: Ein Wolf lässt sich garantiert nicht einsperren. Den können Sie nicht in irgendeiner Bochumer Etagenwohnung halten wie einen Dackel und von Zeit zu Zeit mit ihm Gassi gehen. Deshalb kommt mir Ihr Szenario so unwirklich vor."

Sabrina mischte sich ein: „Aber es gibt doch Mischlinge. Ich habe mal gelesen, dass es so komische Züchtungen gibt. In Deutschland oder in Amerika."

„Die gibt es tatsächlich. Und das ist eine ausgesprochen gefährliche Angelegenheit. Das ist schon eine Zeit lang her, vielleicht haben Sie damals in der Zeitung gelesen, dass der Wolfshund von Dieter Thomas Heck, diesem Hitparaden-Moderator, einen Freund des Hauses angegriffen hat. Dieser Freund war nach dem Angriff lebenslang behindert."

Sabrina hatte die Augen aufgerissen: „Nein, das wusste ich nicht."

„Die geläufigste Züchtung wird einfach der ‚Tscheche' genannt, richtiger gesagt heißt er der Tschechoslowakische Wolfshund. Der war mal in den neunziger Jahren des vorigen Jahrhunderts ganz groß in Mode. Das ist eine Kreuzung aus einem Karpatenwolf und einem Deutschen Schäferhund. In den USA dürfen diese Mischlinge leider legal gezüchtet werden. In Deutschland nicht. Aber auf dem grauen Markt können Sie so ein Tier auch in Deutschland kaufen, allerdings kann ich Ihnen nur ernsthaft raten, die Finger davon zu lassen. Als Besitzer ist man mit solchen Wolfshunden normalerweise völlig überfordert."

Herr Janssen erzählte noch mehr über Wolfshunde und die entsprechenden Züchtungen. Je mehr Wolfsblut in einem Tier vorhanden sei, desto mehr müsse man für sie bezahlen.

Nach ihrem Gespräch, das irgendwie ohne rechtes Ergebnis verlaufen war, führte Herr Janssen die beiden Bochumer zu den Gehegen und zeigte ihnen die verschiedenen Wolfsarten. In einem der Gehege gab es auch Timberwölfe. Sie waren größer als die anderen Wölfe, die sie gesehen hatten, trugen graues, zum Teil auch bräunliches Fell und wirkten in der Tat sehr scheu. Sie heulten nicht auf, wie man es vielleicht erwartet hatte, sondern waren gespenstisch still. Rogalla hatte den Eindruck, als blickten sie konsequent an ihm vorbei. Einer von ihnen kam kurz an den Zaun heran und streifte mit seinem Fell das Hängeschloss am Tor. Seine Augen schienen leer, sie standen ganz eng und erinnerten Rogalla an die Augen der Frau mit dem Landrover.

35. Kapitel

„Wir können nicht zaubern! Wenn Sie das verlangen, müssen Sie Harry Potter engagieren!"

Brenner war gereizt. Das übliche Spiel mit Hahn, der Druck machte, weil er die Zeitungen fürchtete. Und statt ihn zum Sitzen aufzufordern, ließ er ihn vor dem präsidialen Thron stehen wie einen dummen Schuljungen, der Schelte verdient hatte.

„Beruhigen Sie sich", beschwichtigte der Polizeipräsident. „Ich wollte nur über den Stand der Dinge informiert werden. Und außerdem kam mir der Gedanke, dass Sie sich vielleicht verrennen. Warum nur in dem Auffermann-Kreis nachforschen? Der Täter kann von ganz woanders herkommen."

„Sicher!" entgegnete der Kommissar. „So schlau sind wir auch. Auffermann und Lewinski haben aber einen biographischen Berührungspunkt. Unsere Praktikantin hat die Liste vom Einwohnermeldeamt. Beide haben sich gekannt, müssen sich gekannt haben. Auffermann hat als Student in der Castroper Straße gewohnt. Lewinski zu dieser Zeit ebenfalls, im selben Haus. Wir müssen also herausfinden, was damals passiert ist. Und dazu sind die Recherchen bei Kröger und Bodschwinna und auch bei den anderen notwendig."

„Warum haben Sie das nicht direkt gesagt? Das konnte ich ja nicht wissen."

„Dann dürfen Sie mich auch nicht mit der Feststellung überfallen, wir seien nach einer Woche genau so weit wie vorher."

„Brenner, Sie wissen doch, wie das läuft. Ich bin für Erfolg oder Misserfolg verantwortlich. Ich halte den Kopf hin. Ich wollte einfach nur herausfinden, wie die Chancen stehen. Ich wollte Ihre Ermittlungsmethoden nicht kritisieren."

„Können Sie auch nicht. Ihre Profilerin meint nämlich dasselbe. Die Lösung führt über den Auffermann-Kreis, das heißt über die Biographie von Dr. Christoph Auffermann. Und von Lewinski natürlich. Da der aber keine Angehörigen hat und ziemlich zurückgezogen lebte, bleiben keine anderen Personen."

Hahn legte die Stirn in Falten, suchte nach einem letzten Einwand. „Was ist", meinte er, „wenn beide doch nur zufällige Opfer sind?"

Brenner verzog den Mund, schüttelte den Kopf. „Wie denn? Da ist der rote Karton, ‚Ex 21'. Beide haben im selben Haus gewohnt. Da gibt es keinen Zufall."

„Sie haben mit den Hausbewohnern von damals gesprochen? Erinnert sich jemand an sie?"

„Das ist zwanzig Jahre her. Wir haben selbstverständlich die Daten von der Meldebehörde. Alle, die jetzt in dem Haus wohnen, sind erst später hinzugekommen. Da waren beide schon weg. Auffermann ist mit seiner Frau zusammengezogen. Lewinski hat sich in der Liboriusstraße verkrochen."

„Gute Arbeit von Ihrer Praktikantin. Und die Profilerin? Sie sind zufrieden? Setzen Sie sich doch bitte!"

Hahn bemühte sich um einen versöhnlicheren Ton. Allerdings war es eine rhetorische Frage, auf die er nichts anderes als ein „Ja" erwartete.

Brenner ignorierte die Aufforderung. „Zufrieden bin ich erst, wenn der Fall gelöst ist", sagte er. „Aber mit Frau Rieken ist es eine angenehmere Zusammenarbeit."

„Wie meinen Sie das?"

„Sie hat erstklassige Umgangsformen."

„Herr Brenner, nun setzen Sie sich endlich. Meinen Vorwurf, dass Sie immer noch auf der Stelle treten, nehme ich zurück. Legen Sie nicht alles auf die Goldwaage!"

Der Kommissar zögerte noch einen Moment. Diese kleinen Scharmützel gehörten dazu. Man durfte sie nur nicht in die Länge ziehen. Er rückte sich den Stuhl zurecht, setzte sich. Hahn begann mit den Fingern auf der Schreibtischplatte zu trommeln.

„Ach, Brenner", meinte er, „wenn es jetzt schon fünf Uhr nachmittags wäre, würden wir beide einen erstklassigen Whisky trinken, Jahrgangsabfüllung aus Schottland. Aber mein Prinzip ist ‚Nie vor fünf!'. Und jetzt ist es erst elf."

„Irgendwo auf der Welt ist es immer fünf Uhr", entgegnete der Kommissar. „Ist ja nur zum Probieren."

„Bleibt aber unter uns“, sagte Hahn. „Ich will nicht ins Gerede kommen.“

Er zog eine Tür am Schreibtisch auf, holte eine Mahagonibox hervor, öffnete sie. „Das ist ein ‚Glenlivet‘, 50 Jahre alt, 300 Euro. Bevor Sie falsch von mir denken, den habe ich beim Golfturnier gewonnen.“

„Erster Platz?“

„Trostpreis. Ich muss noch an meinem Handicap arbeiten.“

Er holte zwei Gläser aus der Tiefe des Schreibtisches, stellte eins vor Brenner, zog den Korken aus der Flasche. „Einen Finger breit nur“, sagte er, „wirklich nur zum Probieren.“

„Und?“, fragte er, nachdem Brenner einen ersten, vorsichtigen Schluck genommen hatte.

„Angenehm rauchig.“

„Ja. 1959 destilliert, 2009 abgefüllt. Hahn schwenkte den Whisky im Glas, schloss die Augen, schnupperte. „Himmlisch!“ Er setzte das Glas wieder ab. „Also, Herr Brenner, jetzt einmal ehrlich. Wie ist die Zusammenarbeit mit Frau Rieken? Sie müssen wissen, es ist die Tochter eines guten Freundes. Sonst hätte das mit der Vermittlung nicht so rasch geklappt.“

„Gut“, antwortete der Kommissar. „Es ist wirklich sehr angenehm und ich lerne viel. Ein Beispiel, womit wir wieder beim Thema wären. Sie reden genau wie ich immer von einem Täter. Kann ja richtig sein. Aber was macht Frau Rieken? Sie holt mich an ihren Laptop, gibt bei google ‚Wolfsfrau‘ ein. Sie bekommt über 14 000 Einträge. Das Gleiche macht sie mit dem Begriff ‚Wolfsmann‘. Ein Zehntel der Einträge nur. Und vor allem: Die Beziehungen zwischen Männern und Wölfen sind meist negativ besetzt. Da ist etwa der Fall eines russischen Wolfsmannes, der von Sigmund Freud behandelt wird. ‚Wolfsmann‘ heißt er, weil er Albträume von Wölfen hat. Eine solche Angst fehlt bei den Frauen. Da ist eine seltsame Sympathie und Faszination. Die ziehen sich in die Einsamkeit zurück, nach Kanada, Alaska, Russland, nur um bei einem Wolf zu sein. Andere Frauen lassen sich von indianischen Trommeln in Trance versetzen, um dem Wolf als ihrem Totemtier zu begegnen. Es gibt weibliche Fanclubs, die hymnische Gedichte über ihn schreiben: ‚Längst laufe ich leichtfüßig neben ihm her…' und so weiter. Einen Mann als Täter schließe ich damit selbstverständlich nicht aus. Aber diese psychologische Einseitigkeit, zu der wir vorschnell neigen, ist weg. Sie wissen, was ich meine?"

„Verstehe. Bei Verbrechen denken wir zuerst immer an Männer. Dann macht der Einsatz der Profilerin also Sinn?"

„Auf jeden Fall. Und gerade in diesem. Wissen Sie, um ganz offen zu sein: Ab und zu war ich amtsmüde. Sie kennen das vielleicht. Es ist immer dasselbe. Man verdient sein Geld mit Verbrechen beziehungsweise mit der Aufklärung solcher Taten. Muss sein. Sonst gäb's ein munteres Morden. Dieses Mal ist es anders. Der Fall macht mir Spaß. Nein, das ist das falsche Wort. Ich meine, Frau Rieken hat mich zur Leidenschaft verführt. Ich brenne darauf, die Person kennenzulernen, die in der Lage ist, mitten in Bochum einen Wolf als Mordwaffe einzusetzen. Ich werde sie, egal ob Mann oder Frau, mit Respekt verhaften."

Hahn legte die Stirn in Falten, sah den Kommissar prüfend an. „Wenn wir jetzt beim dritten Glas wären, würde ich sagen: Der Whisky hat's in sich. Sie meinen das ernst?"

„Das mit der Leidenschaft ja. Das andere wird sich zeigen."

„Gut. Und wenn Sie mit den Recherchen im so genannten Auffermann-Kreis fertig sind, was dann?"

Hahn schien noch nicht ganz an den Nutzen der Befragungen zu glauben.

„Was dann?" wiederholte Brenner. „Was weiß ich? Erst muss man den Whisky trinken, um zu wissen, wie er schmeckt. Als nächster kommt Buchholz dran. Rogalla und ich, wir fragen uns, welche Rolle er spielt. Er ist auffällig bemüht um Frau Auffermann. Er passt auch nicht ganz in den akademischen Zirkel. Den Eindruck macht er jedenfalls auf meinen Kollegen. Vielleicht ist Buchholz die Anlaufstelle, wo man etwas mehr erfährt."

Dr. Erwin Hahn hatte sein Glas geleert, schielte nach der Mahagonibox, in der er die Flasche wie in einer Schatztruhe wieder verschlossen hatte.

„Wann befragen Sie ihn?" fragte er.

„Am besten sofort", antwortete Brenner, dem der Blick auf die Box nicht entgangen war.

„Zusammen mit Rogalla?“

„Nein, alleine. Der Kollege studiert heute Wölfe. Er ist in einem Wolf-Center im Emsland. Wir müssen schließlich wissen, wie so ein Tier sich verhält und welche Fähigkeiten jemand haben muss, um einen Wolf für seine Zwecke einsetzen zu können.“

„Und Sie lassen sich das entgehen?“

„Arbeitsteilung, Herr Dr. Hahn. Dann kommen wir schneller voran.“

Der PP runzelte die Stirn. „Alleine zu Buchholz? Ob das gut ist? Gerade Sie müssten es doch wissen. Besser zu zweit.“

„Bei der schlichten Personaldecke? Wie denn? Keine Sorge. Buchholz steht nicht mit dem Gewehr hinter der Gardine.“ Brenner erhob sich. „Danke für den schottischen Einblick! Die Marke werde ich mir merken, falls es mal eine Gehaltserhöhung gibt.“

36. Kapitel

„Nehmen Sie mich mit?“ fragte Lena Rieken. „Jochen Buchholz möchte ich mir auch ansehen.“

„Gerne!“ antwortete Brenner. „Obwohl…na ja, ich dachte, eine Profilerin sollte nicht in die unmittelbare Kommissararbeit hineingezogen werden.“

„Das ist kein Dogma. Ich bin keine Stubenhockerin.“

„So sehen Sie auch nicht aus“, meinte der Kommissar. Der Alpacapullover stand ihr gut. Über einer schwarzen Strumpfhose trug sie einen Jeansrock, und an den Füßen steckten dunkelrote Schnürstiefel. Das Gesicht zeigte wieder jenes schelmische und aufmunternde Lächeln, das Brenner an ihr so schätzte.

„Kommen Sie!“ sagte er. „Mal sehen, was Buchholz uns zu erzählen hat. Anrufen will ich vorher nicht. Überraschung ist besser. Ich hoffe, wir haben Glück.“

Die Gegend, wo der ehemalige Werkmeister der Henrichshütte wohnte, war nicht so nobel wie der Löwenzahnweg. Graue Zechenhäuser bestimmten das Bild, und die Kosterstraße mit ihrem Verkehr mochte einem, wenn man nicht taub war, auf die Nerven gehen. Vor dem Haus parkte ein dunkelblauer Renault Kangoo. Durch das Heckfenster sah man ein Absperrgitter für Hunde. An den Seitentüren war die Aufschrift ‚Gartenservice Jochen Buchholz’.

Sie trafen ihn, als er mit seinem Schäferhund gerade das Haus verließ. Der Werkmeister trug einen langen, dunkelgrauen Mantel, einen schwarzen Hut. In der linken Hand hielt er einen in Zellophan verpackten Strauß gelbroter Rosen. Wahrscheinlich, so ging es Brenner durch den Kopf, war der für Frau Auffermann. Der Hund blickte den Besuchern entgegen, begann zu knurren. „Still, Kastor!“ befahl Buchholz, worauf der Vierbeiner augenblicklich verstummte. „Sie wollen zu mir?“

„Richtig“, sagte Brenner. „Wir kennen uns ja bereits. Das hier ist Hauptkommissarin Rieken. Sie ermittelt mit uns in dem Fall. Sie haben Zeit?“

„Worum geht es?“

„Wir haben ein paar Fragen. Aber bitte nicht hier.“

„Selbstverständlich. Kommen Sie! Ich muss allerdings erst den Kastor versorgen. Er ist immer unruhig, wenn Besuch da ist."

Buchholz schloss auf, legte im Flur den Blumenstrauß auf eine Kommode, ging weiter zu einer Tür, die auf einen Hof führte. Brenner und die Profilerin folgten in einem Abstand, der etwas länger als die Leine war. Sie sahen dem Werkmeister zu, wie er einen Zwinger öffnete, die Leine löste, worauf sich der Hund, ohne zu widerstreben, in den Zwinger begab. Buchholz ließ ein Vorhängeschloss zuschnappen, kam mit der Leine zurück ins Haus, hängte sie an einen Garderobehaken.

„Den haben Sie aber gut im Griff", bemerkte die Kommissarin.

„Sicher. Gehört sich auch so, wenn man einen Hund hat."

Der Werkmeister führte sie ins Wohnzimmer, das zur Straßenseite hin lag. Auf der Fensterbank fielen Brenner Orchideen auf, die in prachtvollen Kaskaden blühten. Weiß, rot und violett. Es war ein angenehmer Kontrast zu dem Wintergrau draußen. Buchholz schien den berühmten grünen Daumen zu haben.

Er zeigte auf eine Sesselgarnitur. „Nehmen Sie bitte Platz! Möchten Sie einen Kaffee?"

Der Kommissar winkte ab. „Danke. Nicht nötig. Herr Buchholz, wir brauchen nur ein paar Informationen. Zunächst einmal zu diesem Foto. Kennen Sie den Mann?"

Buchholz ließ sich den beiden gegenüber auf einem Ledersofa nieder, nahm das Foto, das Brenner ihm reichte.

„Nein, nie gesehen. Warum?"

„Haben Sie den Namen Lewinski schon einmal gehört? Bei den Auffermanns?"

„Lewinski? Nein."

„Den Vornamen Mirko vielleicht?"

„Auch nicht. Tut mir leid. Nein."

„Nun gut. Sie gehören zu dem Freundeskreis der Auffermanns?"

Buchholz verzog leicht den Mund. „Ja und nein", antwortete er vieldeutig.

„Wie meinen Sie das?"

„Na ja, so richtig zugehörig fühlte ich mich nie. Abgesehen von Frau Auffermann. Mit ihr verstehe ich mich gut. Bei den anderen ist das Verhältnis eher distanziert."

„Sie gehen aber trotzdem hin."

„Ja. Ich sage Ihnen ganz offen, warum. Die Einladungen habe ich nur angenommen, weil mich Frau Auffermann darum gebeten hat. Sie müssen wissen, die Herren haben bei den Zusammenkünften fröhlich getrunken, von alten Zeiten geschwärmt. Besonders der Dr. Auffermann hat sich, na ja, wie soll ich sagen, etwas zu viel zugemutet. Er zeigte dann leider auch unangenehme Seiten. Wenn die anderen schon weg waren, fing er an, seine Frau zu beschimpfen. Er war dann eine andere Person. Na ja, irgendwann ist er ins Bett gefallen. Am nächsten Morgen erinnerte er sich an nichts mehr. So, und Frau Auffermann hatte mich manchmal gebeten, so lange zu bleiben, bis ihr Mann eingeschlafen war."

„Ist er auch handgreiflich geworden?"

Buchholz zögerte mit der Antwort für einen Augenblick. „Weiß ich nicht", sagte er dann. „In meiner Gegenwart jedenfalls nicht. Aber einmal, da waren sie bei den Krögers eingeladen, trug sie am nächsten Tag im Haus eine Sonnenbrille. Sie hat das auf eine Allergie geschoben. Heuschnupfen."

„Interessant", murmelte Brenner. „Dann waren Sie also eine Art Beschützer?"

„Kann man so sagen."

„Wie oft fanden die Feierlichkeiten statt?"

„Drei oder vier Mal im Jahr bei den Auffermanns. Sonst ging es reihum. Bei den Bodschwinnas, bei Krögers. Aber da war ich nicht eingeladen."

Lena Rieken schaltete sich ein. „Herr Buchholz, Sie sagten, die Männer hätten von alten Zeiten geschwärmt. Haben Sie da etwas mitbekommen? Wovon haben sie geschwärmt?"

„Es war immer dasselbe. Auffermann, Kröger und Bodschwinna kennen sich seit langem. Die haben als Studenten nicht nur gelernt. Das ging hoch her in der Bude von Herrn Auffermann. Partys, nächtelang Skat gespielt oder gepokert. Da wurden am Abend zwei Kästen Bier geholt. Und dann ging's los, die ganze Nacht."

„Sie sind aber trotzdem gut durchs Studium gekommen?"

„Herr Auffermann nicht. Der ist durchs Physikum gefallen. Danach hat Frau Auffermann gesagt: ‚Entweder ich oder dein Lotterleben!' Er ist mit ihr zusammen gezogen, hat die Kurve bekommen."

„Wo war das?" fragte Brenner. „Ich meine die Partybude."

„Castroper Straße. Das war das Stichwort. Dann fingen sie an zu erzählen."

„Der Name Lewinski oder der Vorname Mirko muss dabei doch gefallen sein."

Buchholz schüttelte den Kopf. „Nein. Tut mir leid. Ich hab' allerdings auch nicht immer zugehört. Die Herren wollten unter sich sein."

„Wie ist Ihr Verhältnis zu Frau Auffermann?" fragte die Profilerin. „Ist es vielleicht mehr als Sympathie?"

Buchholz antwortete nicht sofort. Seine beiden Hände berührten eine Zeitschrift, die vor ihm auf dem Couchtisch lag, verschoben sie, richteten sie an der Kante aus. „Mehr?" wiederholte er. „Was ist mehr?"

„Man kann jemanden sympathisch finden, gern haben oder eben noch mehr."

„Ich bin gerne in ihrer Nähe."

„Und in Zukunft noch intensiver?" schaltete sich Brenner wieder ein.

Der Werkmeister blickte ihn verblüfft an. „Ach so. Darauf wollen Sie hinaus. Nein, das können Sie vergessen. Mit dem Tod von Dr. Auffermann habe ich nichts zu tun. Der Kastor tut keinem was. Der knurrt oder bellt höchstens."

„War nur eine Frage. Hat Frau Auffermann Sie auch besucht?"

„Nein. Nie. Das war einseitig. Wissen Sie, ich war so eine Art Hausmeister. Wenn irgendwas kaputt war, hieß es: ‚Hallo, Jochen! Kannst du mal kommen?' Der Herr Doktor hatte angeblich zwei linke Hände, ließ sich lieber bedienen. Und den Garten hat er nur zum Angucken gehabt."

„Sie haben sich darum gekümmert?“

„Ja. Aber nur gelegentlich.“

„Gegen Bezahlung?“

„In diesem Fall nicht. Wie gesagt, es war nur gelegentlich.“

„Normalerweise verdienen Sie aber Geld damit?“

„Na ja, das mit dem Gartenservice ist nur ein Zubrot. Von der Rente allein kann man sich wenig leisten. Vor allem nicht nach der Umstellung auf den Euro. Alles ist doch teurer geworden.“

„Da haben Sie leider Recht.“ Brenner zog ein Zigarettenetui aus der Manteltasche. „Sie rauchen?“

„Nein, seit zehn Jahren nicht mehr. Aber wenn's sein muss, gehen Sie bitte in den Hof. Sie wissen schon, der Rauch hängt tagelang im Zimmer.“

Der Kommissar stand auf, warf Lena Rieken einen Blick zu, den sie verständnisvoll erwiderte. Er verließ aber nicht sogleich den Raum, sondern blieb vor einer Vitrine stehen, zeigte auf ein Foto. Ein Bär lag ausgestreckt am Boden. Daneben hockte ein Mann mit einem grünen Hut und einem Gewehr.

„Das sind Sie, Herr Buchholz?“

„Ja. Das bin ich.“

„Sie jagen?“

„Nein. War eine Ausnahme. 2005 in British Columbia, Kanada. Man muss sich einmal im Leben einen Traum erfüllen.“

„Ein teurer Traum.“

Buchholz schüttelte den Kopf. „2000 Dollar inklusive Abschussgebühr für einen Schwarzbär. Aber es kam mir weniger auf die Jagd an.“

„Sondern?“

„Natur. Ursprüngliche Wildnis. Das wollte ich einmal erlebt haben.“

„Sie haben das Gewehr noch?“

„Nein. Das wurde zur Verfügung gestellt.“

Draußen auf dem Hof sah der Kommissar sich um. Kastor stand am Gitter des Zwingers, lauerte durch die Stäbe, gab aber keinen Laut von sich. Ein Weg führte in einen schmalen, lang gezogenen Garten, der sich einen Hang hinunterzog. Obstbäume standen auf dem Rasen. Den Zaun säumte auf beiden Seiten eine akkurat geschnittene Hecke. Am Ende lag ein frisch umgegrabenes Beet, das erst im Frühjahr wieder zum Einsatz kommen würde.

Der Kommissar interessierte sich aber weniger für den Garten, vielmehr für einen Schuppen gegenüber dem Zwinger. Ein Schlüssel steckte außen. Die Tür war angelehnt. Er öffnete sie, sah hinein. Die üblichen Gerätschaften für die Gartenpflege. Von der Astsäge bis zum Zwiebelpflanzer. Werkzeug hing ordentlich aufgereiht an der Wand. Auf einer Holzablage sah er eine Fellbürste. Die musste für Kastor sein. Zwischen den Borsten hingen grau-schwarze Haare. Brenner zog sie heraus, steckte sie in sein Etui.

Als er den Schuppen verlassen wollte, fiel ihm ein großer Schlüssel auf, der an einem Nagel neben der Tür hing. Er hatte etwa die doppelte Größe eines üblichen Zimmerschlüssels und einen auffallend flachen Bart. Für den Hundezwinger war er nicht. Der hatte nur ein kleines Vorhängeschloss. Was da im Schuppen an der Wand hing, hatte der Kommissar früher einmal gesehen, bei großen, schmiedeeisernen Pforten, einmal auch bei einem Kirchenportal. Er verließ den Schuppen, lehnte die Tür wieder gegen den Rahmen, zündete sich eine Zigarette an, rauchte, betrachtete dabei den Zwinger und den Hund, der unbeweglich da stand und ihn beobachtete. Brenner dachte an die Henrichshütte, an das weitläufige Gelände, an den Hochofen. Ob es da noch unterirdische Gänge, Bunker und unbenutzte Räume gab? Buchholz musste sich auskennen.

Auf der Rückfahrt zum Präsidium erzählte er davon.

„Es ist vielleicht absurd. Aber plötzlich kam mir diese Idee. Ich habe mir den Zwinger angesehen und dachte dabei an die Henrichshütte. Was ist, wenn Buchholz sich nicht nur einen Schäferhund hält? Sie haben ja gesehen, wie er seinen Vierbeiner dressiert hat. Wenn er sagt ‚Still!', kuscht das Tier sofort. Würde er ‚Fass!' sagen, spränge einem das Vieh an die Kehle."

Er fing sich einen skeptischen Seitenblick ein. „Schwer vorstellbar", sagte Lena Rieken. „Das kann man mit einem

Wolf nicht machen. Der lässt sich nicht einsperren und bei Bedarf hervorholen. Wie soll das gehen?"

„Und wenn's für eine Woche wäre? Genau für die Zeit, um Auffermann und Lewinski zu erledigen?"

„Herr Brenner, wo soll er den Wolf herhaben? Wie ihn dressieren, falls das überhaupt geht? Und warum dann auch Lewinski? Bei Auffermann hätte er allerdings ein Motiv. Ich habe mich mit ihm noch weiter darüber unterhalten. Er hat zugegeben, dass er für die Frau des Arztes mehr als nur Sympathie empfindet. Er hat sogar gemeint, er würde auch noch ein zweites Mal heiraten. Auf einmal war er sehr gesprächig."

„Und was halten Sie davon, dass Buchholz auf der Henrichshütte gearbeitet hat? Frau Bodschwinna hat ihr Atelier dort. Zufall?"

„Zufall? Nein, normal. Die alten Industrieanlagen werden doch überall so genutzt. Damit muss Buchholz nichts zu tun haben. Selbst wenn er Frau Bodschwinna geholfen hat, dort ein Atelier zu finden, was besagt das schon? Er findet sie übrigens nicht unsympathisch."

„Sie haben ihn gefragt?"

„Ja. Auch nach Martina Kröger. Da hat er sich aber abfällig geäußert. Die hätte den Auffermann nur benutzt, um Oberärztin zu werden."

„Sieh an!" sagte Brenner. „Ich sollte Sie öfter mitnehmen. Vor allem, wenn Männer befragt werden. Die fangen ja richtig an zu plaudern bei Ihnen."

„Neidisch?"

Der Kommissar winkte ab. „Ach was! Das ist Arbeitsteilung. Wie sehen Sie eigentlich die Chancen von Buchholz bei Frau Auffermann?"

„Gut", antwortete die Profilerin. „Er macht nicht den Eindruck eines verdrossenen Frührentners, ist geschmackvoll gekleidet, hat angenehme Umgangsformen, wirkt wie jemand, der weiß, was er will. Ein attraktiver Herr mit grauen Schläfen. Ich kannte Dr. Auffermann nicht. Aber Jochen Buchholz dürfte ihm in nichts nachstehen. Genügend Geld scheint er auch zu haben. Sie haben das Wohnzimmer ja gesehen. Die Einrichtung sieht nicht nach armer Rentnerbehausung aus."

Sie hatten die Viktoriastraße erreicht, waren in Höhe des Bermudadreiecks. Brenner sah auf die Uhr. Es war halb zwei. Er dachte jetzt nicht mehr an Buchholz, sondern an Rogalla, der sich neben dem Wolfsgehege wahrscheinlich am Glühwein erfreute oder beim Gänsebraten saß, in Begleitung einer hübschen Praktikantin.

„Was halten Sie von einer Mittagspause?" fragte er. „Alles hier in Bochums berühmtester Meile versammelt. Italienisch, spanisch, griechisch, türkisch, chinesisch oder auch japanisch in einer Sushi-Bar. Ich lade Sie ein."

„Was würden Sie denn empfehlen?"

„Das Tucholsky. Da gibt's zum Abschluss auch einen wunderbaren Espresso."

37. Kapitel

Ulrike Auffermann war noch immer krankgeschrieben. Der Arzt hatte ihr gesagt, sie brauche jetzt Zeit, dürfe frühestens in drei Wochen anfangen, wieder zu arbeiten, und dann möglichst noch nicht mit voller Stundenzahl. Aber sie hielt Kontakt zu ihrer Schule. Durch die Freundschaft mit Klara Bodschwinna war das kein Problem.

Auch heute war Klara am Nachmittag in den Löwenzahnweg gefahren und hatte ihrer Freundin den Inhalt ihres dienstlichen Postfachs überreicht. Ulrike blätterte den Stapel schnell durch. Da lagen Kursbücher und ein paar Zensurenlisten, eine Entschuldigung, die eine Oberstufenschülerin nachträglich eingereicht hatte, die monatliche Zeitschrift des Philologenverbandes, eine ganze Anzahl an Prospekten, die von Schulbuchverlagen verschickt worden waren. Zwischen den Prospekten lag ein verschlossener, dünner Briefumschlag ohne Absender. Er trug weder Briefmarke noch einen Poststempel, war also von irgendjemandem in ihr Fach gelegt worden. Der Brief war adressiert an ‚Frau Oberstudienrätin Ulrike Auffermann – im Hause'. Die Adresse war in Druckschrift geschrieben, wirkte ungelenk, als ob sie ein Rechtshänder mit der linken Hand aufgemalt hätte.

„Was ist das für ein Brief?" fragte sie Klara, die am Fenster stand, rauchte und ihre Freundin beim Sichten der Post beobachtete.

„Keine Ahnung. Den habe ich nicht entgegengenommen, der lag schon in deinem Fach." Sie hustete, drückte die nur halb gerauchte Zigarette aus. „Vielleicht ist es noch ein Kondolenzbrief von den Eltern deiner Klasse, oder es sind Genesungswünsche aus deinen Kursen."

„Die haben alle schon geschrieben."

„Mach auf, dann siehst du, was los ist", sagte Klara. Wie sie strahlt, dachte Ulrike, als sie ihre schöne Freundin im Gegenlicht betrachtete.

Aber den Brief legte sie erst einmal auf den Couchtisch und blätterte erneut die restliche Post durch. Etwas Besonderes war tatsächlich nicht dabei. Dann nahm sie einen Brieföffner von ihrem Sekretär und öffnete sorgfältig den Briefumschlag. Drinnen steckte nur ein Zettel im Din-A5-Format. Sie las, war kurz versucht, ihn einfach zusammenzuknüllen, behielt ihn aber doch unschlüssig in der Hand, blickte noch einmal darauf.

„Das ist ja merkwürdig."

„Was?"

„Dieser Brief. Das kapiere ich nicht."

„Was steht denn drin?"

„Ich kann mir überhaupt nicht vorstellen, wie so ein Brief in mein Schulfach gelangt. In unser Lehrerzimmer kommt doch außer dem Kollegium und den Sekretärinnen niemand rein. Vielleicht die Putzfrauen am Nachmittag. Aber sonst niemand."

„Das stimmt ja nicht", warf Klara Bodschwinna ein. „Wenn am Nachmittag geputzt wird, sind doch die Türen meistens geöffnet, auch die Außentüren des Gebäudes. Dann kann praktisch jeder, der es darauf anlegt, ins Gebäude und auch in eins der Lehrerzimmer gehen und einen Brief in dein Postfach stecken. Das ist überhaupt kein Problem. Aber jetzt sag doch mal: Was ist das denn für ein Brief? Von wem stammt der?"

„Keine Ahnung? Der ist nicht unterschrieben, steht auch kein Absender drauf. Das ist ein anonymer Brief. So etwas habe ich noch nie bekommen."

„Und was steht drin? Spann mich doch nicht so auf die Folter!"

„Was da steht, das ist für mich völlig unverständlich."

„Also, was denn?"

„Ich soll mich vor Jochen Buchholz in acht nehmen."

„Wie? In acht nehmen? Was heißt das?"

„Verstehe ich auch nicht. Und das ist schon alles. Nur der eine Satz: ‚Nehmen Sie sich in acht, Jochen Buchholz ist gefährlich'. Wahrscheinlich auf einem Computer geschrieben oder mit einer Schreibmaschine, aber so etwas hat ja heute niemand mehr."

Klara trat an den Tisch, stampfte wieder ihre halbe Zigarette in den Aschenbecher und steckte sich eine neue an. Sie nahm Ulrike Auffermann den Zettel aus der Hand, blickte kurz darauf und gab ihn gleich ihrer Freundin zurück. „Was soll das heißen? ‚Buchholz ist gefährlich‘? Das ist doch Unsinn. So ein harmloser und hilfsbereiter Mann. Sieht zwar ganz gut aus, aber nicht so, als ob er jemandem etwas antun könnte. Ein bisschen langweilig, klar. Wieso soll der gefährlich sein?"

„Das ist es ja, was ich nicht verstehe."

„Vielleicht hat Buchholz den Brief selber geschrieben, will auf sich aufmerksam machen."

„Ach, Unsinn. Das passt überhaupt nicht zu ihm, weißt du doch selbst. Der ist einfach nur nett. Wieso muss immer irgendwas dahinter stecken, wenn jemand freundlich ist?"

„Du weißt, dass er ein Auge auf dich geworfen hat."

„Sei nicht so misstrauisch!"

„Na gut. Wenn du es sagst. Was kann sonst mit dem Satz gemeint sein? Will da jemand unterstellen, dass Buchholz etwas mit Christophs Tod zu tun hat?"

„So lese ich das."

„Und glaubst du, dass du jetzt in Gefahr bist?"

„Ja, vielleicht. Und die Kinder? Was ist mit den Kindern? Sind die auch in Gefahr? Mit Moritz versteht sich Jochen Buchholz besonders gut. Wie ein Onkel oder ein väterlicher Freund oder so ähnlich. Also, das ist wirklich Unsinn."

Klara Bodschwinna trat wieder ans Fenster und blickte nach draußen in den Novemberdunst, durch dessen Schwaden die Umrisse der Burg Blankenstein zu sehen waren: „Du hast schon recht, ich kann mir das auch nicht vorstellen."

„Eben."

„Nein, nicht Jochen Buchholz. Vielleicht sollte man ganz anders an die Sache herangehen."

„Nämlich?"

„Man muss erst mal fragen, wer denn hinter diesem ominösen Zettel steckt. Wer schreibt denn so etwas? Und warum? Das kann ja auch ein Ablenkungsmanöver sein. Jemand will den eigentlichen Täter schützen und lenkt jetzt die Aufmerksamkeit auf einen anderen."

„Auf jeden Fall will der Briefschreiber den Eindruck vermitteln, dass er etwas weiß und von dessen Existenz die Polizei wahrscheinlich keine Ahnung hat."

„Was meinst du damit?"

„Ich muss den Zettel der Polizei geben. Die müssen ihn auch erkennungsdienstlich, oder wie sie das nennen, untersuchen. Vielleicht sind ja Fingerabdrücke drauf."

Klara überlegte, schien sich nicht sicher. „Wahrscheinlich muss man wirklich die Polizei informieren", sagte sie dann, „obwohl ich eigentlich glaube, dass sich da jemand nur einen dummen Scherz erlaubt hat."

„Wer sollte so etwas denn machen? Davon hat doch niemand etwas. Im Kollegium wüsste ich keinen, dem eine solche Schweinerei zuzutrauen wäre."

„Na ja, man kann in die Menschen nicht hineingucken. Aber, du hast wahrscheinlich recht. Die Polizei muss das wissen."

Ulrike Auffermann griff zum Telefon. Im Präsidium ließ man sich Zeit. Schließlich meldete sich die Zentrale. Ulrike Auffermann sagte: „Ich möchte Herrn Hauptkommissar Brenner sprechen. Es ist wichtig."

38. Kapitel

Die Lesung im Schauspielhaus war ein großer, beinahe überwältigender Erfolg gewesen. Trotzdem hatte Andreas Arndt ein zwiespältiges, etwas mulmiges Gefühl im Magen, das große Dichterglück sah jedenfalls anders aus. Er ging jetzt wieder seinem Brotberuf nach, stand im gepanzerten Glaskasten der Sparkasse und nahm für sein Kreditinstitut Geld ein oder gab es aus. Aber mit den Gedanken war er woanders.

Ihm waren Zweifel gekommen. Hatte er die richtigen Gedichte für die Lesung ausgewählt? Sicher, seine Bücher waren reichlich gekauft worden im Anschluss an die Lesung. Gerade „Im Staub der Sterne“, sein letztes Buch, durfte er nach der Lesung noch eine Dreiviertelstunde lang signieren. Auch der Abteilungsleiter des Hamburger Verlages, der eigens angereist war, hatte zufrieden gelächelt. Aber der war hinterher nicht mehr dageblieben, obwohl er doch eigentlich in Bochum übernachten wollte. Er hatte auch nicht mehr an der kleinen, privaten Nachlese im Tucholsky teilgenommen, sondern nur noch mit zwei örtlichen Buchhändlern verhandelt und war in der Nacht zurück in die Hansestadt gefahren. Arndt wusste nicht, was er davon halten sollte. Dabei fiel ihm ein, dass die letzte Abrechnung des Verlages längst überfällig war. Er hoffte sehr, dass es in dieser Hinsicht keine Turbulenzen gab.

Etwas anderes kam noch hinzu. Allzu leichte Siege machten Arndt misstrauisch. Er fragte sich, ob er mit seinen jüngeren Gedichten den Lesern zu sehr entgegengekommen war. Das hatte er sich nicht vorgenommen. Im Gegenteil. Zu gefällige Annäherung konnte dazu führen, dass sich die literarische Qualität der Texte sehr schnell verschleißen würde. Er wollte in Zukunft wieder mehr darauf achten, dass seine Gedichte widerständig und sperrig blieben, dass sie nicht zu elegant wirkten und nicht zu süffig aufgenommen werden konnten. Besonders hatte es ihn irritiert, dass ein Besucher ihn nach der Lesung auf eine Parallele zu einem Gedicht von Rilke angesprochen hatte. Das war nun wirklich das Letzte, was er gebrauchen konnte. Ein Glück, dass er nur einmal im Jahr in Bochum las, auch das war beinahe noch zu viel.

Mit dem Ehepaar Bodschwinna hatten Lisa und er nach der Lesung noch auf ein Glas Wein zusammengesessen. Es war immer gut, mit Hartmut Bodschwinna zu reden. Der verstand etwas von Literatur, und man kannte sich auch schon seit ewigen Zeiten. Ihre lange Bekanntschaft hatte den schönen Nebeneffekt, dass keiner von ihnen dem anderen irgendetwas beweisen musste.

Nur Lisa war ein bisschen schweigsam gewesen, denn mit Klara Bodschwinna kam sie nicht zurecht. Das war nicht neu. Klara sei ihr immer zu künstlich, hatte sie hinterher gesagt, aber er hatte nicht gefragt, was sie damit meinte. Vielleicht war es auch der Altersunterschied. Lisa war sicherlich fünfzehn Jahre jünger als Klara Bodschwinna. Als sich die Paare verabschiedeten, hatten sich die beiden Männer vage für die kommende Woche verabredet, um Arndts nächstes Buch zu besprechen, das im Frühjahr erscheinen sollte. Bodschwinna hatte sich bereit erklärt, das Nachwort zu schreiben, und er musste natürlich die Texte, um die es ging, vorher gelesen haben.

Deshalb war er überrascht, als Hartmut Bodschwinna plötzlich in der Sparkasse vor ihm stand. Er trug einen langen dunkelblauen Mantel, dessen Kragen er hochgeschlagen hatte. Die Außenflächen des Kragens waren mit Leder besetzt. Bodschwinna wusste sich zu kleiden. Der Grund, warum er in der Sparkasse erschien, hatte wohl nichts mit der Lokalität zu tun, er wollte weder Geld einzahlen noch etwas abheben. Es war irgendwie eine private Sache, die Bodschwinna hergeführt hatte. Er wirkte besorgt, sagte, sie müssten sich schnellstens treffen, nicht erst in der nächsten Woche, gab aber keinen Grund dafür an und war offenbar auch nicht willens, sich hier zu erklären. Da Arndt sich für den Abend mit Lisa verabredet hatte, musste er erst mit ihr absprechen, wann er Zeit für Bodschwinna haben würde.

„Ich rufe dich heute am späten Nachmittag an, dann können wir etwas verabreden“, sagte er.

„Ja, gut. Es ist wichtig.“

„Soll ich bei dir zu Hause anrufen?“

„Nein, bitte nicht zu Hause. Ruf mich in der Uni an. Ich habe gleich noch eine Veranstaltung und bleibe auf jeden Fall im Institut, bis du angerufen hast. Du erreichst mich in meinem Büro."

Als einer der Bankangestellten durch eine nach hinten gelegene Tür Arndts Glaskasten betrat, um sich von dem Kollegen eine Unterschrift abzuholen, war Bodschwinna schon wieder verschwunden. Arndt fragte sich, was der auf dem Herzen hatte und warum er von dem, was ihn heute beschäftigte, nach der Lesung nichts gesagt hatte. Vielleicht sollte seine Frau nicht mithören, worum es ging. Aber dann hätte er auch anrufen können. Dass er hier persönlich auftauchte, machte die Sache dringlich.

In der Mittagspause setzte sich Arndt in sein Stammcafé in der Huestraße. Draußen war es kalt, im Radio hatte der Wetterfrosch vom WDR einen frühen Wintereinbruch angekündigt. Aber Arndt glaubte den Vorhersagen nur, wenn der Blick aus dem Fenster bestätigte, was prognostiziert worden war. Er hatte ein Süppchen bestellt und freute sich schon auf den Kaffee hinterher, zu dem er sich angesichts der Wetterlage einen Cognac gönnen würde. Das konnte er sich leisten, denn ein beträchtlicher Vorteil der Arbeit im Glaskasten der Sparkasse bestand darin, dass die Kunden nicht so dicht an einen heran kamen. So war es kein Problem, wenn er gelegentlich nach der Mittagspause eine leichte Alkoholfahne hatte.

Die Hauptmahlzeit nahm er erst am Abend ein. Seine Mutter bestand darauf, für ihn kochen zu dürfen. Das war einerseits sehr bequem, andererseits spürte er, wie sehr sie die Abhängigkeit ihres Sohnes genoss, was er nur mit einem gewissen Widerwillen ertrug.

Arndt hatte sich die WAZ und die Ruhr-Nachrichten gekauft und blätterte beide Zeitungen oberflächlich durch. Von seiner Lesung stand jeweils etwas im Lokalteil. Der Reporter der WAZ hatte in seinem Artikel den Klappentext vom „Staub der Sterne" verarbeitet, was Arndt aber nicht besonders störte, denn den Klappentext hatte er selbst formuliert. In den Ruhr-Nachrichten war immerhin ein Bild abgedruckt, das ihn beim

Signieren zeigte. Leider erschien der Rilke-Freund auch mit auf dem Foto. In keiner der beiden Zeitungen war die Lesung im überregionalen Kulturteil erwähnt worden. Das hatte er auch nicht erwartet, denn das Buch war schon vor Monaten erschienen und hinreichend rezensiert worden.

Er hatte die Zeitungen aus der Hand gelegt und schlürfte genüsslich an dem Cognac, als sein Blick auf die Rückseite der Ruhr-Nachrichten fiel, wo heute die Todesanzeigen standen. Dort las er, dass Dr. Christoph Auffermann schon vor zehn Tagen verstorben war. Das war ja seltsam. Der war doch noch jung, kaum älter als er selbst. Warum hatten die Bodschwinnas nichts davon gesagt? Er wusste, dass die Ehepaare Auffermann und Bodschwinna befreundet waren, sich häufig trafen. Auch die Krögers gehörten in diese Clique. Die hatten sogar mal versucht, ihn und Lisa mit einzubinden in den Kreis. Aber Arndt hatte Probleme mit Christoph Auffermann, der sich immer ein bisschen gönnerhaft über die literarischen Ambitionen des Dichters äußerte. Und wenn mehr getrunken wurde, dann schlug Auffermanns lässige Ablehnung auch schon mal in Zynismus um. Dem brauchte er sich weiß Gott nicht auszusetzen.

Er fragte sich, was da wohl passiert war. Die Anzeige war ein bisschen kryptisch formuliert, das sah nicht nach einem natürlichen Tod aus. War es ein Unglück? Suizid? Nein, nicht Christoph Auffermann. In dessen Psyche gab es keinen Platz für Selbstzweifel. Vielleicht hatte in den letzten Tagen etwas in der Zeitung gestanden, was er nicht mitbekommen hatte. Ein Verkehrsunfall vielleicht oder eine plötzliche Krankheit, die Auffermann sich in der Klinik zugezogen hatte. Von solchen Dingen hörte man immer wieder. Womöglich hatte Bodschwinnas Wunsch nach einem Treffen damit zu tun, aber der musste längst von Auffermanns Tod gewusst haben, so nahe, wie sich die Familien standen. Und am Morgen hatte Arndt eher den Eindruck gehabt, dass erst kürzlich etwas passiert war, das Bodschwinna in Aufregung versetzt hatte.

Er kramte sein Handy aus der Tasche seines Jacketts und wählte Bodschwinnas Nummer am Germanistischen Institut der Ruhr-Universität. Es klingelte unglaublich lange. Einen

Anrufbeantworter gab es nicht. Schließlich meldete sich eine weibliche Stimme, eine Sekretärin oder eine Hilfskraft, die wohl gerade ins Zimmer getreten war. Er hatte den Namen nicht verstanden.

„Herr Dr. Bodschwinna ist im Augenblick in einer Veranstaltung. Kann ich ihm etwas ausrichten?" fragte die Stimme.

„Nein, lassen Sie nur. Ich melde mich später bei ihm."

39. Kapitel

Die Nacht war sternenklar gewesen. Soviel wusste sie noch. Und dass sie leichtfüßig über den Waldboden gelaufen war, zwischen den Stämmen durch und neben sich den Wolf. Sie hatte eine wilde Ursprünglichkeit dabei gespürt, ein lange versagtes Glück. Ihre Arme waren ausgebreitet wie Flügel. Dann war die Lichtung gekommen mit jenem Himmel, der so hell war, als bestünde er nur aus Sternen. Sie hatte als Silhouette auch den Hochsitz gesehen, eine Gestalt darauf. Ein Schuss fiel. Der Wolf neben ihr lag regungslos am Boden. Und dann stand er auf einmal vor ihr, mit einem Gewehr und in grüner Uniform und sagte: „Ich bin der Förster Buchholz!"

Lena Rieken schreckte hoch. Es dauerte eine Weile, bis ihr in der Dunkelheit bewusst wurde, dass sie geträumt hatte. Sie tastete nach der Nachttischlampe, fand sie nicht. Ihr fielen die Flügelbewegungen ihrer Arme ein. Wahrscheinlich hatte sie die Lampe von der Kommode gestoßen. Das also war der Knall gewesen, der Schuss. Sie tastete neben dem Bett den Boden ab, griff in Scherben. Sie verließ das Bett auf der anderen Seite, fand den Lichtschalter, schloss bei der Helligkeit, die sie wie einen Überfall empfand, für einen Moment die Augen, sah auf die Uhr. Es war fünf Uhr am Morgen. Die Hand, mit der sie in die Scherben gegriffen hatte, blutete. Aber es war nur eine kleine Schnittwunde, die sie mit einem Pflaster rasch versorgt hatte. Eine Weile spielte sie mit dem Gedanken, sich wieder hinzulegen. Ob sich der Traum, dieses Glücksgefühl wiederholen ließ? Ob sie weiter mit dem Wolf durch den Wald jagen könnte? Das Ende war jäh gewesen, erschreckend, bedrohlich. Was sollte diese seltsame Gestalt, das Gewehr, die Uniform und der rätselhafte Spruch „Ich bin der Förster Buchholz."? Es hatte keinen Sinn, sich für eine weitere Stunde hinzulegen. Träume ließen sich nicht willkürlich herbeirufen oder fortsetzen. Und an einer Fortsetzung mit einem Gewehr war sie nicht interessiert.

Sie ging in die Küche, um sich einen Kaffee zu machen. Durch das Fenster sah sie hinaus in das flache Land am

Dorfrand, erblickte tatsächlich am Himmel Sterne. Die Nacht musste kühl und klar gewesen sein. Während sie die erste Tasse trank, dachte sie nach. Seltsam, welche Wesen nachts das Innenleben bevölkerten. Träume waren rätselhaft, verschlüsselte Botschaften, vielleicht auch einfach nur absurde Bilderfluten. Sicher, es gab Theorien, Erklärungsversuche. Wie weit ins Unbewusste war sie gestiegen, um einen Wolf so zu erleben? Hatte man nicht eher Angst vor diesem Tier? Warum zeigte sich bei ihr im Traum das Gegenteil? Eine Sympathie, eine Zusammengehörigkeit, ein Glücksgefühl hatte sie durchströmt. Bis eben zu jenem Ende. Was hatte der Mann mit dem Gewehr zu bedeuten? Warum ausgerechnet Buchholz? War Jochen Buchholz gemeint? Oder war ‚Buchholz' nur ein Symbol für Holzscheite, also für Feuer? Frauen, die mit Wölfen liefen, kamen früher auf den Scheiterhaufen. Diese Frauen, soviel wusste sie inzwischen, wurden Loba, La Loba genannt, und man sagte, dass sie im Bund mit dem Teufel stünden. Der Traum aber hatte nichts Böses gehabt. Er war voller Kraft und Ursprünglichkeit gewesen. Böse schien ihr nur jene Figur auf dem Hochsitz, die den Wolf erlegt hatte.

Sollte sie Brenner von dem Traum erzählen? Hegte der Kommissar vielleicht mit Recht einen Verdacht gegen den Werkmeister? Aber womit sollte dieser Verdacht begründet sein? Reichte die Neigung zu Ulrike Auffermann als Motiv? Und warum Lewinski? Darauf hatten sie noch keine Antwort gefunden, außer dass sie inzwischen davon ausgehen konnten, dass Auffermann und Lewinski sich gekannt haben mussten.

Konnte es nicht sein, dass der Traum auch ein ganz anderes Signal setzte? Buchholz hatte den Wolf erlegt. Bedeutete der Traum vielleicht, dass der Werkmeister hilfreich sein und den Schlüssel zur Aufklärung liefern konnte? Hatte er ihnen einen Hinweis vorenthalten, dessen Bedeutung ihm selbst nicht bewusst war?

Fragen über Fragen! Wieder einmal überkamen Lena Rieken Zweifel an ihrem Beruf. Man erwartete etwas Besonderes von ihr. Sie wurde bei den schwierigsten Fällen zu Hilfe gerufen, tappte aber genauso wie die anderen zunächst im Nebel, bis sie ein verräterisches Detail entdeckt hatte und das Netz dichter ziehen konnte. Manchmal kam auch der Zufall zu Hilfe und manchmal rein gar nichts. Bei den Bochumer Fällen hatte sie ganz besonders das Gefühl, nicht nur im Nebel herumzutappen, sondern in einer geradezu mythischen Finsternis. Sie konnte Brenner verstehen, dass der nach einem Strohhalm griff und Hundehaare mitgehen ließ. Vielleicht hatte er Recht mit seinem Wunsch, mehr über die Bewegungen von Buchholz wissen zu wollen. Mit einem Peilsender, einer GPS-Ortung, die man heimlich an seinem Fahrzeug anbrachte, wäre das ein Kinderspiel. Solche Sender ersetzten lange schon das früher berüchtigte Fahrtenbuch. Sie hätten auf ein paar Meter genau die Positionsdaten und damit eine exakte Aufzeichnung der Fahrstrecke. Das Problem war nur die Genehmigung durch den Staatsanwalt. Gegen Buchholz lag nichts vor. Brenner konnte sich viel Ärger mit einer unerlaubten Aktion einhandeln. Aber rechtfertigte dieser Fall nicht besondere Mittel, die von den Vorschriften abweichen durften?

Sie goss sich eine zweite Tasse Kaffee ein. Von dem Traum würde sie nichts erzählen. Das lief den Prinzipien der Polizeiarbeit entgegen. Täter wurden nicht verhaftet, weil eine Kommissarin träumte. Das ging auch nicht nach Instinkt oder Gefühl, sondern nach unwiderlegbaren Beweisen. Um Brenner von einer Überwachung des Werkmeisters zu überzeugen, würde sie andere Argumente bringen müssen. Vielleicht genügte der Hinweis auf seine feinen Hände, deren Fingernägel nicht auf einen Gartenservice deuteten, sondern eher auf eine regelmäßige Maniküre. Auch Brenner war das aufgefallen.

Kurz vor sieben verließ sie das Haus. Um von Twisteden zur E 31 zu gelangen und weiter nach Düsseldorf oder Bochum, nahm sie immer den kleinen Umweg über Weeze in Kauf. Wenn sie den Flughafenring überquerte, startete um diese Zeit die Maschine nach Sevilla. Es war ein lieb gewonnenes Ritual, sie abheben zu sehen.

Den Tag über dachte sie immer wieder an Buchholz. Gehörte er zu jenen besonderen Menschen, die mit einem Wolf umgehen konnten? Lange stand sie vor der Magnettafel in ihrem Zimmer im Bochumer Präsidium, überlegte, in welcher Beziehung Buchholz, die Krögers, die beiden Bodschwinnas und auch Ulrike Auffermann zueinander stehen könnten. Bei allen waren die Magnete weiß. Den für Jochen Buchholz tauschte sie aus gegen einen gelben, verschob ihn an die Spitze einer Pyramide. Brenner erzählte sie nichts von ihrem Traum. Aber als er am Nachmittag mit der Nachricht kam, Ulrike Auffermann habe eine anonyme Warnung erhalten, sagte sie: „Wir müssen Buchholz beobachten!“

40. Kapitel

„Das Handy von Buchholz orten? Zu wenig!“ Brenner schüttelte zu Rogallas Vorschlag den Kopf. „Dann wissen wir zwar, wo er ist. Wir wissen aber nicht, was er macht oder mit wem er sich trifft.“

Sein Kollege blickte an die Decke des Dienstzimmers. „Du willst ihn also beobachten?“

„Ja.“

„Rund um die Uhr?“

„Rund um die Uhr. Natürlich nicht alleine. Hahn muss uns Kollegen zur Verfügung stellen. Ein dritter Mord wäre eine Katastrophe. Dann hält die Presse nicht mehr still. Wir beide fangen heute Abend an. Wir werden deinen Wagen nehmen. Den kennt Buchholz nicht. Zuerst aber holen wir diesen merkwürdigen Zettel bei Frau Auffermann ab.“

„Du nimmst den Zettel tatsächlich ernst?“

„Ja. Kann allerdings auch ein Ablenkungsmanöver sein. Mal sehen, was das Labor herausfindet. Vielleicht sind nicht nur die Fingerabdrücke von Frau Auffermann und Frau Bodschwinna darauf.“

„Bodschwinna?“

„Sie hat ihn auch in der Hand gehabt.“

„Da hat sich jemand aus dem Kollegium einen Scherz erlaubt.“

„Frau Auffermann hält das für unwahrscheinlich. Am Nachmittag, wenn die Schule gereinigt wird, kann jeder in das Lehrerzimmer kommen und etwas in die Fächer legen. Der Verfasser der Nachricht dürfte sich allerdings ausgekannt haben.“

Rogalla legte die Stirn in Falten. Die Geschichte mit dem Zettel schien ihm zu missfallen oder vielmehr die Konsequenz, die sich daraus ergab. Es gab schönere Veranstaltungen, als vor dem Haus im Wagen zu sitzen und auf das Erscheinen des Werkmeisters zu warten.

„Eins versteh ich nicht“, sagte er. „Wieso geht dieser anonyme Warner das Risiko ein, in der Schule zu erscheinen? Ich würde 55 Cent investieren, Briefmarke drauf und ab in den Kasten."

Brenner zuckte mit den Achseln. „Sicher, wäre auch eine Möglichkeit. Aber der Verfasser hat sich anders entschieden. Mit dem Weg in die Schule bekommt der Brief mehr Wirkung. Es wird signalisiert, dass der Schreiber sich auskennt. Er weiß nicht nur, wo Frau Auffermann wohnt. Das kann man in jedem Telefonbuch nachlesen. Er weiß auch, wo sie arbeitet."

Rogalla ließ nicht locker. „Warum gehen wir nicht vom Naheliegenden aus? Die Auffermann ist eine recht attraktive Frau. Sie hat einen Verehrer im Kollegium, und dem missfällt, dass Buchholz ihr den Hof macht. Er würde es gerne selber tun. Also denunziert er."

„Gib's auf!" sagte Brenner. „Solange wir nicht die Wahrheit kennen, wird Buchholz beobachtet."

„Was meint deine Profilerin zu dem Zettel?"

„Unsere Profilerin, nicht meine. Buchholz steht bei ihr an der Spitze der Verdächtigen. Begründen kann sie es nicht. Es ist nur ein vager Verdacht. Sie versteht auch nicht, dass ausgerechnet Frau Auffermann gewarnt wird. Warum sollte Buchholz ihr etwas antun? Es sei denn, seine Verehrung ist vorgetäuscht, und er verfolgt ganz andere Ziele. Das müssen wir herausfinden."

Rogalla seufzte, sah auf die Uhr. „Weißt du, was es in einer Stunde bei uns gibt? Zartes Rindergoulasch in Rotwein gekocht. Selbstgemachte Knödel dazu und feinste Bohnen. Im nächsten Leben werde ich irgendetwas mit geregelter Arbeitszeit, meinetwegen auch Mönch. Willst du jetzt die ganze Nacht vor der Haustür von Buchholz verbringen?"

„Nein, natürlich nicht. Es kommt jetzt auch nicht auf die Minute an. Wir halten vor dem Besuch bei Auffermann und Buchholz am Bermudadreieck, genehmigen uns ein Bier und eine Currywurst, die echte. Dann kommst du leichter über das Rotweingulasch hinweg. Außerdem ist es gut, wenn wir mal wieder zusammen unterwegs sind. Du kannst nicht immer nur mit deiner Praktikantin Ausflüge machen."

„Ausflüge? Das war eine Ermittlungsfahrt. Außerdem ist das nicht meine, sondern unsere Praktikantin."

„Ermittelt habt ihr aber nichts. Habt euch Wölfe angeguckt und Glühwein getrunken. Die Fahrt werden wir wiederholen und mit der Expertin sprechen. Wir wissen alles über Tatwaffen, können Messerarten bestimmen, Kaliber bei Pistolen und so weiter. Nur wie ein Wolf funktioniert, davon haben wir keine Ahnung. Oder anders ausgedrückt: Welche Eigenschaften muss ein Mensch haben, der einen Wolf auf diese Weise einsetzen kann? Das nennt man täterspezifisches Raster."

„Tolle Einsicht! Amen!" lästerte Rogalla. „Hat dir das deine Profilerin so erzählt?"

„So ähnlich, nur ausführlicher. Es wird Zeit, Buchholz auf die Finger zu gucken. Vielleicht hat er in British Columbia nicht nur Bären gejagt, sondern sich auch mit Wölfen beschäftigt."

41. Kapitel

Gegen sieben standen sie in der Nähe des Hauses in der Kosterstraße. Rogalla hatte den Wagen so geparkt, dass sie den Eingang im Blick hatten und auch den Renault Kangoo des Werkmeisters. Sie sahen auch das Wohnzimmerfenster, das zur Straßenseite hin lag. Durch einen Vorhang hindurch schimmerte Licht. Buchholz war also zu Hause.

„Wegen dem blöden Zettel sollen wir uns jetzt den Arsch abfrieren", maulte Rogalla und steckte sich eine Reval zwischen die Lippen. „Wenn's nach mir ginge, bekäme der einen Peilsender unters Auto, und dann wüssten wir, wo er hin fährt."

„Haben wir doch durch, die Geschichte", entgegnete Brenner. „Ich will nicht nur wissen, wo der sich bewegt, sondern auch, was er macht oder mit wem er sich trifft. Bis neun wirst du durchhalten. Dann kommt die Ablösung. In der Arena kannst du auch zwei Stunden stillsitzen."

„Ist ja wohl was anderes, ob ich mir Schalke angucke oder die öde Kosterstraße."

„Macht zur Zeit keinen Unterschied", stichelte Brenner.

Rogalla sah ihn prüfend an. „Ist alles so richtig zu Hause bei dir? Ich mache mir Sorgen. Statt gemütlich bei Frau und Kind zu sitzen, ziehst du es vor, einen harmlosen Rentner zu beobachten. Bricht da der alte Brenner wieder durch, die Sehnsucht nach Abwechslung und Abenteuer? Oder hast du dich in die Profilerin verliebt und weißt nicht, was du bei Marie machen sollst?"

„Blödsinn! Wir haben zwei Morde aufzuklären und müssen jedem Hinweis nachgehen. Oder glaubst du, der Täter wird bei dir zu Hause klingeln und sagen: ‚Hier bin ich!'"

Brenner hatte gerade sein Zigarettenetui aus der Manteltasche geholt, wollte es öffnen, steckte es aber wieder zurück. „Der hat das Licht ausgemacht", sagte er.

Eine Minute später trat Buchholz aus dem Haus. In der Dunkelheit war nicht genau zu erkennen, was er da in den Händen trug. Er ging zu dem Renault Kangoo, öffnete die Heckklappe. Die Innenbeleuchtung sprang an.

„Sieht aus wie eine Styroporbox vom Pizzadienst", meinte Rogalla. „Mal sehen, was er vorhat."

„Kann ich dir verraten", sagte Brenner. „Der fährt dahin, wo wir gerade herkommen, nämlich zu Frau Auffermann. Und in der Box sind ein paar Leckereien, die er vorgekocht hat. Zartes Rindergulasch in Rotwein zum Beispiel."

„Danke!" knurrte Rogalla. „Sehr einfühlsam."

Brenner ignorierte den Seitenblick seines Kollegen. Er beobachtete, wie Buchholz die Heckklappe schloss, nach vorne ging, in den Wagen stieg. Kurz darauf sprang der Motor an, die Scheinwerfer flammten auf. Der Werkmeister fuhr los.

„Gib ihm reichlich Vorsprung. Verlieren können wir ihn nicht. Da vorne links ist die Von-Dücker-Straße, da biegt er sowieso ab in Richtung Löwenzahnweg. Wetten?"

Rogalla ging nicht darauf ein. „Wo soll der auch sonst hin mit der Partybox", brummte er nur.

Aber Buchholz blieb zu ihrer Verwunderung auf der Kosterstraße, fuhr Richtung Ruhr. Er schien es nicht besonders eilig zu haben, hielt sich an die vorgeschriebene Geschwindigkeit, überquerte den Fluss auf einer viel zu großen Brücke. Diese Brücke, die einer Autobahn alle Ehre gemacht hätte, war einmal zum Ärger der Anwohner gebaut worden, um die Henrichshütte am Leben zu halten. Ein paar Jahre später war die Hütte mausetot. Aber die Brücke war immer noch da. Unten flimmerte auf dem Wasser der Widerschein von Laternen.

„Von wegen Abendessen für Frau Auffermann", murmelte Brenner. „Mir wird klar, warum er den Kastor nicht dabei hat."

„Du denkst an rohe Fleischstücke?"

„Darauf könnte man kommen."

Buchholz hatte die Kosterbrücke überquert, fuhr jetzt ein Stück die Hüttenstraße entlang, bog links in die Werksstraße ab, die nach ein paar Windungen auf das Gelände der ehemaligen Henrichshütte führte. Nach einem halben Kilometer hielt er vor einer Halle, die gegenüber dem Industriemuseum lag. Die Fensterfront dort war taghell erleuchtet.

Rogalla hatte in einem Abstand von etwa fünfzig Metern ebenfalls angehalten, die Scheinwerfer ausgeschaltet. Sie beobachteten, wie Buchholz ausstieg, nach hinten zum Wagen ging, die Heckklappe öffnete, die Box herausnahm, die Klappe wieder schloss und auf ein Tor zuging. Unterwegs fingerte er etwas aus der Manteltasche.

„Ist der Schlüssel, den er im Schuppen auf der Ablage hatte“, spekulierte Brenner.

Sie sahen, wie Buchholz das Tor zur Seite bewegte und es von innen wieder zuschob.

„Und jetzt?“ fragte Rogalla.

„Falls er abgeschlossen hat, warten wir, bis er herauskommt. Ist das Tor nicht verschlossen, gehen wir hinein. Unsere Tierliebe vergessen wir.“

42. Kapitel

Es war schon kurz vor halb zehn. Über den Dächern von Bochum-Weitmar hingen ein paar herbstliche Schwaden. Ein böiger Wind trieb sie vor sich her, und im fahlen Licht der Straßenlaternen schienen sie zu versickern. Auf der Hattinger Straße war nicht mehr viel los. Ein paar Autos fuhren in beide Richtungen. Und die Straßenbahn der Linie 318 ratterte tief unten vorbei auf ihrem Weg zum Bermuda-Dreieck, wo das Leben langsam erwachte, und weiter zum Bochumer Hauptbahnhof. Noch zwei Kilometer fuhr die 18 über Tage, dann würde sie zur U-Bahn mutieren und unter der Erde verschwinden.

Lisa Balke hatte sich ein Glas Rotwein eingeschenkt, hatte ein zweites Glas bereitgestellt und ein paar Brote geschmiert, die noch immer unberührt auf dem Küchentisch standen. Sie wusste nicht, ob sie sich Sorgen machen sollte. Vor zwei Stunden war Andreas Arndt mit Mona, Lisas Airedale Terrier, aus dem Haus gegangen. Er wollte nur kurz, vielleicht eine halbe Stunde, um den Block wandern, einmal um die Kirche herum, hatte er gesagt. Aber er kam nicht zurück. Sein Handy hatte er auf der Fensterbank liegen gelassen.

Als ihr Telefon klingelte, wurde sie nervös, suchte hektisch nach dem Handapparat, fand ihn schließlich auf dem Sofa unter der Fernsehzeitung. Im Display las sie den Namen Dr. Kröger und wollte zuerst das Gespräch gar nicht annehmen. Zumal er von seinem Handy anrief, also irgendwo unterwegs war, vielleicht auch schon etwas getrunken hatte. Doch sie besann sich, denn der Anruf hätte ja dienstliche Gründe haben können. Sie meldete sich förmlich mit ihrem Namen, als wüsste sie nicht, wer der Anrufer war.

„Du bist ja doch zu Hause“, sagte Gerd Kröger, der offenbar davon ausging, dass Lisa seine Stimme erkennen würde.

„Ich warte auf Andreas. Er sollte schon längst hier sein“, antwortete sie und bereute im selben Moment, dass sie so brav Auskunft gegeben hatte.

„Dann will ich nicht lange stören. Ich hoffe, es ist alles in Ordnung bei euch. Oder will dein Dichter gar nicht nach Hause kommen?“

Lisa reagierte diesmal nicht auf ihn, blieb still.

Kröger stichelte weiter: „Hat er dich etwa verlassen? Dann komme ich gern und tröste dich. Du weißt ja, dass diese Literaten immer ein bisschen unzuverlässig sind. Die haben dummerweise ihren eigenen Kopf.“

„Was du nicht sagst? Jedenfalls haben sie einen.“

„Ja, ja, diese Geistesarbeiter, die muss man bewundern. Besonders Lyriker! Das ist schon eine Spezies für sich. Sag mal, liest denn heute überhaupt noch jemand Gedichte?“

„Wenn du anfangen würdest, Gedichte zu lesen, dann müsste ich mir Sorgen um dein Seelenheil machen. Aber ich glaube, du bist weit entfernt davon.“

„In dieser Hinsicht hast du recht. Und was deinen Lebenswandel betrifft, so pass bloß auf, was du deinem schreibenden Kumpel alles erzählst! Hinterher verarbeitet er deine Kapriolen und besonders die aus eurem Liebesleben auch noch in irgendwelchen literarischen Ergüssen. Literaten sind charakterlos, das solltest du eigentlich wissen.“

„Du scheinst dich ja auszukennen. Hast du deshalb angerufen? Um mich zu ärgern?“

„Das wäre das Letzte, was mir in den Kopf kommt. Ich habe doch gar nicht ahnen können, dass dein Dichter dich am Abend allein lässt.“

„Eben.“

„Vielleicht sitzt er ja in der Kneipe ‚Zur alten Post‘ und säuft sich seinen Literatenfrust von der Seele, weil er in einer Sinnkrise steckt, aus der du ihm allerdings nicht mehr heraushelfen wirst. Und das Allerschlimmste ist, dass auch noch seine literarische Produktion darunter leidet. So etwas nennt man, glaube ich, eine Schreibblockade. Ich hoffe zumindest, dass sexuell bei euch alles im Lot ist, oder täusche ich mich?“

„Du bist ein Schwein.“

„Du sagst es, und damit sind wir auch schon beim Thema. Könntest du unter Umständen morgen nach Dienstschluss ein

Stündchen länger bleiben? Wir würden es uns ein bisschen gemütlich machen in der Praxis. So wie in alten Zeiten. Sonst wird auch der Schampus sauer, der immer noch im Kühlschrank steht."

„Ich glaube, den hat schon deine polnische Putzfrau getrunken. Das war wahrscheinlich der gleiche, den sie auch zu Hause trinkt. Mit kyrillischen Hieroglyphen auf dem Etikett."

„Du weißt genau, dass es Champagner war."

„Ach ja, stimmt, du hattest ja noch in der Mittagspause bei Aldi eingekauft. Ein bisschen sauer war er, aber eigentlich nicht schlecht. Ich hatte allerdings damals fürchterliches Sodbrennen. Na ja, deiner Frau würdest du ihn wohl nicht anbieten."

„Ich freue mich, dass die Abwesenheit deines Dichters dir nicht den Humor geraubt hat. Und er soll ja seinen auch behalten. Deshalb wollen wir ihm auch nicht erzählen, was wir früher so miteinander getrieben haben. Oder hattest du das irgendwann vor? Wolltest reinen Tisch machen, wie man so schön sagt?"

„Was meinst du?"

„Das weißt du ganz genau. Aber so etwas liegt dir nicht. Du brauchst doch deine kleinen Geheimnisse."

„Wie gesagt, du bist ein Schwein."

„Ach, sei bitte nicht so grob zu mir. Ich kann doch nichts dafür, dass ich ein gutes Gedächtnis habe. Dein Dichter wäre sicher sehr gekränkt, wenn ich ihm ein paar Anekdoten aus deinem Vorleben erzählen würde. So eine Dichterseele ist ja schrecklich empfindlich!"

„Das ist ein ganz neuer Zug an dir, dass du versuchst, dich in die Seelen anderer hineinzuversetzen oder besser einzufühlen."

„Wenn der Dichter zum Beispiel wüsste, dass du es manchmal gleich mit zweien getrieben hast. Dann wäre er sicher ganz traurig. Besitzt du eigentlich noch die Fotos von damals? Oder hast du die weggeschmissen, nachdem dein Dichter dir ein bisschen aus seinen Anthologien rezitiert hat? Hast ein neues Leben angefangen, dich ganz der Muse hingegeben?"

„Je älter du wirst, desto schäbiger."

„Sag das nicht, denn unser Altersunterschied hat dir immer gut gefallen. Die kleinen Jungen haben es dir doch niemals recht machen können. Also sag, wie sieht es morgen aus?"

„Deine Frau hat wohl Spätschicht."

„Lass doch meine Frau aus dem Spiel. Die hat damit nichts zu tun."

„Sieht sie das auch so?"

Kröger zögerte, sagte, bevor er auflegte: „Was Martina sieht, weiß ich nicht, interessiert mich auch nicht. Also, überleg dir, ob es morgen passt. Ich würde mich jedenfalls freuen. Aber die Entscheidung liegt ganz bei dir."

Mein Gott, was habe ich mir da eingehandelt, dachte Lisa. Was Kröger gesagt hatte, klang ja schon nach Erpressung. Typisch war auch die Art, wie er das Gespräch beendete. Einmal Chef, immer Chef. Stets wollte er das letzte Wort haben und schob mit großem Vergnügen allen anderen den schwarzen Peter zu. Vielleicht musste sie sich nach einer anderen Stelle umsehen, um Kröger aus dem Weg zu gehen. Aber das war gar nicht so leicht.

Zum Glück ahnte Andreas überhaupt nicht, was da früher zwischen ihr und ihrem Chef gelaufen war. Dabei sollte es auch bleiben. Damals, als die Sache mit Kröger anfing, da hatte sie sich das alles noch ganz anders vorgestellt. Obwohl in dieser seltsamen Ehe jeder seiner Wege ging, war an Scheidung bei den Krögers nicht zu denken, das hatte sie schnell rausgekriegt. So hatte sie irgendwann Andreas Arndt entdeckt, an dessen Nähe sie sich gewöhnt hatte, der aber jetzt mit ihrem Hund unterwegs war und nicht nach Hause kam.

Lisa trat wieder ans Fenster und blickte unschlüssig nach draußen. Neben dem Türmchen der Matthäuskirche war jetzt ein halber, blasser Mond erschienen. Sie hörte, dass unten im Haus die Eingangstür zugeschlagen wurde. Das wird er sein, dachte sie. Kurz danach kläffte Mona vor ihrer Wohnungstür.

„Na endlich", sagte Lisa, als sie die Tür öffnete. Aber draußen wartete nur Mona, die ihr Frauchen mit der Hundenase anstupste und schwanzwedelnd in die Wohnung stürmte. Das Treppenhaus war leer. Da hatte wohl einer der anderen Hausbewohner dem Hund die Eingangstür aufgemacht. Andreas Arndt war jedenfalls nicht da.

43. Kapitel

Sie verließen den Wagen, gingen auf die Halle zu, verharrten ein paar Sekunden vor dem Eingang.

„Nagelneu“, flüsterte Rogalla. „Stahl, frisch im Lack, hat er nachträglich einbauen lassen.“

Er zog seine Pistole, entsicherte sie, während Brenner den Griff des Tores fasste. Die Rollen mussten frisch geölt sein. Fast lautlos bewegte sich die stählerne Wand. Ein schmaler Streifen Licht fiel nach draußen, wurde breiter, bis sie in die Halle hinein sehen konnten. Warme, feuchte Luft schlug ihnen entgegen. Buchholz stand mitten in einem Gang an einem Metalltisch. Darauf hatte er die Box abgestellt, der Deckel lag daneben. Von der Hallendecke hingen Lampenreihen herab und tauchten die Landschaft darunter in ein hell flutendes Licht. Es war ein Spalier von Blumenbeeten, ein Meer von Orchideen.

Jochen Buchholz blickte auf, als er die Besucher bemerkte. „Ach, Sie sind das“, sagte er ruhig. „Hab mich schon gewundert, wer die ganze Zeit hinter mir her fährt. Was wollen Sie?“

„Wir waren neugierig, was Sie da in der Box haben“, sagte Rogalla. „Ist eine Berufskrankheit von uns.“

Buchholz schüttelte den Kopf. „Was haben Sie sich denn vorgestellt? Hanf? Wenn Sie’s genau wissen wollen, in der Box ist Baumrinde, die ist mit symbiotischen Pilzen geimpft. Nur so kann man Orchideen aus Samen ziehen. Den können Sie nicht einfach in die Erde stecken. Sehen Sie ruhig nach. Die Halle hier ist übrigens offiziell von der Stadt Hattingen gemietet. Tut mir leid, wenn ich Sie enttäusche.“

„Warum haben Sie nichts davon erzählt?“ fragte Brenner und warf einen Blick in die Box, die, wie Buchholz angegeben hatte, mit Rinde gefüllt war.

Der Kommissar fing sich einen mitleidigen Blick ein. „Können Sie sich doch denken. Nebenverdienst und Rente vertragen sich nicht immer.“

„Das Geschäft läuft gut?“

Der Werkmeister wich einer direkten Antwort aus. „Die Betriebskosten sind hoch“, sagte er. „Außerdem war die Anlage teuer. Orchideen brauchen eine gewisse Temperatur und Luftfeuchtigkeit. Jedenfalls die Arten, die ich züchte. Da muss ich jeden Tag vor Ort sein und alles überprüfen. Besonders im Winter. Aber ich will mich nicht beklagen. Soll ich zu Hause sitzen und Däumchen drehen?"

Rogalla zeigte auf eine Ecke der Halle, wo sich Säcke stapelten. Ein paar Meter daneben, auf der rechten Seite, stand ein Tisch, davor ein Stuhl. An die Wand war ein Schrank gerückt, verschlossen mit einem Rollo. Wahrscheinlich war das so eine Art Büro. Jedenfalls lag auf dem Tisch ein Aktenordner, und es gab auch noch genügend Platz für eine Kaffeemaschine. Dass Buchholz auch an den Wintertagen manchmal hier saß, verriet eine Elektroheizung mit Glühdrähten, die zwischen dem Tisch und den Säcken stand und Wärme verstrahlte. Auf der linken Seite, dicht an dem Stapel mit den Säcken, stand eine Werkbank, auf deren Arbeitsfläche Feilen, Schnitzmesser, eine Kreissäge und eine Bohr- und Schleifmaschine lagen. In einen Schraubstock war eine Schale gespannt, die offensichtlich auf ihre Bearbeitung wartete. An der Wand über der Werkbank hingen Ketten zugeschnittener Schnüre, und unter die Arbeitsfläche geschoben reihten sich Kanister, auf denen ein schwarzgelbes Dreieck mit einem Flammensymbol klebte.

„Sie verraten uns, was in diesen Säcken ist?"

„Kokosnussschalen aus Thailand. Sind spottbillig und geben gute Ampeln ab für die Orchideen. Sie müssen aber erst bearbeitet werden. Glatte Schnittränder, Innen- und Außenpolierung, Löcher für die Hanfschnüre. Und dann sind da noch ein paar Säcke mit Baumrinden und Holzspänen. Sie können das gerne überprüfen."

„Und in den Kanistern?" fragte Rogalla.

„Reines Ethanol, Alkohol zum Reinigen und Desinfizieren der Schalen. Mit Wasser dürfen Sie da nicht rangehen. Sonst fangen Sie sich leicht Schimmelpilze. Das bekommt den Orchideen nicht."

„Wen beliefern Sie?"

„Blumenläden und Gärtnereien im ganzen Ruhrgebiet. Werden Sie mich jetzt beim Finanzamt melden?"

„Was Sie mit dem Finanzamt abrechnen, interessiert uns nicht“, schaltete sich Brenner ein. „Aber etwas anderes. Frau Auffermann hat einen anonymen Brief bekommen. Darin steht ‚Nehmen Sie sich in acht. Jochen Buchholz ist gefährlich.‘ Der Brief lag in ihrem Fach im Lehrerzimmer. Können Sie etwas dazu sagen? Wer könnte das geschrieben haben?“

Buchholz zuckte mit den Achseln. „Gefährlich? Ich? Für Frau Auffermann? Blödsinn! Da will mir jemand etwas anhängen. Fragen Sie mal im Kollegium nach. Vielleicht ist die Bodschwinna eifersüchtig auf mich.“

„Frau Bodschwinna? Warum?“

„Na ja, die beiden sind dicke Freundinnen.“

„Sie besuchen Frau Bodschwinna manchmal? Sie sind hier ja sozusagen Nachbarn.“

„Frau Bodschwinna besuchen? Nein. Außerdem ist sie nur selten hier. Wenn sie ein neues Projekt hat, zieht sie sich zurück. Künstlerlaune. Dann ist sie unerreichbar.“

„Das heißt?“ fragte Rogalla. „Sie ist dann nicht in ihrem Atelier?“

„Nein. Sie taucht oft ab für eine oder zwei Wochen. Kein Telefon, nichts, keinen Kontakt. Fragen Sie Herrn Bodschwinna. Selbst für den ist sie unerreichbar.“

„Wohin zieht sie sich denn zurück?“ wollte Brenner wissen.

„Keine Ahnung“, antwortete Buchholz. „Ich glaube, sie ist dann irgendwo im Norddeutschen. Da hat sie eine Kate oder Hütte gemietet und brütet über ihrer Kunst. Dann taucht sie wieder auf, und Sie können wetten, dass es ein paar Wochen später eine Vernissage gibt.“

„Gut, Herr Buchholz“, sagte Brenner. „Das war's dann. Wenn Ihnen noch etwas einfällt zu dem Brief, rufen Sie uns an.“

„Eins noch“, meinte Rogalla, der so schnell nicht aufgeben wollte. „Es gibt hier ein Kellergewölbe?“

„In dieser Halle nicht“, antwortete Buchholz. „Da muss ich Sie enttäuschen. Aber bitte, schauen Sie sich um!“

Der Kommissar winkte ab. „Schon gut!“

Später, als sie wieder im Wagen saßen, brummte er: „Klassischer Fehlschlag. Von wegen, einen Wolf halten in der Henrichshütte. Der ist unschuldig wie ein Lamm."

„Abwarten!" sagte Brenner. „Mir ist seine Karriere nicht geheuer. Vom Bärenjäger zum Orchideenzüchter."

„Du willst ihn also weiter beobachten?"

„Ich weiß es noch nicht. Aber von Frau Bodschwinna hätte ich gern ein Bewegungsprofil. Wir werden das über die Ortung ihres Handys versuchen."

genannt, und natürlich wurden alle seine Gedichtbände aufgezählt. Auf wichtige Auftritte in Funk und Fernsehen wurde hingewiesen. Ein Foto gab es auch. Aber Rogalla konnte trotz allem nichts damit anfangen.

„Erinnern Sie sich wirklich nicht an den Namen?“ fragte Sabrina belustigt.

„Sie können mich totschlagen, Sabrina, ich habe keine Ahnung.“

„Aber an Mirko Lewinski erinnern Sie sich doch.“

„Also, ich bitte Sie, Sabrina. Noch bin ich nicht so dement wie Ihre Oma. Was soll denn bloß dieser Dichter mit Mirko Lewinski zu tun haben?“

„Sie haben mich damals selbst darauf hingewiesen. In der Wohnung von dem toten Lewinski, da haben Sie doch ein Buch von dem Dichter Arndt gefunden. Und das war sogar signiert, ‚Für Mirko‘ stand da drin. Also, ich glaube, die beiden haben sich gekannt. So klingt das jedenfalls. Sonst hätte der doch geschrieben ‚Für Mirko Lewinski‘ oder so ähnlich.“

„Keine Ahnung, was man als Dichter in Bücher schreibt. Vielleicht duzt der ja einfach alle, die in seine Lesungen kommen.“

„Glaube ich nicht. Die haben sich gekannt, und jetzt ist der Arndt auch noch verschwunden.“

„Sie meinen, der liegt irgendwo mit durchgebissener Kehle?“

„Kann doch sein, oder?“

Als der Anruf aus der Zentrale kam, war Rogalla gerade auf der Toilette. Sabrina klopfte aufgeregt gegen die Tür.

„Jetzt haben wir den Salat!“ rief sie.

„Was ist denn los?“ fragte Rogalla, als er das Örtchen verließ und sich auf dem Flur noch die letzten Knöpfe der Hose zumachte. Jetzt kann man nicht mal mehr in aller Ruhe scheißen, dachte er.

Als ob sie geahnt hätte, was ihm durch den Kopf ging, sagte Sabrina: „Nee, Herr Rogalla, Ruhe ist jetzt nicht. In Weitmar haben sie einen Toten gefunden. Im Schlosspark, direkt vorne, in dieser alten Ruine, in der Sylvesterkapelle.“

„Na, dann wollen wir mal los. Gucken wir uns den Toten an. Nehmen Sie das Wikipedia-Bild von diesem Dichter mit. Das können Sie eben noch ausdrucken."

„Sehen Sie? Jetzt glauben Sie auch, dass er es ist."

„Ich glaube gar nichts."

Bevor sie das Präsidium verließen, klopfte Rogalla noch an die Tür der Profilerin. Als niemand öffnete, blickte er hinein. Aber das Zimmer war leer, nur zwei schmutzige Kaffeetassen standen auf dem Tisch. Die beiden Vögelchen waren schon ausgeflogen.

Auf der Hattinger Straße krochen sie eine Zeit lang hinter der Straßenbahn her. Rogalla erwog kurz, das Blaulicht aufzusetzen, verwarf den Gedanken aber gleich wieder, weil es ihm lächerlich erschien. Sie waren schon in Weitmar, an der Blumenfeldstraße würden sie ohnehin abbiegen. Außerdem hatte er keine Lust, sich vor Sabrina Melies zum Affen zu machen. Die kannte sich irgendwie mit Menschen aus, konnte einen schnell durchschauen.

Er parkte den Wagen auf dem Bürgersteig in der Nevelstraße. Sabrina wollte mit ihm aussteigen, aber Rogalla sagte ihr, sie solle erst mal sitzen bleiben, er werde sie gleich holen. Sabrina drückte ihm noch die Kopie mit dem Wikipedia-Foto von Andreas Arndt in die Hand.

Es war schon ein paar Jahre her, dass Rogalla hier im Schlosspark gewesen war. Vor einigen Jahren hatten Schülerinnen und Schüler der Schauspielschule Bochum in den Ruinen Shakespeares ‚Hamlet' aufgeführt. Seine Frau war dabei gewesen und auch sein Neffe Michael. Der hatte geweint, als plötzlich auf den Ruinen der Geist von Hamlets Vater erschienen war. Rogalla hatte ihn getröstet, das sei alles nur ein Spiel. Aus dem Spiel von Vater und Sohn war später bitterer Ernst geworden. Seit drei Jahren war Michael tot.

Vor dem Bauzaun der Sylvesterkapelle liefen einige Leute herum, Bereitschaftspolizisten, die Spurensicherung und ein paar Gaffer, die man nicht hatte vertreiben können. Vielleicht war einer von ihnen derjenige, der den Toten gefunden hatte. Die Ruine der alten Kapelle war vor ein paar Jahren durch einen Zaun gesichert worden, da irgendwann ein großer Stein auf eine der Grabplatten gefallen war. Birken und Eiben, die in dem Gemäuer wuchsen, drohten, das Mauerwerk aufzusprengen. Rogalla hatte darüber in der Zeitung gelesen.

Die Kollegen von der örtlichen Bereitschaft waren gerade dabei, um den Bauzaun noch eine weitere Absperrung zu ziehen. Einer von ihnen zeigte Rogalla, wo er durchschlüpfen konnte. Der Tote lag unter den Relikten eines gotischen Torbogens, vor den Stufen einer noch gut erhaltenen, kleinen Treppe. Schädel und Gesicht waren unversehrt. Dem war kein Stein auf den Kopf gefallen. Aber am Hals klaffte eine Wunde, die Rogalla irgendwie bekannt vorkam. Neben dem linken Fuß des Toten lag ein Schuh, den er wahrscheinlich beim Sturz verloren hatte. Rogalla wunderte sich darüber, dass dieser Schuh, der da irgendwie zweckentfremdet auf dem Rasen herumlag, einen ungewöhnlich hohen Absatz hatte.

Jetzt waren die beiden Fälle, mit denen sie es zurzeit zu tun hatten, plötzlich ganz nahe aneinander gerückt. Rogalla blickte hinüber zum Kubus, zu diesem seltsam schimmernden Museumsbau für moderne Kunst, den man in die steinernen Reste von Haus Weitmar eingefügt hatte. Die Kinderknochen, von denen niemand wusste, woher sie stammten, waren dort gefunden worden, nur hundert Meter entfernt von der Stelle, wo jetzt der Tote lag. Das war ja fast so wie in den englischen Krimis, von denen ihm seine Frau regelmäßig erzählte. Da gab es meistens zwei oder drei zunächst verschiedene Kriminaldelikte, die am Ende – wer hätte es gedacht? - doch etwas miteinander zu tun hatten.

Er verharrte für einen Moment bei dem Toten, ging dann noch einmal zurück zum Wagen. Am Eingang zum Park warf er die Wikipedia-Kopie in einen Abfallkorb.

Sabrina war ausgestiegen und blickte erwartungsvoll zu ihm herüber. Rogalla äußerte sich zunächst nicht, sondern bat sie, sich noch einmal ins Auto zu setzen.

„Ich dachte, Sie nehmen mich jetzt mit zu dem Toten.“

„Das machen wir gleich“, sagte Rogalla, „ich wollte Ihnen nur vorher mitteilen, was Sie dort erwartet.“

„Wieso, sieht der so schlimm aus? Machen Sie es nicht so spannend!"

„Er ist es nicht."

„Wie? Er ist es nicht?"

„Es ist nicht Andreas Arndt."

Sabrina hatte die Augen weit aufgerissen: „Wer denn?"

„Es ist Ihr Wagner-Experte."

„Wie bitte?"

„Ja, es ist Dr. Bodschwinna."

45. Kapitel

Nach Nordhorn waren es nur noch ein paar Kilometer. Bald würden sie das Dörfchen Engden erreichen und den ersten Wegweiser zum ‚Wolf-Center Emsland' sehen, wie Rogalla es ihm beschrieben hatte. Der Himmel zeigte das übliche Grau, das sich hier im flachen Land noch stärker auf das Gemüt legen mochte. Passend dazu klatschte eine Mischung aus Schnee und Regen gegen die Windschutzscheibe.

„Südlich wäre die bessere Richtung", meinte Brenner, der am Steuer saß. „Geht Ihnen das Wetter auch auf die Nerven?"

Lena Rieken schüttelte den Kopf. „Nein. Für mich ist es wichtiger, Spaß an der Arbeit zu haben."

„Haben Sie?"

„Ja. Ich bin gespannt, was uns Frau Candeira erzählt. Ich befürchte jedoch, dass sie nicht begeistert ist von unserem Besuch. Wir bringen den Wolf in Verruf."

„Den Wolf? Den Menschen, der ihn benutzt, beziehungsweise missbraucht."

„Das wird sie anders sehen. Der Wolf wird wieder zur Bestie wie im Mittelalter. Kennen Sie das Ungeheuer von Saugues?"

„Nein."

„Ist eine kleine Stadt in Südfrankreich. Bevor Sie Saugues erreichen, sehen Sie auf einem Hügel einen riesigen Wolf, eine Skulptur aus Holz, fünf Meter lang, das Wahrzeichen des Ortes. Über hundert Frauen und Kinder soll das Untier getötet haben. Sonderkommandos des Königs jagten die Bestie vergeblich, bis sie ein Einheimischer erlegte. Solche Geschichten werden wieder lebendig. Passen Sie auf, demnächst haben Sie auch vor dem Präsidium so eine Skulptur stehen, den Wolf von Bochum. Darunter ein Dankestäfelchen mit den Namen Brenner und Rogalla."

„Und Lena Rieken. Feinfühlig versetzte sie sich in das Ungeheuer…".

Bevor der Kommissar die Widmung weiter ausschmücken konnte, klingelte sein Handy. Auf dem Display sah er, dass es Rogalla war.

„Unser Kollege“, brummte Brenner und steckte sich den Knopf der Freisprechanlage ins Ohr. „Entweder wünscht er uns einen schönen Nachmittag oder wir sollen ihm ein Weihnachtsbäumchen mitbringen.“

Aber während er Rogalla zuhörte, wurde Brenners Gesicht ernst. Einsilbig fragte er nur: „Wo?“ und „Wann?“

Nach einer Minute war das einseitige Gespräch beendet.

Die Profilerin sah ihn fragend an. „Und?“

„Dr. Bodschwinna ist tot. Sie haben ihn im Weitmarer Schlosspark gefunden, in der Ruine einer Kapelle. Die Kehle durchgebissen. Tatzeit wahrscheinlich gestern am späten Nachmittag oder am Abend.“

„Wir kehren um?“

„Nein. Es bleibt bei dem Gespräch mit Dr. Candeira.“

Lena Rieken schwieg eine Zeit lang und auch Brenner hing seinen Gedanken nach. Schließlich sagte er: „Noch etwas. Ich hatte Ihnen nicht davon erzählt, weil ich es für unwichtig hielt. Als wir Lewinskis Wohnung durchsuchten, haben wir ein Buch gefunden. Gedichte von Andreas Arndt. Ein signierter Band. ‚Für Mirko‘ stand da als Widmung. Nicht ‚Mirko Lewinski‘, sondern nur der Vorname. Sie müssen sich also gekannt haben, waren vielleicht befreundet. Und dieser Andreas Arndt ist seit heute Morgen als vermisst gemeldet. Das hat mir Rogalla auch noch erzählt.“

„Sie sehen einen Zusammenhang?“

„Ja. Sonst wäre es ein merkwürdiger Zufall. Wir müssen schnellstens rauskriegen, ob Andreas Arndt früher auch mal in diesem Haus an der Castroper Straße gewohnt hat, wie Auffermann und Lewinski. Bodschwinna ist dort ein- und ausgegangen, ich glaube, auch der Dr. Kröger. Alle Fäden scheinen mir in dem Haus zusammenzulaufen. Vielleicht gehörte Arndt ebenfalls zu dem Kreis.“

„Was wissen Sie über Arndt?“

„Nichts. Wir haben diesen Gedichtband für unbedeutend gehalten. Gedichte lesen, Marotte eines gescheiterten Fußballers.“

Brenner zog hörbar die Luft durch die Zähne. „Bodschwinnas Tod ist der Supergau. Bei Lewinski hat die Presse sich noch zurückgehalten. Jetzt fallen sie über uns her. Wir können ihnen allenfalls noch das Märchen vom Kampfhund auftischen. Der Ermittlungsdruck wird sich verschärfen. Jeden Tag Rechenschaft ablegen. ‚Was haben Sie gemacht? Sind Sie weiter gekommen? Was tun Sie dafür? Wie wollen Sie die Bevölkerung schützen? Sind Sie überhaupt für diese Ermittlung geeignet?' All das wird auf uns einstürzen. Sie kennen das ja. Einmal im Rampenlicht der Medien, dann werden Sie entweder hochgejubelt oder fertig gemacht. Die sind noch schlimmer als ein Rudel Wölfe."

Brenner erinnerte sich nur zu gut. Dieses Spiel kannten Rogalla und er. So war es gewesen, als ein Wahnsinniger in Bochum gegnerische Fußballfans umgebracht hatte. Vor allem die Boulevardblätter waren über sie hergefallen. Dieses Mal würde es nicht anders sein. Dagegen war das trostlose Winterwetter eine Streicheleinheit.

Sie hatten Engden durchfahren. Der Wegweiser ‚Wolf-Center Emsland' tauchte auf. Ein paar Minuten später hatten sie den Parkplatz erreicht. Er war fast leer. Nur ein paar Wagen standen dort. Die meisten gehörten wahrscheinlich den Angestellten der Anlage. Es war kein angenehmer Tag für Besucher. Nur die Wölfe mochten sich bei diesem Wetter wohlfühlen.

46. Kapitel

„Sind Sie sich wirklich sicher?“ fragte Dr. Catarina Candeira. „Bei einer DNA-Analyse und dem Abgleich der Datei können auch Fehler unterlaufen.“

Sie saßen in einem Büro, das spartanisch eingerichtet war. Neben einem einfachen Schreibtisch mit Drehstuhl gab es bis auf einen Lamellenschrank nur eine kleine Sitzecke mit einem Konferenztisch. Die Wände waren weiß und fast schmucklos. Ein großformatiger, neuer Kalender hing an der Wand gegenüber dem Fenster. Er war erst für das kommende Jahr bestimmt. Auf dem Deckblatt stand ‚Mythos Wolf 2011'. Der Wolf auf dem Foto war ein ausgesprochen schönes Tier mit einem grauweißen, weich wirkenden Fell mit sandfarbenen Inseln. Er lag auf einer mit Moos bewachsenen Felsplatte, hatte die Vorderläufe vorgestreckt, die Ohren wie zum Lauschen erhoben. Mit blauschwarz schimmernden Augen schien er durch den Betrachter hindurchzublicken. Neben diesem Kalender durchbrach nur noch ein Bild die schmucklose Monotonie der Wände. Es war ein Gemälde von mittlerem Format, das hinter dem Schreibtisch hing. ‚Schmetterlinge und Horizont' hätte man es nennen können. Die bunten Flügel ließen sich nur erahnen. Farbe und Umrisse lösten sich zur Ferne hin auf und verliefen ins Unbestimmte.

Die Verhaltensforscherin des Wolf-Centers hatte ihre Frage an Lena Rieken gerichtet, was Brenner irritierte. Offensichtlich hielt sie die Profilerin des LKA für die kompetentere Person.

„Wir haben die Analyse zweimal machen lassen“, antwortete der Kommissar. „Ein Irrtum ist ausgeschlossen.“

„Man kann auch Fehler wiederholen. Für einen sicheren Abgleich der Daten muss man sich mit Wölfen auskennen. Ich gehe davon aus, dass man sich beim LKA, BKA oder wo immer Sie das haben machen lassen, eben nicht auskennt. In der Regel haben die es nur mit menschlicher DNA zu tun. Sie hätten mir die Datei mit den DNA-Sequenzen mitbringen sollen.“

„Sie könnten diese Analyse auch machen?“

„Die DNA-Analyse selbst nicht, aber den Abgleich mit der Datenbank. Sie kennen das Verfahren?“

„Ich bin Kommissar, kein Biologe."

„Ich kann es Ihnen gerne in groben Zügen erklären und auch sagen, an welcher Stelle ein Fehler aufgetreten sein könnte. Also, die Probe, ein Haarbüschel wie in Ihrem Fall, wird im Labor zerkleinert, die DNA extrahiert. Hier will ich keinen Irrtum unterstellen. Das Verfahren ist sicher. Aus der DNA wird für den Computer eine Datei erstellt, die die genaue Sequenz der DNA enthält. Diese Sequenz können Sie meinetwegen vergleichen mit dem Barcode bei Büchern oder auf Lebensmittelverpackungen. Mit einem speziellen Programm, es heißt BLAST, machen Sie nun einen Abgleich bei der Datenbank des NCBI."

„BLAST? NCBI?"

„Hinter BLAST verbirgt sich ‚Basic Local Alignment Search Tool'. Übersetzen Sie's kurz mit ‚Biologisches Abgleichprogramm'. NCBI ist National Center for Biotechnology. Das ist die übergeordnete Datenbank, eine Ansammlung verschiedener Datenbanken für DNA-Analysen. So, und nun kommt die kritische Stelle. Diesen Abgleich müssen Sie mit äußerster Sorgfalt und Sachkenntnis durchführen. Eine winzige Unachtsamkeit kann Sie zu völlig falschen Ergebnissen bringen. Ich darf bezweifeln, dass Ihr Biologe vom LKA oder BKA über diese Sachkenntnis, was Wölfe betrifft, verfügt. Möglicherweise haben Sie es nicht mit einem Wolf zu tun, sondern mit einem Wolfshund, einer Kreuzung aus Schäferhund und Karpatenwolf zum Beispiel. Der ließe sich eventuell dressieren, um Menschen anzufallen."

„Sie schließen es aus, dass man einen Wolf dazu bringen kann?" schaltete sich Lena Rieken ein.

„Für die heutige Zivilisation ja."

„Wie meinen Sie das?"

„Es gibt einen Indianerstamm, die Lakota. Denen ist es früher gelungen, Wölfe für die Jagd zu dressieren. Und in einem Fall ist es auch überliefert, dass ein Lakota einen Wolf mit auf den Kriegspfad genommen hat. Ob das wirklich stimmt, weiß ich nicht. Wie gesagt, es ist nur überliefert. Die Zeit der Indianer ist vorbei."

„Wie kann man mit einem Wolf so vertraut werden? Wie könnte das funktionieren?"

„Schwierig. Sie brauchen Mut, viel Geduld und noch einiges mehr."

Dr. Catarina Candeira lehnte sich in ihrem Stuhl zurück, faltete die Hände über der Brust, blickte an den beiden Kommissaren vorbei auf den Kalender an der Wand. Sie schien zu überlegen, nach Worten zu suchen.

„Nun ja", sagte sie schließlich. „Zunächst einmal müssten Sie diesen Wolf schon als Welpen großziehen, erst mit der Flasche, dann ab der dritten oder vierten Lebenswoche ein Stück blutiges Fleisch in den Mund nehmen und es ihm auf diese Weise anbieten. Sie müssen sich also wie ein Wolf verhalten. Wir haben hier ein Rudel iberischer Wölfe. Für die bin ich das Alphatier. Ich kann ihr Heulen nachahmen. Sie antworten mir. Ich bin ihr Beutebringer. Ich gehe zum Beispiel mit einem geschlachteten Schaf durch die Sicherheitsschleuse ins Gehege, werfe mich mit dem Schaf auf den Boden, das Rudel stürzt herbei, aber sie warten, bis ich in das Fell gebissen habe. Danach knurre und schmatze ich. Als Oberwolf muss ich zuerst fressen. Sonst respektieren sie mich nicht. Ich lege also für eine Weile, wenn Sie so wollen, meine menschliche Natur ab. Wenn Sie das Gehege betreten würden, kämen Sie nicht mehr lebend heraus."

„Wie sind Sie eigentlich dazu gekommen, sich mit Wölfen zu befassen? Was hat Sie veranlasst?" fragte Lena Rieken. „Ich finde das sehr spannend. Es fasziniert mich."

„Wirklich?" Ein leichtes Lächeln überflog Dr. Candeiras Gesicht. Brenner hatte den Eindruck, dass sie sich über diese Frage freute, sich vielleicht geschmeichelt oder sogar verstanden fühlte. Aber nicht von ihm. Denn während sie erzählte, sah sie meist die Profilerin an, als treffe sie hier auf das größere Einfühlungsvermögen.

„Das war vor vielen Jahren", sagte sie, „in Spanien, in der kastilischen Hochebene. Ich erinnere mich auch noch an den Ort. Ein paar Kilometer in der Nähe von Fuenterroble de Salvatierra, ein kleines Dorf, ein Nest. Ich war auf einer Tour nach

Santiago de Compostela, alleine, mit Zelt. Es war eine helle Nacht, kurz vor Vollmond. Ich werde wach, höre ein Geräusch, schäle mich aus dem Schlafsack, öffne den Eingang des Zeltes, sehe nach draußen. Da steht ein paar Meter vor mir ein Wolf und blickt mich an. Seltsamerweise bin ich nicht erschrocken, habe überhaupt keine Angst. Die Begegnung dauerte nur ein paar Sekunden. Der Wolf dreht sich um, trabt davon, verschwindet. Zweimal noch hat es sich in den folgenden beiden Nächten wiederholt."

„Ein magischer Moment", sagte Lena Rieken.

„Ja, ein magischer Moment. Erklären kann ich es nicht. Später habe ich Wölfe bewusst aufgesucht. Auf Touren in Alaska und in Kanada. Immer sind die Wölfe zu mir gekommen. Es hat nie eine gefährliche Situation gegeben."

„Sie haben also eine besondere Beziehung zu Wölfen?"

„Ja. Lernen oder trainieren kann man das nicht. Es ist wahrscheinlich ein besonderer Instinkt, eine Naturverbundenheit, die wir normalerweise in unserer Zivilisation verloren haben. Deswegen kann ich mir auch nicht vorstellen, dass da jemand in Bochum mit einem dressierten Wolf herumläuft. Es gibt nur ganz wenige Menschen, die eine solch intensive Beziehung zu einem Wolf haben können."

„Frauen meistens, nicht wahr?"

„Nein. Es gibt zum Beispiel im Saarland eine Stadt der Wölfe. So jedenfalls nennt man den Ort. Da gibt es einen Mann, der seit vierzig Jahren mit einem Wolfsrudel zusammenlebt. Es sind amerikanische Grauwölfe."

„Wie heißt diese Stadt?" wollte Brenner wissen.

„Merzig. Das ist weltbekannt."

„Mir nicht", brummte der Kommissar. Um auch am Dialog der Frauen beteiligt zu sein, fragte er: „Sie sind Spanierin?"

„Nein. Deutsche. Ich war mit einem Spanier verheiratet. Den Namen habe ich behalten, nicht den Mann."

Der ironische Unterton, mit dem sie diese Feststellung traf, war dem Kommissar nicht entgangen. Rogalla hatte ihm die Frau salopp als eine hoch gewachsene, in die Jahre gekommene Pfadfinderin geschildert, die mit einem verschlammten

Landrover über Felder und Wiesen fahren würde. Aber Rogalla hatte entweder nicht richtig hingesehen oder Catarina Candeira hatte sich in Erwartung des Besuchs anders gekleidet. Sie trug ein hellgraues Kostüm mit kurzem Rock und schwarzen Strumpfhosen. An den Füßen steckten keine Wanderschuhe, sondern bequeme Lederstiefel mit einem dezenten Pelzaufsatz. Das lange, dunkelblonde Haar war hochgesteckt und wurde über dem Kragen des Kostüms von einer Spange aus Schildpatt zusammengehalten. Auf Schmuck verzichtete sie nicht. Am rechten Handgelenk trug sie einen Silberreifen mit ineinander verschlungenen Ornamenten, und je nachdem wie sie den Kopf drehte, funkelten im einfallenden Fensterlicht zwei kleine goldumfasste Rubine an den Ohren.

Das alles war Brenner nicht entgangen, weil es ihm zunächst ungewöhnlich schien für jemanden, der in der Abgeschiedenheit eines Wolf-Centers arbeitete. Aber wahrscheinlich hatte sie sich heute nicht um die Wölfe zu kümmern. Ein Pfleger oder eine Pflegerin würde diese Aufgabe übernehmen. Er schätzte das Alter von Catarina Candeira auf Ende dreißig. Ihre Figur war schlank, fast asketisch. Auffallend die hellen, wachen Augen, die, wären sie nicht graugrün gewesen, denen des Wolfes auf dem Kalenderfoto geglichen hätten. Sie hatten einen Ausdruck, den Brenner nicht beschreiben konnte. Oder allenfalls umschreiben als geheimnisvoll, ein wenig spöttisch, durchdringend und zugleich abwesend. Das Gesicht war schmal, hellhäutig, mit etwas vorstehenden Wangenknochen, die ihn in ihrer Kontur an Indianersquaws erinnerten, wie er sie früher in Filmen gesehen hatte. Der Kommissar empfand sie als Frau attraktiv, und gewiss war es so gewesen, dass sie ihren Mann verlassen hatte und nicht umgekehrt.

„Darf ich zusammenfassen?“ nahm Lena Rieken den Faden des Gesprächs wieder auf. „Eine Person, die mit einem Wolf umzugehen weiß, muss also eine besondere Naturverbundenheit haben, Mut, Geduld, umfassende Kenntnisse, was das Verhalten der Wölfe betrifft.“

„Ja. Und noch etwas mehr. Es ist nicht lernbar. Instinkt, Sympathie, Einfühlungsvermögen. Und auch Glück. Wenn der Wolf Sie nicht mag, ist alles vergebens. Es gibt ein geheimnisvolles Band zwischen Wolf und Mensch. Man spürt es oder spürt es nicht. Bei Ihnen, glaube ich nach dem ersten Eindruck, könnte es gegeben sein. Bei Ihnen aber, Herr Kommissar", wandte sie sich Brenner zu, „ist es nicht gegeben. Sie gehören zu den Menschen, die Angst vor Hunden haben und dann natürlich auch vor einem Wolf."

„Woher wissen Sie das?" fragte Brenner verblüfft.

„Es ist ein Gefühl. Begründen kann ich es nicht." Dr. Candeira sah auf die Uhr. „Ich habe noch etwas Zeit. Wenn Sie wollen, zeige ich Ihnen eins der Gehege. Sie werden sehen, wie scheu Wölfe sind. Mein Angebot steht. Schicken Sie mir die Datei mit der DNA-Sequenz als E-Mail-Anhang. Nach ein paar Stunden haben Sie ein Ergebnis, auf das Sie sich verlassen können."

47. Kapitel

„Gehen Sie ruhig rein, Herr Rogalla", sagte Frau Dönninghaus, die Sekretärin des Polizeipräsidenten. „Er wartet schon auf Sie. Aber erschrecken Sie nicht. Er tobt gerade am Telefon."

Rogalla klopfte noch einmal, öffnete vorsichtig die Tür, nur einen Spalt breit. Er hörte gerade noch, wie Dr. Hahn ins Telefon brüllte: „Um halb vier, keine Sekunde früher!"

Der Polizeipräsident schmiss den Hörer auf die Schreibtischplatte und winkte den Kommissar in die gute Stube, guckte aber zugleich derart abweisend, dass Rogalla nicht wusste, ob er wirklich willkommen war. Deshalb blieb er erst mal an der Zimmertür stehen und wartete. Er räusperte sich, zupfte ein paarmal an seiner Krawatte und fragte sich, ob er etwas sagen sollte oder nicht. Er entschied sich dafür, den Mund zu halten.

Dr. Hahn blickte wie träumend an ihm vorbei, schien einen Punkt neben der Tür zu fixieren. Hinter Hahns hoher Stirn, die augenblicklich in erhebliche Falten gelegt war, hing ein großes Porträt von Christian Wulff, dem vor ein paar Monaten frisch gekürten Bundespräsidenten. Rogalla versuchte sich zu beschäftigen und bemerkte in der Tapete über dem Bild des Bundespräsidenten einen hellen Streifen; offenbar hatte der Rahmen des Bildes von Horst Köhler, das dort früher gehangen hatte, ein anderes Format gehabt. Aber vielleicht war auch nur der Nagel herausgefallen, und man hatte den neuen Nagel nicht mehr an derselben Stelle einschlagen können. Rogalla musste lächeln, denn er hatte für einen kurzen Moment die Vision, dass dem Bochumer Polizeipräsidenten das Bild eines Bundespräsidenten auf den Kopf fiel.

Nach einer üppigen Schweigeminute hatte der PP seine Gedanken soweit geordnet, dass er nun das Gespräch mit Rogalla zu eröffnen bereit war, und zwar in einem durchaus leutseligen Ton, dem man aber den unterdrückten Zorn anmerkte: „Was habe ich da gerade gehört, Herr Pofalla? Brenner ist gar nicht im Hause?"

„Rogalla", sagte Rogalla.

„Wie Rogalla?"

„Ich heiße Rogalla."

„Das ist mir doch scheißegal", schnauzte der PP, der schon wieder im Begriff war, seine Fassung zu verlieren.

„Mir aber nicht."

„Werden Sie nicht noch frech! Sonst können Sie ab morgen Streife laufen. Ich habe Sie gefragt, wo Brenner ist."

„Der ist im Emsland."

„Wie? Emsland?"

„Der guckt sich Wölfe an."

„Was soll der Quatsch? Wölfe im Emsland? Da gibt es nur Enten und Frösche. Macht Brenner im Emsland Urlaub?"

„Herr Dr. Hahn, es ist Ihnen doch sicher nicht entgangen, dass wir es bei unserem Fall mit einem Wolf zu tun haben. Die DNA-Analyse ist vollkommen eindeutig. Also ist es nicht abwegig, wenn sich der Kollege Brenner bei einer Expertin, die in einem Wolfsgehege beschäftigt ist, über das Verhalten von Wölfen informiert. Und zwar bei einer international renommierten Verhaltensforscherin."

Der Begriff ‚international' verfehlte seine Wirkung nicht. Hahn wurde etwas leiser: „Was ist das für ein Wolfsgehege? Wo genau ist das?"

„Das liegt in der Nähe von Nordhorn. Können Sie im Internet aufrufen."

„Ist Brenner allein?"

„Nein, diese Profilerin, die Sie ihm zugewiesen haben, ist mit ihm gefahren."

„Profilerin? Sie meinen die Fallanalytikerin, Lena Rieken. Ja, ich erinnere mich. Aber was will Frau Rieken denn in so einem Gehege? Will sie vielleicht mit dem Wolf über seine Probleme diskutieren? Sein Unterbewusstsein erforschen? Oder will sie mit dem Wolf tanzen?"

Rogalla zwang sich ein Lächeln ab: „Das müssen Sie Brenner fragen."

„Der ist ja nicht hier. Deshalb habe ich Sie ja her zitiert! Überhaupt: Warum fahren Sie eigentlich nicht ins Emsland? Und Brenner ist hier vor Ort, wo er hingehört?"

„Ich war schon da."

„Wo?“

„Im Emsland.“

„Sie waren schon da? Ja, jetzt erinnere ich mich. Brenner hat davon gesprochen. Und wieso unternimmt er noch einmal die Reise? Das ist doch schon Niedersachsen, oder? Da haben wir doch gar nichts zu suchen!“

Rogalla ging auf die regionalen Feinheiten nicht weiter ein, sondern sagte nur: „Weil diese Expertin, eine Frau Dr. Candeira, vor ein paar Tagen nicht zu sprechen war.“

„Ach, so ist das. Sie lassen sich die Termine von anderen diktieren. Da haben wir ja Glück gehabt, dass wir nicht bei der Polizei sind. Also ganz im Ernst: Mir scheint, in Ihrem Kommissariat geht es seit einiger Zeit drunter und drüber. So etwas kann man doch vorher klären, Herr Pofalla! Koordinieren nennt man das heute.“

„Rogalla!“

„Was?“

„Rogalla!“

„Ja, ja. Rufen Sie Rogalla, nein, rufen Sie Brenner an. Ich erwarte, dass er noch in dieser Minute auf dem Absatz kehrt macht und sich schleunigst hier einstellt. Ab Landesgrenze meinetwegen auch mit Blaulicht. Ist denn schon klar, dass der dritte Tote, dieser Dr. Bodschwinna, auch von einem Wolf gebissen wurde?“

„Es sieht alles danach aus. Bis die DNA-Analyse vorliegt, dauert es natürlich wieder ein paar Tage. Aber das Muster ist ganz ähnlich. Wie bei Auffermann und Lewinski. Halsschlagader durchtrennt, verblutet. Auch wieder diese seltsame Karte. Außerdem ist Bodschwinna ja kein Fremder, was den Fall betrifft. Er gehörte sogar zum Kreis der Verdächtigen, zumindest was den Tod von Auffermann betrifft.“

„Schrecklich die ganze Sache. Auch noch in der Sylvesterkapelle! Das ist ja gar keine schlechte Gegend. Sogar der Vorsitzende unseres Golfclubs wohnt dort in der Nähe. In der Hofleite, das ist gleich um die Ecke.“

„Das tut mir leid.“

Der PP prüfte kurz, ob es sich bei Rogallas Antwort wieder

um eine Unverschämtheit handelte, entschied sich aber dagegen und sagte in dem bewährt leutseligen Ton: „Wir brauchen schnellstens einen Erfolg. Sonst können wir alle drei, Sie, Herr Brenner und ich, gemeinsam auf Streife gehen. Also, sehen Sie zu, dass Brenner hier antanzt. Um halb vier ist Pressekonferenz. Dieses Mal will ich Brenner unbedingt dabei haben. Sagen Sie ihm das! Wenn er kurz vor halb vier nicht hier ist, dann schleppe ich Sie wieder mit, Herr …"

„Rogalla", brummte Rogalla und verließ den Raum.

Der völlig verblüfften und im Wesentlichen unschuldigen Frau Dönninghaus sagte er, dass auf jeden Fall ein Golfplatz in der Nähe sein müsste, wenn der PP auf Streife ging. Aber die arme Frau wusste im Augenblick gar nicht, wo die Glocken hingen.

48. Kapitel

Die Strahlen der untergehenden Sonne brachen sich in den Maschen der Gardinen, auf die Arndt nun schon eine Stunde lang gestarrt hatte. Er fragte sich, wen er anrufen konnte, wen er anrufen musste. Bei irgendjemandem wollte er anfangen, eventuell bei Lisa, ihr ein Lebenszeichen geben und sie bitten, bei der Mutter und in der Sparkasse Bescheid zu sagen. Andernfalls würde seine Mutter die Polizei verständigen, das ahnte er, und die Polizei würde beginnen, nach ihm zu suchen. Aber er war noch zu keinem Entschluss gekommen. Für den Fall der Fälle hatte er genügend Geld in der Tasche, um noch ein paar Tage in dem kleinen Hotel an der Schützenstraße zu verbringen, wenn es denn nötig sein sollte.

Er hatte in der Gaststube gefrühstückt, ganz allein, hatte immer wieder zum Fenster und zur Eingangstür geguckt, ob es dort eine Bewegung gab. Doch da war nichts. Dann hatte er sich wieder auf sein Zimmer zurückgezogen. Die Zeitung hatte er mitgenommen, aber es stand noch nichts drin über die Ereignisse in der Sylvesterkapelle, weder im regionalen noch im überregionalen Teil. Er fühlte sich schmutzig, obwohl er inzwischen schon zweimal in der kleinen Kabine geduscht hatte. Das Zimmer roch muffig, er hatte nicht nachgesehen, ob die Matratzen des Doppelbetts, in dem er gelegen hatte, sauber waren. Er hätte sich gern rasiert, doch sein Apparat lag bei Lisa Balke in ihrem stets gut riechenden Badezimmer in der Hattinger Straße. Spartanisches Waschzeug hatte er in dem Zimmer gefunden; die Handtücher sahen schäbig aus, und sie rochen, als hätte der Vorgänger sie auch schon benutzt.

Als er hier angekommen war, hatte Arndt sich zunächst entschlossen, Lisa noch nicht zu kontaktieren, in der Hauptsache, um sie nicht in Gefahr zu bringen. Auch mit seiner Mutter hatte er aus demselben Grunde nicht telefoniert. Aber er sagte sich immer wieder, dass es nicht ewig so weitergehen konnte. Beide würden sich Sorgen machen. Andererseits war es wirklich schwierig, ihnen die Lage so zu erklären, dass sie nicht auf dumme Gedanken kamen.

Als überzeugter Lyriker schrieb er keine Romane, griff also in seinen Werken kaum erzählend in die Wirklichkeit ein. Trotzdem war ihm die Vorstellung, die Realität könne am Ende der Fiktion überlegen sein, nicht fremd. Er hatte Angst, schreckliche Angst. Oder war es nur Furcht, was er verspürte?

Er erinnerte sich daran, dass er am Gymnasium in einem Philosophiekurs Texte des umstrittenen Philosophen Martin Heidegger gelesen hatte. Auf der Goethe-Schule war das gewesen, wo er nach dem Abschluss an der Realschule dann doch noch das Abitur gemacht hatte. Hast du Nöte, geh zu Goethe, so hatte das damals geheißen. Aber eigentlich war es doch ganz anders gewesen. Auch an der Bochumer Goethe-Schule musste man für das Abitur einiges tun, sogar im Philosophiekurs. Den hatten nur sieben Schüler besucht. Das Fähnlein der sieben Aufrechten, so nannten sie sich. In dem Kurs diskutierten sie mit ihrem Philosophielehrer, der bei dem späteren Dichter Andreas Arndt den Sinn für sprachliche Feinheiten geschärft hatte, über Martin Heideggers Unterscheidung zwischen den Begriffen Angst und Furcht. Sie hatten sich richtig hineingekniet in die semantischen Nuancen dieser Unterscheidung. Allerdings war das vor mehr als zwanzig Jahren gewesen. Daher wusste Arndt inzwischen nicht mehr so genau, ob er denn nun Angst oder ob er eher Furcht empfunden hatte und noch empfand. Angst, so erinnerte er sich schwach, bezog sich auf etwas, das irgendwie nicht zu orten war, das amorph blieb, das eigentlich ‚nichts' war. Furcht hatte einen diesseitigen Bezug, man fürchtete sich vor etwas, das man kannte oder das man zumindest benennen konnte.

Angst schien ihm in seiner Situation der treffendere Ausdruck zu sein. Aber konnte er wirklich nicht benennen, was ihn jetzt in diese Bedrängnis brachte, so dass er sich nicht mehr auf die Straße traute? Ganz so war es wohl nicht. Was ihn beschäftigte und ihm erneut zusetzte, lag irgendwo zwischen den Begriffen. Am Ende war es auch egal, wie man seine Situation beschrieb, da stießen sich die philosophischen Finessen an der Härte der Realität, mit der man es zu tun hatte, und wurden dadurch beinahe lächerlich. Jedenfalls musste er sich eingestehen, dass ihm die Ereignisse, die ihn in die jämmerlichen Räumlichkeiten dieses Hotels gebracht hatten, genau genommen ein Rätsel waren.

Was war geschehen? Zum wiederholten Male ging er im Geist die Fakten des gestrigen Tages durch. Am Anfang seiner Rekonstruktion stand die Begegnung mit Bodschwinna in der Sparkasse. Der Hochschullehrer war ziemlich durcheinander gewesen, hatte etwas von Arndt gewollt und um einen baldigen Anruf gebeten. Am Nachmittag war es ihm nach mehreren Versuchen schließlich doch noch gelungen, Bodschwinna im Germanistischen Institut der Ruhr-Universität zu erreichen. Aber der Vielbeschäftigte hatte es wieder eilig gehabt, bat trotzdem um ein Treffen noch am selben Tag.

„Was ist denn los?“ hatte Arndt gefragt.

„Nicht am Telefon“, war Bodschwinnas lapidare Antwort gewesen.

Sie hatten verabredet, sich um acht vor der Sylvesterkapelle in Weitmar zu treffen. Das passte Arndt gut. Er würde am Abend schon bei seiner Freundin sein, vielleicht mit Mona, Lisas Airedale Terrier, um die Kirche gehen; dann konnte er pünktlich im Park von Haus Weitmar erscheinen. Lisa gegenüber hatte er das Treffen mit Bodschwinna gar nicht erwähnt, nicht nur, weil der so geheimnisvoll getan hatte.

Arndt wusste zwar nicht genau, worum es ging. Aber er hatte eine gewisse Befürchtung. Es gab da eine ganz alte Geschichte, die ihn mit Bodschwinna verband. Auch mit dem verstorbenen Auffermann. Allerdings lag das alles schon so weit zurück. Und wenn er es recht bedachte, dann glaubte er eigentlich nicht, dass diese Geschichte, die ja auch juristisch gesehen längst verjährt war, ihn noch einmal einholen könnte. Anfangs hatte diese Angelegenheit ihn gequält, hatte die Erinnerung daran ihm auch psychisch zugesetzt, aber seit ein paar Jahren war es ihm gelungen, sein Bewusstsein von der Sache zu befreien. Er hatte sie in weit entlegene Gewölbe seines Unbewussten verschoben, wo sie ihn nicht mehr in Bedrängnis brachte. Nur in seinen Gedichten machte sie sich noch bemerkbar, dort kam sie manchmal in einer Art und Weise wieder hoch, die ihn selbst überraschte.

Auf dem Weg zur Sylvesterkapelle hatte sich Mona seltsam verhalten; sie war sehr unruhig gewesen, ließ sich nur mühsam führen. Und auf der Nevelstraße hatte sie ungewöhnlich heftig an der Leine gezerrt, als wollte sie auf der Stelle umkehren. Als sie sich dem Treffpunkt näherten, hatte Mona angefangen, leise zu fiepen, und Arndt sah, dass ihr Schwanz beinahe zwischen den Hinterläufen klemmte. Er konnte sich beim besten Willen nicht erklären, was mit ihr los war. Er hielt sie straff an der Leine. Beide kannten sie die Örtlichkeit gut. Er ging dort oft mit der Hündin spazieren, hatte allerlei Abenteuer mit ihr erlebt, besonders wenn er sie nicht bremsen konnte, weil sie auf Kaninchenjagd ging, aber an diesem Tage war Monas Verhalten schon ungewöhnlich. Ein Kaninchen hätte sie wahrscheinlich gar nicht bemerkt.

An der Ruine sah Arndt, dass die provisorische Umzäunung, die Besucher vor herabfallenden Steinen schützen sollte, an einer Stelle aufgebrochen war. Jemand hatte einen Zugang geschaffen, so dass man nun wieder bis an die malerischen Relikte der alten Kapelle herantreten konnte. Mona fiepte noch lauter als zuvor.

Plötzlich hörte er einen heiseren Schrei. Es klang, als ob etwas in ein defektes Mikrofon gerufen würde. Zu seinem Schrecken stellte er fest, dass es nur Namen waren, die gerufen wurden. Bekannte Namen. Der von Auffermann, der von Lewinski, der von Bodschwinna und sein eigener. Kurz vor den Stufen, die einst zu dem Altar der Kapelle geführt hatten, lag eine Person. Arndt wusste sofort, dass es Bodschwinna war. Und er wusste auch, dass Bodschwinna tot war. Zur gleichen Zeit hörte er wieder die metallene Stimme seinen Namen rufen. Durch die alte Fensteröffnung hindurch sah er, dass auf der anderen Seite der Kapelle eine Person in den Schlosspark hinein ging, die von einem riesigen Hund begleitet wurde. Die Person drehte sich noch einmal um, Arndt sah, dass sie eine Totenmaske trug. Und noch einmal hörte er den grausigen Ruf der vier Namen.

Erst jetzt merkte Arndt, dass Mona nicht mehr da war. Sie musste sich losgerissen haben. Wahrscheinlich war sie direkt nach Hause gelaufen. Er hoffte nur, dass sie unbeschadet die Hattinger Straße überquert hatte. Irgendjemand würde sie schon ins Haus lassen. Er ging zu der Leiche, versicherte sich, dass Bodschwinna wirklich tot war. Doch da gab es gar keinen Zweifel. Nun hatte die alte Geschichte ihn doch noch eingeholt. Sollte er die Polizei rufen? Aber was hätte er sagen können, ohne sich selbst zumindest moralisch zu belasten. Außerdem spürte er, dass auch sein Leben bedroht war. Er lief zurück zur Nevelstraße, dann in der Aufregung wahllos durch ein paar Straßen von Weitmar, am Friedhof der Matthäuskirche vorbei. Der Gedanke verstörte ihn, dass auf der anderen Seite der Hattinger Straße Lisa auf ihn wartete.

Andreas Arndt versuchte seine Gedanken zu ordnen, entschied sich für die kleine Fußgängerpassage bis zur Elsa-Brändström-Straße, lief dann die Brantropstraße hinunter, bis er auf die Schützenstraße stieß. Die Gaststätte mit dem kleinen Hoteltrakt kannte er von seinen Hundegängen. Er hatte sich immer gefragt, wer hier wohl einkehren würde, hatte kleine Geschichten von Gästen entwickelt, die nicht mehr in der Lage waren, nach Hause zu gehen oder die sich nicht nach Hause trauten und die eine Bleibe suchten.

Der Gastraum war leer gewesen, er ließ sich vom Wirt ein Zimmer zuweisen, was für den trotz der vorgerückten Stunde nichts Ungewöhnliches zu sein schien. Auch die Tatsache, dass der späte Gast kein Gepäck bei sich hatte, interessierte den Wirt nicht. Arndt ließ sich drei Flaschen Bier geben, die er mit aufs Zimmer nahm. Dort sah es aus, als ob die Einrichtung aus den dreißiger Jahren stammte. Ein Telefon gab es nicht in dem Raum. Um zu telefonieren, hätte er wieder in die Schankstube gehen müssen. Er ließ es sein, denn er musste erst einmal einordnen, was er gesehen und gehört hatte. Lisa konnte er nicht erzählen, was ihm durch den Kopf ging, auch seiner Mutter nicht.

Jetzt saß er hier in dieser öden Umgebung und starrte auf die ungewaschene Gardine. Ob er nachts überhaupt geschlafen hatte, wusste er nicht. Seine Welt, die er mühsam errichtet hatte, lag in Scherben.

Er war sicher, dass man spätestens am Morgen Bodschwinnas Leiche gefunden hatte. Das Areal des Weitmarer Schlossparks war bei Hundegängern und bei Joggern beliebt. Frau Bodschwinna wusste also längst Bescheid. Trotzdem schien ihm, dass er verpflichtet war, ihr zu erzählen, was er wusste. Er ging hinunter in die Schankstube und bat um ein Telefon. Es gab eine Nische, in der ein Wandtelefon hing. Von hier konnte er vergleichsweise ungestört telefonieren. Außerdem saß nur ein Gast an der Theke, der nicht den Eindruck machte, er könne ein Gespräch, das für seine Ohren nicht vorgesehen war, noch mit klaren Sinnen verfolgen.

Klara Bodschwinna meldete sich nicht mit ihrem Namen, sondern sagte nur: „Ja, bitte?"

Arndt merkte an der Art, wie sie atmete, dass sie eine Zigarette rauchte. Für einen kurzen Augenblick überlegte er, ob er wieder auflegen sollte. War es überhaupt sinnvoll, ihr in diesem Moment etwas zu erzählen, was ihr Mann ihr wahrscheinlich nie gesagt hätte? Aber es gab noch einen anderen Aspekt. Vielleicht konnte sie ihm ja helfen, ihm mitteilen, dass die Mörder ihres Mannes bereits gefasst waren. Vielleicht war sein Versteckspiel inzwischen völlig unbegründet und nur lächerlich. Er wollte hören, was sie wusste.

Er meldete sich, sprach ihr sein Beileid aus. Sie blieb kühl, fragte ihn nicht, woher er wusste, was mit ihrem Mann geschehen war. Offenbar hatte sich die Nachricht bereits herumgesprochen. Arndt sagte ihr, dass er gestern noch mit Bodschwinna gesprochen habe und dass der um ein dringendes Gespräch gebeten hatte. Die Sylvesterkapelle erwähnte er nicht.

„Was für ein Gespräch?" fragte Klara Bodschwinna.

„Das weiß ich auch nicht. Er schien etwas auf dem Herzen zu haben, das ihm wichtig war und das keinen Aufschub vertrug."

„Wissen Sie, worum es sich handelte?"

„Er hat mir nichts gesagt, auch keine Andeutung gemacht. Aber ich habe so eine Ahnung, worum es sich handeln könnte. Eher eine Befürchtung."

Ihre Stimme klang nach wie vor kühl und geschäftlich:

„Wenn Sie mir etwas sagen wollen, dann tun Sie dies bitte, Herr Arndt."

„Ich würde lieber nicht am Telefon darüber sprechen."

„Wollen Sie zu mir kommen?"

„Ich habe kein Auto. Und offen gestanden habe ich Angst, dass mir etwas Ähnliches passieren könnte wie Ihrem Mann."

„Haben Sie schon mit der Polizei gesprochen?"

„Nein, mit niemandem."

Klara Bodschwinna zögerte, überlegte: „Wenn Sie meinen, dass es wichtig ist, dann kann ich Sie auch abholen? Aber heute nicht mehr, erst morgen. Heute ist mir nicht danach zumute, weitere Schreckensmeldungen zu hören. Morgen, ja, das ist OK. Vielleicht am Nachmittag?"

„Ja, sicher."

„So gegen halb fünf? Wir könnten nach Hattingen fahren, uns in meinem Atelier unterhalten. Dort sind wir völlig ungestört. Und dann können wir ja gemeinsam entscheiden, ob es sinnvoll ist, die Polizei hinzuzuziehen. Ist Ihnen das recht?"

Arndt war einverstanden. Sie vereinbarten, dass er an der Ecke auf sie warten würde, wo die Brantropstraße auf die Schützenstraße stieß. Draußen war es inzwischen dunkel. Eine Nacht würde er es noch in seiner Absteige aushalten. Er war erleichtert, dass er endlich mit jemandem über die Sache reden konnte. Vielleicht musste es tatsächlich eine Frau sein.

49. Kapitel

Es war früh am Morgen. Die von einem Absperrband umzogene Ruine der Sylvesterkapelle lag in einem milchigen Nebelschleier, durch den man aber noch in einiger Entfernung die Mauern und den Bogen des Chorraums gut erkennen konnte. Um die Streben der Fenster wahrzunehmen, die von dem Spiel aus buntem Glas und Heiligenfiguren übrig geblieben waren, musste man schon näher herantreten. Wo früher Licht zur Farbe wurde, ragten an einigen Stellen abgebrochene Streben in den leeren Raum. Die Sylvesterkapelle war alt, über 600 Jahre, wie eine Urkunde bezeugte. Und wahrscheinlich war sie noch ein paar Jahrhunderte älter. Die mit Moos bewachsenen Mauern mochten noch Gebete für die Kreuzfahrer gehört haben oder die Bitte früher Jakobspilger, heil in Santiago ankommen zu dürfen. Frei von Moos, zumindest dort, wo eine Inschrift in den Stein gemeißelt war, erhob sich aus dem Boden ein Sarkophag. „Die Liebe höret nimmer auf." stand auf der seitlichen Platte zu lesen. Darunter war die Bibelstelle angegeben: „Cor. 13, 8".

Was der Korintherbrief über die Liebe sagte, dass sie langmütig sei, alles dulde, sich nicht erbittern ließe und das Böse nicht zurechnen würde, das galt zumindest für einen Menschen nicht. „Auge um Auge, Zahn um Zahn" war die Botschaft, die dieser Mensch bei Auffermann, Lewinski und jetzt auch Bodschwinna hinterlassen hatte.

Bei Bodschwinna hatte die rote Karte mit der Aufschrift ‚Ex 21' neben dem Kopf des Toten gelegen, so als habe der Täter keine Zeit mehr gefunden und sie nur noch hastig ablegen können. Anders als Auffermann und Lewinski musste Bodschwinna versucht haben zu fliehen, hatte in Panik das Absperrgitter aufgerissen, sich hindurchgezwängt, war in die Kapelle geflüchtet, die keinen Schutz mehr bot. Dort war er angefallen worden, vor den Stufen zum Altarraum niedergesunken, verblutet an dem Biss in die Kehle.

Brenner und Rogalla waren mit dem ersten Licht des Tages aufgebrochen. Der Nebel, so jedenfalls die Prognose der

Wetterfrösche, sollte sich im Laufe des Vormittags heben und der Sonne Platz machen, die nach langer Zeit endlich wieder angekündigt war. Brenner war gestern erst am Abend aus dem Emsland zurückgekehrt. Die beiden Kommissare hatten zwar miteinander telefoniert, aber Rogalla war wortkarg gewesen, verstimmt und hatte gemeint: „Das hat auch Zeit bis morgen." Jetzt erst, auf der Fahrt zum Weitmarer Schlosspark, berichtete er ausführlicher. Von dem unerfreulichen Gespräch mit dem PP und von der noch unerfreulicheren Pressekonferenz des Nachmittags.

„Es könnte sich um einen sehr gefährlichen Kampfhund handeln", hatte der Präsident gesagt.

„Es ist ein Wolf", hatte Rogalla ihn korrigiert. „Die DNA-Analyse lässt keinen Zweifel daran."

Der Presseraum war gut besetzt. Sie waren alle da, die Journalisten der lokalen und der regionalen Zeitungen. So als hätten sie geahnt, dass eine Sensation verkündet wurde. Aber so etwas? Zunächst hatten alle ein paar Sekunden geschwiegen. Verblüfft, ungläubig.

Dann die unvermeidliche Frage: „Sind Sie sicher? Ein Wolf?"

Einige hatten sogar den Kopf geschüttelt, gelacht, als seien sie auf den Arm genommen worden und man hätte sie zu einer Märchenstunde eingeladen. Bis auch ihnen klar wurde, dass Rogallas Auskunft kein Scherz war. Dr. Hahn hatte ihm zwar einen bösen Blick zugeworfen, aber nicht widersprochen. Und Hahn hatte dann auch genug zu tun, all die Fragen zu beantworten, wie er in dem Fall vorgehen und wie er vor allem die Sicherheit der Bochumer Bürger gewährleisten wolle.

Auf dem Weg zum Tatort waren die beiden Kommissare an der Wohnung von Lisa Balke vorbeigefahren. Rogalla zeigte kurz auf das Haus.

„Hier wohnt Arndts Freundin", sagte er. „Lisa Balke. Von hier ist Arndt mit ihrem Hund wahrscheinlich zum Schlosspark gegangen."

Sie bogen in die Blumenfeldstraße ein, dann in die Nevelstraße, hielten am Rand des Parks, von wo es auf einem gepflasterten Pfad nur noch ein paar Meter zur Kapelle waren.

Brenner umwanderte schweigend den Tatort, besah sich die gotischen Bögen, das massive, moosbewachsene Mauerwerk. Dann hoben die beiden Kommissare das Absperrband, schlüpften darunter hindurch, zogen das Gitter auf an der Stelle, wo wahrscheinlich auch Bodschwinna in die Kapelle geflüchtet war. Vor den Stufen, nahe an einem Mauerrest, war noch die Lache eingetrockneten Blutes zu erkennen.

„Wo genau hat er gelegen?" erkundigte sich Brenner.

„Mit dem Kopf neben der untersten Stufe, seitliche Lage, zusammengekrümmt. Er lag nahe an dem Mauerrest. Deswegen ist er auch spät entdeckt worden. Man konnte ihn nur sehen, wenn man sich an das Absperrgitter drückte. Eine Schauspielschülerin hat ihn gefunden. Sie war gegen Mittag da, um sich die Kapelle anzusehen. Die führen hier nämlich Theaterstücke auf. Shakespeare."

Rogalla blickte Brenner auffordernd an, als erwarte er ein Lob für sein Wissen. Aber der ging nicht darauf ein.

„Ihr habt die Einwohner befragt? Die ersten Häuser liegen ja nicht weit von der Kapelle."

„Haben wir. Gesehen haben sie nichts. Aber in dem Haus, das am nächsten liegt, wohnt eine alte Dame. Sie hat eine merkwürdige Stimme gehört. Als würde ein Muezzin vom Minarett rufen. Genauso hat sie sich ausgedrückt."

„Wann war das?"

„Ein paar Minuten vor acht. Sie weiß das so genau, weil sie kurz danach den Fernseher eingeschaltet hat, um die Tagesschau zu gucken."

„Sie hat etwas verstanden? Ich meine einzelne Wörter, einen ganzen Satz."

„Nein. Sie hat dann gedacht, das kann nicht sein. Das ist der verzerrte Lautsprecher eines Autoradios. Die Zeitangabe passt. Wir haben natürlich Arndts Freundin schon befragt. Er hat gegen halb acht mit ihrem Hund das Haus verlassen, wollte wie immer nur eine Runde im Schlosspark drehen. Gegen zehn kommt der Hund alleine zurück. Arndt ist seitdem verschwunden."

Sie verließen die Kapelle, gingen zu der Straße zurück, wo sie ihren Wagen geparkt hatten. Unterwegs sah Brenner sich noch einmal um. Der Nebel hing nicht mehr so tief, war heller geworden, durchsichtiger. Die Konturen der Umgebung traten stärker hervor. Das kahle Geäst von Bäumen ragte über die Ruine wie ein Skelett hinaus. Und jetzt konnte man aus größerer Entfernung auch die Umrisse des Sarkophags erkennen.

„Könnte es sein", überlegte Rogalla, „dass Arndt mit dem Täter unter einer Decke steckt? Er kennt Bodschwinna. Das weiß ich von Lisa Balke. Also: Er lockt den Professor zu der Kapelle. Dort wartet jemand mit dem Wolf."

„Möglich", meinte Brenner. „Aber warum verschwindet Arndt?"

Rogalla zuckte mit den Schultern. „Er wird Gründe haben, die wir noch nicht kennen."

„Hat Lisa Balke eine Vermutung?"

„Nein. Sie sagt, eigentlich sei er recht zuverlässig. Sie kann sich das nicht erklären. Da ist übrigens noch etwas. Sie hat Anzeige gegen Dr. Kröger erstattet. Wegen sexueller Nötigung."

„Lisa Balke? Gegen Kröger?"

„Sie ist seine Sprechstundenhilfe. Du wirst sie damals bei deinem Besuch in der Praxis gesehen haben. Die schlanke Blonde, falls du dich erinnerst."

„Warum erzählst du mir das nicht eher?"

„Das kommt davon, wenn man im Emsland spazieren fährt und erst spät am Abend zurückkommt."

Brenner ging nicht auf den Vorwurf ein. Er war mit Lena Rieken noch im Tucholsky gewesen, bevor er sie zum Präsidium brachte, wo ihr Wagen stand. Den ganzen Tag hatten sie nichts gegessen. Hunger war kein Verbrechen.

Statt seine späte Heimkehr zu erklären, fragte er: „Hast du noch weitere Informationen, die wichtig sein könnten?"

Es kam nur ein knappes „Nein!"

„Nun komm", meinte Brenner in einem versöhnlichen Tonfall. „Tut mir ja leid, wenn du das gestern alles auf dem Buckel hattest. Aber schließlich waren wir ja nicht auf einer Urlaubsreise, sondern dienstlich unterwegs."

„Hmm", brummte der Wattenscheider, um sich dann mit einer Klage Luft zu verschaffen: „War einfach zu viel für den

Tag. Hahn kanzelt mich ab wie einen ungehorsamen Messdiener. Nach der Pressekonferenz wechselt er kein einziges Wort mit mir. Die Balke ist hochnervös und sprudelt ein Zeug hervor, dass man erst dreimal nachfragen muss, um die Zusammenhänge zu verstehen. Und außerdem war ich mit Sabrina Melies noch bei Klara Bodschwinna. Wir haben ihr die Nachricht überbracht."

„Wie hat sie reagiert?"

„Sie hat uns ungläubig angeschaut, gesagt ‚Das kann nicht sein!'. Dann hat sie sich mit zitternder Hand eine Zigarette angezündet. Auf unsere Frage, ob sie wüsste, warum ihr Mann an der Sylvesterkapelle war, hat sie nur den Kopf geschüttelt."

„Sie war allein im Haus?"

„Ja."

„Ihr habt sie nach ihrem Alibi gefragt?"

„Selbstverständlich. Sie gibt an, sie sei den ganzen Nachmittag und auch am Abend im Atelier gewesen. Allein."

„Was weißt du über Arndt, außer dass er Dichter ist, bei der Sparkasse arbeitet und eine blonde Freundin hat?"

„Nicht viel. Wohnt mit 42 Jahren noch bei seiner Mutter. Irgendwo in der Innenstadt. Sabrina Melies hat die Adresse."

„Ihr habt mit der alten Dame gesprochen?"

„Noch nicht. Der Tag hat bloß 24 Stunden."

Ein Kiosk tauchte auf. „Halt an!" sagte Brenner. „Mal sehen, was die Gazetten schreiben."

Rogalla bremste, fuhr halb auf den Bürgersteig. Brenner stieg aus und ging auf den Kiosk zu. Er hatte die kleine Theke mit dem Fenster und der Klingel noch nicht erreicht, da sah er draußen am Zeitungsstand schon die Überschrift auf einem rotweißen Boulevardblatt. „Angst in Bochum!" Darunter war ein riesiger Wolf abgebildet, der das Maul aufgerissen hatte und die Zähne bleckte.

50. Kapitel

Um zehn hatte Brenner einen Termin bei Hahn. Der Präsident wirkte apathisch, erschöpft, hatte dunkle Ringe unter den Augen. Wahrscheinlich hatte er schlecht geschlafen oder gar nicht. Seine sonst aufgeräumte Jovialität dem Kommissar gegenüber war verschwunden. Mit einer matten Handbewegung zeigte er auf den Stuhl neben seinem Schreibtisch, auf dem ein Stapel Zeitungen lag.

„Sie haben das gelesen?“ fragte er, ohne Brenner anzusehen.

„Nur die Überschrift.“

„Aber Sie haben wenigstens neue Erkenntnisse von Ihrem Ausflug mitgebracht?“

„Wir haben es mit einem außergewöhnlichen, hochintelligenten Täter zu tun. Bei Wölfen ist das nämlich so…“.

Der Kommissar kam nicht dazu, weiterzureden. Hahn richtete sich plötzlich kerzengerade in seinem Bürosessel auf, ohne das Rückenpolster zu berühren. Eine bedrohliche Röte schoss in sein Gesicht.

„Sie sollen einen Täter fangen, Brenner, und keine Doktorarbeit über Wölfe schreiben! Ich will Ergebnisse haben und keine Einführung in die Verhaltensforschung.“

„Das eine geht nicht ohne das andere“, entgegnete der Kommissar ruhig. „Was würden Sie denn tun?“

Der Polizeipräsident beugte sich jetzt vor, stützte die Ellenbogen auf die Schreibtischplatte, faltete die Hände wie zum Gebet.

„Das kann ich Ihnen genau sagen. Ich werde eine Sonderkommission einrichten. Mindestens hundert Beamte. Die ziehe ich aus allen Bereichen ab. Sie sind der Leiter der MK 1 und sorgen dafür, dass alles durchkämmt wird. Jeder Schrebergarten, jede leer stehende Halle, jede Jagdhütte in Bochums Umgebung, alles, wo jemand einen Wolf verstecken könnte.“

„Man kann einen Wolf nicht verstecken. Sie sollten sich lieber auf die Fahndung nach Arndt konzentrieren.“

„Nach Arndt!“ Hahn winkte verächtlich ab. „Ist doch viel zu vage. Was soll es da für einen Zusammenhang geben?“

„Arndt und Bodschwinna kannten sich, waren wahrscheinlich im Schlosspark verabredet. Arndt ist ein wichtiger Zeuge."

„Vermutungen, Herr Brenner! Genau wie Ihr Herumstochern im so genannten Auffermann-Kreis. Was hat es gebracht? Den dritten Toten. Und bevor ein Vierter dazukommt, will ich dieses Vieh gefunden haben. Für Spekulationen ist keine Zeit mehr."

Hahn entfaltete die Hände, lehnte sich zurück. Die Röte wich langsam aus seinem Gesicht, das wieder seine ursprüngliche Winterfarbe annahm. Er schien alles gesagt zu haben, blickte zur Decke hoch, als warte er, dass Brenner sich leise entfernte. Aber der tat ihm den Gefallen nicht.

„Und was erwarten Sie jetzt von Rogalla und mir?" fragte er. „Sollen wir auch die Schrebergärten durchsuchen?"

„Meinetwegen. In drei Tagen will ich Ergebnisse haben. Wie Sie das anstellen, ist mir egal. Fragen Sie Ihren Kollegen, was passiert, wenn Sie den Wolf nicht finden."

Damit war der Kommissar endgültig entlassen. Frau Dönninghaus, die Sekretärin im Vorzimmer, warf ihm einen bedauernden Blick zu, als wollte sie sagen: Tut mir leid. Der ist zurzeit ungenießbar!

Zurück im Dienstzimmer öffnete Brenner das Fenster, ignorierte die Kälte, die hereinzog. Er war allein. Rogalla war mit der Praktikantin unterwegs. Es hatte einen ersten Hinweis aus der Bevölkerung gegeben. Auf einem verwilderten, umzäunten Gelände in Recklinghausen am Rhein-Herne-Kanal sollte ein Tier herumschleichen.

„Das ist kein Hund. Das ist ein Wolf", hatte der Anrufer behauptet.

Rogalla hatte die Augen verdreht. Solche Anrufe waren jetzt öfter zu erwarten. Aber sie hatten jedem Hinweis nachzugehen, auch wenn der angebliche Wolf ein ganz anderes Tier war. Die Leute hielten sich heutzutage alles Mögliche und schreckten auch vor dem Exotischsten nicht zurück. Da konnte man das ganze Alphabet durchgehen. Von Antilope bis Zebra. So würde es auch in diesem Fall sein. Der Wolf würde sich als Schlittenhund, Schakal, Hyäne oder aller Wahrscheinlichkeit nach als vernachlässigter Schäferhund herausstellen.

Brenner kam nicht dazu, sich die Zigarette anzuzünden. Das Telefon meldete sich. Er schloss das Fenster, ging zum Apparat, hob den Hörer ab. Es war Dr. Catarina Candeira, die Verhaltensforscherin aus dem Emsland. Sie wollte wissen, wie es um die Datei stand, die er ihr zuschicken sollte.

„Tut mir leid!" entschuldigte sich der Kommissar. „Ich bin noch nicht dazu gekommen."

„Das sollten sie aber. Bitte! Sie haben die Zeitungen gelesen?"

Er verstand, was sie meinte. Der Wolf kam in Verruf. Das Tier, dessen Schutz sie sich verschrieben hatte. Er wollte sie nicht verärgern. Es gab nur wenige Menschen, die sich mit einem Wolf auskannten. Sie war die Expertin, und er wusste nicht, wozu sie ihm noch behilflich sein konnte. So vergaß er seinen Ärger mit Hahn, wollte nicht aus dieser Stimmung heraus unhöflich sein.

„Ich kümmere mich sofort darum", versprach er. „Sie bekommen die Datei."

Nach dem Telefonat rief er Baltz an, den Essener Pathologen. Aber er fragte nicht direkt nach der Datei, sondern: „Wie sicher ist eine DNA-Analyse?"

„Warum?" kam die Gegenfrage. „Warum hast du Zweifel?"

Dr. Friedrich Baltz wusste Bescheid. Sie hatten ein paar Mal telefoniert. Persönlich war Brenner noch nicht in der Pathologie erschienen und würde es auch nicht tun. Auch jetzt nicht, da Bodschwinna wahrscheinlich gerade unter dem Skalpell lag.

„Ich muss Sicherheit haben. Kann es sein, dass man die Datei mit einer falschen Datenbank abgeglichen hat? Mit menschlicher DNA zum Beispiel."

„Blödsinn!" knurrte Baltz. „Das LKA schickt die Proben an das kompetenteste Institut, das es gibt. Die machen keinen Fehler. Außerdem hast du doch selbst bei der Haarprobe dazugeschrieben ‚möglicherweise von einem Kampfhund'. Natürlich wird das dann mit Daten der Familie ‚canidae' abgeglichen. Der Wolf gehört dazu."

„Wie sicher ist das Ergebnis?"

„99,999 Prozent. Und an die letzte Neun hängst du noch ein paar weitere an."

„Also Irrtum ausgeschlossen?"

„Ausgeschlossen. Da hast du beim Lotto eher dreimal sechs Richtige hintereinander. Außerdem gab es ja zwei Proben."

„Du hast Bodschwinna schon untersucht?"

„Ich bin dabei. Die gleichen Bissmerkmale wie bei den anderen. Ausgeprägte Fang- und Reißzähne. Damit zieht er die Halsschlagader heraus, durchtrennt sie. Eigentlich ein schöner Tod. Es geht schnell. Das Opfer ist in einem Schockzustand."

„Danke!" sagte Brenner. „Mehr wollte ich nicht wissen."

„Halt!" stoppte ihn Baltz. „Wann treffen wir uns denn mal wieder?"

„Bald", brummte Brenner. „Hahn hat mir für den Wolf eine Frist gesetzt."

„Waidmannsheil!" wünschte Baltz.

Die Zigarettenpause am Fenster schien der Kommissar vergessen zu haben. Nach dem Gespräch mit Baltz telefonierte er noch einmal. Ein paar Minuten später hatte er die Information, die er brauchte. Arndt hatte tatsächlich in dem Haus in der Castroper Straße gewohnt.

51. Kapitel

„Kaffee?" fragte Klara Bodschwinna.

„Gern", sagte er, „wenn Sie haben, mit Milch und Zucker."

Man kannte sich seit Jahren, aber er war noch nie hier gewesen. Das Atelier war geräumig, außerordentlich hell, obwohl die Fenster nur ein milchiges Herbstlicht durchließen. Strahler, die an einer riesigen Leiste hingen und die über die gesamte Deckenlänge verteilt waren, schufen ein gleißendes Licht. Auch der Geruch passte. Arndt, der selbst nicht rauchte, war die Mischung aus Zigarettenrauch und Farben, die in der Luft hing, sympathisch. Es roch nach Kunst.

An Stellwänden hingen großformatige Gemälde. Arndt kannte ihre Art zu malen von Ausstellungen und aus Galerien, hatte sogar schon einmal überlegt, sich eins ihrer Bilder zuzulegen. Aber Lisa hatte ihn daran gehindert. Die Bilder seien zu teuer, hatte sie gesagt. Außerdem fehle bei ihr der Platz, um solch großen Schinken den nötigen Freiraum zu geben. Und seine Mutter habe doch wohl einen anderen Geschmack. Arndt hatte gedacht, dass auch noch andere Gründe eine Rolle spielten. Lisa mochte die Künstlerin nicht.

Zwei Staffeleien mit mehr oder weniger halbfertigen Bildern standen mitten im Raum, direkt nebeneinander. Während Klara Bodschwinna Becher auf den Tisch stellte, dazu eine angebrochene Schachtel mit Bahlsen-Keksen, betrachtete Arndt die Gemälde. Soweit man überhaupt etwas erkennen konnte, waren die Bilder einander sehr ähnlich. Auf beiden waren Bäume zu sehen, grob skizzierte Waldlandschaften, aber aus einer merkwürdigen Perspektive. Irgendwie von oben, als ob sie von einem Hubschrauber aus entworfen wären. Nur in einem Punkt unterschieden sie sich. Auf dem linken Bild war ganz klein zwischen den Bäumen etwas angedeutet, ein Haus vielleicht, eher eine Hütte. Arndt empfand ein bisschen Sympathie für diesen kleinen Fleck. Da lebten Menschen, ein Refugium inmitten fühlloser Natur. Etwas irritiert merkte er, dass er anfing zu interpretieren – eine Berufskrankheit des

Dichters. Klar, dieser Fleck, der dort auf dem Bild zu sehen war, konnte natürlich auch etwas ganz anderes sein.

„Nehmen Sie sich einen Stuhl. Die sind alle sauber, selbst wenn sie nicht so aussehen."

An der Wand hingen ein paar Kittel, gleich neben einer schweren Stahltür, einer Art Brandschutztür, die wohl in die hinteren Gemächer des Ateliers führte. Ein paar Meter davor stand ein alter Eichentisch, dessen Platten an beiden Seiten ausgezogen waren und auf dem bunt beschmierte Töpfe verteilt waren. Andreas Arndt zog einen der Klappstühle an den Tisch heran und setzte sich. Frau Bodschwinna hantierte mit der Kaffeemaschine, die auf einem dreibeinigen Hocker neben dem Tisch stand. Die Schnur der Kaffeemaschine hing locker in einer Steckdose, die eigentlich in ein Museum für historische Industriekultur gehört hätte.

Arndt fand, dass heute von Klara Bodschwinna ein besonderer, irgendwie erotischer Glanz ausging. Sie trug eine kakifarbene Hose, Stiefeletten und eine lange, rötliche Bluse, darüber eine Baumwolljacke. Um den Hals hatte sie einen leichten Schal und eine Kette gehängt, deren Glassteine im Ton genau zu ihrer Bluse passten. Trauernde Witwen sahen anders aus.

„Wie geht es Ihnen?" fragte er und nahm einen Schluck aus der Kaffeetasse.

„Sie sehen ja", sagte sie vieldeutig, „das Leben geht weiter."

„Sie wissen ja, Ihr Mann und ich kannten uns schon über zwanzig Jahre."

„Das ist mir durchaus bewusst. Sonst wäre ich mit Ihnen nicht hierhergekommen."

„Ich bin Ihnen sehr dankbar. Sie haben sicher im Augenblick ganz andere Dinge zu erledigen.

„Das kann man wohl sagen." Sie lächelte ein bisschen gequält: „Frau Auffermann hilft mir. Wir teilen ja ein gemeinsames Schicksal. Sie ist sozusagen die ‚Genossin meiner Schmach', so heißt es doch wohl in Wagners ‚Lohengrin', oder?"

„Keine Ahnung. Ich weiß, dass Ihr Mann ein großer Wagnerkenner war. Aber mir persönlich ist Richard Wagner immer fremd geblieben. Aber wieso ‚Schmach'? Was meinen Sie damit?"

„Ist es nicht am Ende auch eine Schmach für die Ehefrau, wenn ihr Mann von einem räudigen Köter oder, wie es neuerdings in den Zeitungen zu lesen ist, von einem Wolfshund umgebracht wird? Ein unwürdiges Ende, finden sie nicht?"

„Ich weiß nicht genau, was ein würdiges Ende ist. Aber dieses Ende war schrecklich. Und es kam natürlich viel zu früh. Auch das von Christoph Auffermann."

Sie schwiegen. Klara Bodschwinna blickte auf ihre Armbanduhr. Arndt fragte sich, ob sie gleich wieder aufbrechen wollte. Vielleicht hatte sie auch noch eine andere Verabredung. Es war nach wie vor außerordentlich hell im Raum, obwohl durch die betagten Milchglasfenster inzwischen kaum noch Licht hereinfiel.

Er war ihr dankbar, als sie ziemlich schroff das Thema wechselte: „Wir sind nicht hierhergekommen, um uns über meine Befindlichkeiten zu unterhalten. Sie sagten, Sie hätten Angst. Wovor? Und wenn ich Sie richtig verstanden habe, glauben Sie, dass es mit meinem Mann zu tun hat."

„Ja, das hat mit Ihrem Mann zu tun."

„Erzählen Sie!"

„Er war vorgestern bei mir in der Sparkasse."

„Vorgestern?"

„Ja, am Morgen. Sagte, er müsste mich unbedingt sprechen."

„Hat er Ihnen den Grund genannt?"

„Nein, aber ich habe so eine Ahnung, worum es gehen könnte. Eine alte Geschichte. Sie liegt schon zwanzig Jahre zurück."

„Konnten Sie ihn denn gleich treffen?"

„Das war gar nicht so einfach. Am Nachmittag haben wir zweimal telefoniert. Aber am Telefon wollte Ihr Mann sich nicht erklären. Wir haben uns dann abends um acht an der Sylvesterkapelle verabredet. Meine Freundin wohnt ganz in der Nähe. Wenn ich bei ihr bin, gehe ich oft mit ihrem Hund noch einmal vor die Tür."

„Haben Sie Ihrer Freundin davon erzählt, dass Sie sich mit Hartmut verabredet hatten?"

„Nein, ich hatte Bedenken wegen dieser alten Geschichte. Ich wollte nicht, dass sie das weiß."

„Und die Polizei? Weiß die inzwischen von dem Treffen?"

„Nein, auch die nicht."

„Was ist dann passiert, als Sie zu dem Treffpunkt gingen?" Sie zögerte, unterbrach, was sie sagen wollte, hielt den Zeigefinger an die Lippen. „Halt, warten Sie."

„Was ist los?"

„Haben Sie nicht gehört? Da ist jemand, draußen auf der Treppe."

„Auf der Treppe? Ich habe nichts gehört."

„Ich kenne die Geräusche hier. Da ist jemand."

„Wirklich?"

„Ich kann die Ateliertür von innen nicht abschließen. Wem haben Sie gesagt, dass wir hier sind? Haben Sie Ihre Freundin angerufen?"

„Nein! Um Gottes willen! Niemand weiß das."

„Schnell", flüsterte sie, „kommen Sie! Gehen Sie hier hinein!"

Sie öffnete die Stahltür, die sich direkt hinter dem Eichentisch befand, schob ihn in einen finsteren Raum: „Kriegen Sie keinen Schrecken. Das Licht ist kaputt. Aber Sie können sich den Raum ertasten. An der Wand steht ein Bett. Legen Sie sich einfach drauf und bleiben sie still. Ich sehe nach, was draußen los ist."

Hinter ihm fiel die Tür zu. Es war wirklich stockfinster in dem Raum. Er tastete sich vorwärts, fand es aber schwierig, die Dimensionen eines Raums zu erschließen, wenn der Gesichtssinn nicht arbeiten konnte. Der Raum schien ihm eher klein zu sein. An der gegenüberliegenden Seite stand tatsächlich ein Bett oder eine Liege. Ein paar Decken lagen darauf. Eine Heizung gab es wohl nicht, jedenfalls war es kalt. Weitere Möbel befanden sich nicht in dem Raum. Auch an den Wänden hing nichts, soweit er die Flächen mit den Händen ertasten konnte.

Etwas widerwillig legte sich Arndt auf das Bett und hüllte sich in eine der Decken, die er dort vorgefunden hatte. Eine Art Kopfkissen war auch da. Es war ihm nicht angenehm, irgendein fremdes Bettzeug zu benutzen, von dem er nicht wusste, wie es aussah, ob es sauber oder schmutzig war. Aber was sollte er anderes machen? Jetzt hieß es warten, bis Klara Bodschwinna sich wieder melden würde. In dem Zimmer hing ein merkwürdiger Geruch, der nicht von den Farben im Atelier stammte. Es war ein scharfer, zugleich etwas modriger Geruch, der ihn an eine morastige Landschaft im Herbst erinnerte. So roch es manchmal, wenn es lange geregnet hatte. Es waren nicht nur die Decken, die den Geruch angenommen hatten. Der ganze Raum stank danach.

Unter der Stahltür sah er einen dünnen Streifen Licht, der von den Strahlern im Atelier stammte. Das hatte etwas Beruhigendes. Klara Bodschwinna war also noch in dem Atelier. Oder sie hatte das Licht angelassen, als sie nach draußen gegangen war, um nachzusehen, wer oder was die Geräusche verursacht hatte. Zu hören war nichts. Er wollte sich in Geduld fassen, es blieb ihm auch nichts anderes übrig.

Er dachte an Lisa und an seine Mutter. Beide würden in heller Aufregung sein, Lisa mehr als seine Mutter. Sicher hatten sie inzwischen mit seinem Chef bei der Sparkasse geredet. Seine Arbeitskollegen würden sich wundern, zumal Andreas Arndt immer die Zuverlässigkeit in Person gewesen war. Lisa musste am Abend selbst mit dem Hund gehen, was sie ungern tat, und seine Mutter dürfte die Königsberger Klopse inzwischen eingefroren haben, mit denen sie ihm seit Tagen gedroht hatte.

Natürlich würde da ein Zusammenhang mit Bodschwinnas Tod erkannt worden sein, dafür hatte sicher auch die Polizei gesorgt. Denn die Frauen hatten bestimmt den Kontakt zur Bochumer Polizei aufgenommen. Er war sicher als vermisst gemeldet worden, konnte sich allerdings gar nicht vorstellen, wie eine Vermisstenanzeige bearbeitet wurde. Wahrscheinlich suchte man schon nach ihm. Aber wo? Hier? Das war unwahrscheinlich. Niemand konnte wissen, dass er sich in einem Atelier in der Henrichshütte versteckte. Aber versteckte er sich wirklich hier? Ihm kam es aufgrund der veränderten Lage so vor, als würde er hier versteckt. Vielleicht hätte er sich gleich, nachdem er Bodschwinnas Leiche gesehen hatte, in die Obhut der Polizei begeben sollen. Das wäre allerdings nicht ohne peinliche Nachfragen abgelaufen. Eins war ihm inzwischen klar: Wenn da draußen auf dem weitläufigen Gelände der Hütte jemand war, der seine Witterung aufgenommen hatte, dann konnte es nicht die Polizei sein.

Arndt starrte dorthin, wo er die Decke vermutete. Wie viel Zeit war inzwischen vergangen? Eine halbe Stunde? Eine ganze Stunde? Sein Zeitgefühl war vollkommen ausgeschaltet. Es war unmöglich, die Zeiger seiner Armbanduhr zu erkennen. Das Handy mit dem beleuchteten Display lag wahrscheinlich immer noch bei Lisa auf der Fensterbank.

Was war nur mit Frau Bodschwinna? Warum kam sie nicht zurück? Er hatte ihr doch viel zu erzählen. Deshalb waren sie hergekommen. Das Wichtigste, die Erinnerung an diese alte Geschichte, hatte er ihr noch gar nicht gesagt. Er stützte sich auf seine beiden Arme, versuchte aufzustehen, indem er mit den Füßen den Boden ertastete. Da drüben musste irgendwo die Tür sein. Aber etwas war merkwürdig, denn dieser schmale Lichtstreifen unter der Tür war verschwunden. Was war in dem Atelier geschehen? Hatte Klara Bodschwinna das Licht ausgemacht, um selbst nicht gesehen zu werden? War sie noch draußen? Wer sollte dann das Licht gelöscht haben? Vorsichtig bewegte er sich vorwärts, bis er an der Tür war. In halber Höhe ertastete er den Griff. Der fühlte sich kalt an. Er drückte ihn herunter, aber es gab keinen Widerstand. Er lehnte sich gegen die Tür. Sie ließ sich nicht öffnen. Er war eingeschlossen.

52. Kapitel

Jochen Buchholz war aufs Tiefste enttäuscht, in der Seele verwundet. Wahrscheinlich hatte er alles falsch gemacht.

Am Morgen war Auffermann beerdigt worden. Es war eine klägliche Veranstaltung gewesen. Aber wie sollte es auch anders sein unter diesen Umständen. Auf dem Friedhof an der Stiepeler Straße hatte Buchholz gefroren, denn er hatte in seinem Kleiderschrank zwar seinen Parka, aber keinen Wintermantel gefunden, der zu dem Anlass gepasst hätte. Daher war er im Anzug am Grab erschienen, nur einen Schal hatte er sich um den Hals gewickelt. Ein kalter Wind war über die Gräber gezogen, hatte Blumen vom Nachbargrab herüber geweht und durcheinander gewirbelt. Buchholz war der einzige Außenstehende gewesen, den Ulrike Auffermann zu der Beisetzung eingeladen hatte. Auch Klara Bodschwinna war nicht da, was ihn verwunderte. Wahrscheinlich war sie wieder einmal abgetaucht und auch für ihre Freundin nicht erreichbar. Alle anderen, die an der Beisetzung teilgenommen hatten, gehörten zur Familie; außer der Witwe und den Kindern kannte Buchholz niemanden.

Der Friedhof war ihm vertraut. Weiter unterhalb lag die Grabstätte seiner Frau, und im Nachbargang hatten sie vor zwei Jahren einen Freund aus der Kosterstraße begraben.

Der Pfarrer hatte in seiner knappen Würdigung des Verstorbenen versucht, ein bisschen Trost zu spenden. Aber man konnte an seinem Gesicht ablesen, dass er selbst nicht daran glaubte. Da lag jetzt Christoph Auffermann, und es würde nichts mehr kommen. Sein Dasein war beschlossen worden, ohne dass man ihm eine besondere Bedeutung abgewinnen konnte. Es war schon ein seltsames Schicksal, irgendwo im Dreck der Erde vergraben zu werden. Mit einem Kasten drum herum, der aber über kurz oder lang nicht verhindern würde, dass die Würmer sich der fleischlichen Überreste, die dort versenkt worden waren, bemächtigten. Am Ende würde nichts mehr übrig bleiben, nur der Wind würde weiter über dieses öde Feld wehen, ohne Sinn und Verstand.

Nach der Beerdigung hatte Ulrike ihn gebeten, noch auf eine Tasse Kaffee in den Löwenzahnweg zu kommen, aber er hatte abgelehnt. Es wäre ihm peinlich gewesen, sich unter die ihm fremden Verwandten, die Eltern, Vettern und Cousinen zu mischen, die ihm alle zeigen würden, dass er eigentlich nicht dazu gehörte. Stattdessen hatte er Ulrike Auffermann für den Abend in ein Hattinger Restaurant zum Essen eingeladen, denn die Verwandten wollten allesamt noch am Nachmittag die Heimfahrt antreten. Das hatte sie ihm beim Abschied gesagt, und er hatte diesen Hinweis in seinem Sinne gedeutet. Ulrike war etwas zögernd darauf eingegangen, hatte die Kinder gefragt, ob sie etwas dagegen hätten. Das war aber nicht der Fall. Also wollte Buchholz sie gegen halb acht abholen.

Sie waren nach Hattingen gefahren, zu Diergardts in den ‚Kühlen Grund'. Erst als sie dort ankamen, war Buchholz aufgefallen, dass eine Einladung in den ‚Kühlen Grund' eventuell als unpassend empfunden werden konnte, aber Ulrike Auffermann sah das wohl nicht so. Sie wirkte vielmehr erleichtert, weil mit ihrer Ankunft in dem Restaurant die Strapazen dieses Tages allmählich von ihr abzufallen schienen.

Buchholz hatte als Aperitif einen Riesling-Sekt bestellt. Als Vorspeise gab es Hummerkrabben im Tempurateig. Ulrike war gesprächig, ein bisschen aufgedreht, wie ihm schien. Hatte Sie eine Ahnung gehabt von seinen Wünschen? Das hatte er sich hinterher gefragt. Weil Buchholz Ulrikes Geschmack kannte, hatte er Kalbs-Tafelspitz mit einer grünen Sauce bestellt, hinterher Eis mit heißen Amaretto-Kirschen. Sie tranken einen Weißburgunder, der gut gekühlt war und die Seele leicht machen sollte. Das war die Idee gewesen.

Sie sprachen noch einmal über die Beerdigung. Ulrike informierte Buchholz über die Angehörigen, die dagewesen waren. Unter ihnen schien niemand zu sein, den sie länger als nötig bei sich haben wollte. Wahrscheinlich wussten das auch die Verwandten.

„Du weißt, warum ich dich eingeladen habe?" hatte er ziemlich abrupt das Thema gewechselt.

Sie hatte ihn angesehen: „Nein, im Gegenteil. Ich war überrascht."

„Du weißt es wirklich nicht?"

Sie hatte gelächelt, was ihm wie eine Einladung erschienen war: „Du musst mir schon sagen, was du auf dem Herzen hast."

„Ich möchte dir nahe sein", hatte er gesagt.

„Was meinst du? Wir sind uns doch nahe."

„Näher als bisher."

Ulrike Auffermann hatte ihn ungläubig angesehen: „Ich weiß jetzt nicht, ob ich das richtig verstanden habe."

„Doch, das weißt du."

„Nein, wirklich nicht."

„Das musst du auch schon länger wissen."

Ulrikes Gesichtsausdruck hatte sich spürbar verhärtet. Das Lächeln war verschwunden: „Du willst mir nicht sagen, dass deine Hilfsbereitschaft, mit der du uns seit Jahren überschüttet hast, einen ganz anderen Grund hatte. Jedenfalls nicht den, uns zu helfen."

„Natürlich wollte ich euch helfen, dir wollte ich helfen", hatte er geantwortet.

„Das habe ich nicht gewusst."

„Glaubst du, ich hätte mich sonst von Christoph so herumkommandieren lassen, wie er es regelmäßig getan hat?"

Ulrike Auffermann hatte sich erhoben, ihren Wein stehen gelassen und war nach draußen gegangen. Buchholz hatte schnell bei dem überraschten Ober bezahlt und war ihr gefolgt. Sie stand draußen auf dem Parkplatz, neben dem Auto, und schien zu frieren.

„Meinst du nicht, dass dein Verhalten ein bisschen deplatziert ist? Besonders am heutigen Tage?" hatte sie ihn gefragt.

„Ich liebe dich, Ulrike, habe dich immer geliebt, solange ich dich kenne."

Sie war gar nicht darauf eingegangen, hatte nur gesagt: „Bring mich bitte nach Hause. Ich möchte zu meinen Kindern."

Während der kurzen Heimfahrt hatten sie geschwiegen. Jetzt standen sie vor dem Haus im Löwenzahnweg. Buchholz öffnete ihr die Wagentür, versuchte aber nicht, ihr beim Aussteigen behilflich zu sein.

„Mach's gut, Jochen!" sagte Ulrike, und das klang wie ein Abschied für immer.

Als Buchholz den Wagen anließ, war sie schon im Haus verschwunden. Er fragte sich, was er alles falsch gemacht hatte. Es konnte nicht nur der Zeitpunkt sein, den er nicht richtig gewählt hatte. Er hatte Ulrikes Verhalten, ihre Vertrautheit wohl immer missdeutet. Er erinnerte sich an die vielen kleinen Liebesdienste, die er eigentlich nur ihr zugedacht hatte, erinnerte sich, wie sehr er sich im Grunde gefreut hatte, als er von Auffermanns Verhältnis mit Martina Kröger erfahren hatte. Es war alles umsonst gewesen.

Und zu allem Überfluss war er noch mit ihr in den ‚Kühlen Grund' gefahren, hatte sich so viel davon versprochen. Wie töricht war er gewesen, gleich am Tag der Beerdigung aktiv zu werden. Aber er wusste jetzt, was er erwarten konnte, oder besser, was er nicht erwarten durfte. Im Musikunterricht der Realschule hatten sie das Lied ‚In einem kühlen Grunde' gesungen. Der Text stammte von dem Dichter Eichendorff, das hatte er sich gemerkt. In diesem Lied ging es auch um eine Liebe, die verschwunden war. Beim Singen hatte er manchmal Tränen in den Augen gehabt. Er kannte noch heute alle Strophen. In der letzten Strophe hieß es: ‚Ich möcht am liebsten sterben, da wär's auf einmal still'.

53. Kapitel

Erich Rogalla saß in seiner Wattenscheider Wohnung, zappte mit der Fernbedienung durch die Fernsehlandschaft und machte sich düstere Gedanken. Auf dem Tisch standen eine leere und eine angebrochene Flasche Fiege-Pils. Wenn Ingrid nicht im Hause war, konnte er wenigstens aus der Flasche trinken. Diesmal war es keine Schulkonferenz, sondern der Elternstammtisch, der sie noch am Abend aus dem Hause trieb, hatte sie jedenfalls gesagt. Rogalla war es egal, die Leberwurstbrote konnte er sich, wenn es drauf ankam, auch selber schmieren.

Er drückte, zunehmend genervt, auf dem Apparat herum. Um die Privaten machte er erst mal einen Bogen. Im WDR lief irgendein Kriminalreport, auf Bayern 3 gab es rund um den Tegernsee ‚Kein schöner Land' und auf 3SAT präsentierte man die Wiederholung des ‚Satire Gipfel', der auch nicht mehr das bot, was Dieter Hildebrandts ‚Scheibenwischer' mal gewesen war. Dann kamen auch die Privaten dran. Aber auf RTL wurde schon wieder mit dem sanften Neid der Zuschauer kalkuliert, denn dort suchte man zum tausendsten Mal einen Millionär, und auf SAT 1 ermittelte der ‚Letzte Bulle'. Wie sinnig, dachte Rogalla und drückte das Bild endgültig weg. Nachher konnte er ja noch mal einschalten, da würde im Ersten oder Zweiten eine Talkshow kommen, ‚Hart aber fair' mit Frank Plasberg, aber das war ja gestern gewesen, also nebenan Maybrit Illner, die Allzweckwaffe des ZDF. Er wusste nie ganz genau, was wann kam, brachte die Sendungen durcheinander.

In der Küche schmierte er sich das dritte Leberwurstbrot. Er wusste, dass Ingrid ihn beschimpfen würde, weil er die anderen Dinge, die sie gekauft hatte, nicht anrührte. Aber wenn er einmal mit Leberwurst angefangen hatte, dann blieb er dabei.

Am Nachmittag war er mit Sabrina Melies bei der Mutter von Andreas Arndt, der Mutter des verschwundenen Dichters, gewesen. Brenner hatte ihn darum gebeten, hatte ihm mitgeteilt, dass noch eine Besprechung mit seiner Profilerin anstand. Allerhöchste Priorität natürlich. Wahrscheinlich musste sie rechtzeitig zum Fußballtraining zu Hause sein. Also war Rogalla mit der munteren Praktikantin losgezogen, die sich gefreut hatte, dass sie wieder mitfahren durfte. Gerda Arndt hieß die Mutter des Dichters. Sie lebte in einer geräumigen Wohnung hinter dem Bochumer Bahnhof.

„Glauben Sie, ich hätte meinen Sohn hier versteckt?" hatte Frau Arndt gefragt. „Sehen Sie mal zu, dass Sie ihn finden!"

Eine energische Frau war das, groß und ein wenig krumm gewachsen, vielleicht wegen der Jahre, die sie auf dem Buckel hatte. Sie beklagte sich, dass sie seit drei Tagen für ihren Sohn gekocht hätte, und der Herr sei nicht erschienen. Ob sie Hunger hätten, dann könnten sie gleich was bekommen. Ein Gericht aus ihrer Heimat, Königsberger Klopse, hätte sie im Angebot und ob sie überhaupt wüssten, was das wäre. Sie hatten dankend abgelehnt, hatten nach Auffermann und Lewinski gefragt, aber Frau Arndt konnte mit diesen Namen nichts anfangen.

Als Sabrina sie zweifelnd ansah, sagte sie: „Das können Sie mir ruhig abnehmen, junge Frau. Mein Gedächtnis funktioniert noch ausgezeichnet."

Während sie das sagte, hatte sie wie zur Bestätigung mit der Faust an ihren Schädel geklopft. Sabrina hatte sich entschuldigt, hatte gesagt, sie glaube ihr aufs Wort. Und viel mehr war aus dem Besuch bei der alten Dame nicht herausgekommen. Nur dass Frau Arndt noch eine Spitze gegen Lisa Balke losgelassen hatte: „Vielleicht liegt er bei seiner Freundin unterm Bett. Bei der verkriecht er sich immer, wenn er es bei seiner Mutter nicht mehr aushält. Ich hoffe nur, dass mir niemals so eine Schwiegertochter blüht."

„Warum nicht?" hatte Rogalla gefragt.

„Na, gucken Sie sich die Lady doch mal an, junger Mann! Dann wissen Sie aber ganz genau, wohin die gehört."

„Nämlich?"

„Allerhöchstens in einen Frisiersalon."

Das war also nichts gewesen. Von Lisa Balke hatte er im Übrigen einen ganz anderen Eindruck als die strenge Gerda Arndt aus Königsberg. Er nahm der Sprechstundenhilfe ab, dass sie wirklich keine Ahnung hatte, in welche Sache ihr Freund verwickelt war und dass sie sich ernsthaft Sorgen um ihn machte. Außerdem war da noch diese Anzeige gegen Dr. Kröger, ihren Chef. So etwas imponierte ihm. Dass Lisa Balke verdammt hübsch war, konnte man ihr nicht zum Vorwurf machen.

Er setzte sich in seinen Sessel, griff zu den Tageszeitungen. In der WAZ und in den Ruhr-Nachrichten hatten die Redakteure jeweils Bilder von Wölfen aufgetrieben. Wahrscheinlich hatten sie die irgendwo im Internet gefunden und dann ein bisschen verändert, um rechtlich auf der sicheren Seite zu sein. Der Polizei wurde in den Berichten der Vorwurf gemacht, zu lange mit der Wahrheit hinter dem Berge gehalten zu haben, was ja nicht ganz verkehrt war. Aber das hatten andere zu verantworten. Allerdings ging es den Redakteuren wohl eher um die Sensation als um die Wahrheit. Auf der anderen Seite gab es eine Menge Wahrheiten, an denen nicht zu deuteln war, die aber aus Sicht der betreffenden Redaktionen keineswegs als berichtenswert erschienen. Zum Beispiel, dass die Herkunft dieser ominösen Knöchelchen im Weitmarer Schlosspark immer noch ungeklärt war und dass die Journalisten ihren Spaß an dieser Knochengeschichte längst verloren hatten, weil sie jetzt Wölfe jagten.

Eigentlich nervte es ihn, dass er hier in seinen vier Wänden saß und an seinen blöden Job dachte, also an die Dinge, die irgendwie als unerledigte Tagesreste nachgeblieben waren und die sich deshalb irgendwo in seinem Hinterkopf festgekrallt hatten. Früher war es ihm erheblich leichter gefallen, mit dem Feierabend auch den Fall beiseite zu legen und ihn erst am nächsten Morgen wieder herauszukramen. Dass es jetzt anders war, konnte nur eine Alterserscheinung sein.

Oder war es doch ganz anders? War es womöglich dieser besondere Fall, der ihm mehr zu schaffen machte als frühere Fälle? Das konnte eigentlich nicht sein. Da war schließlich vor ein paar Jahren die Geschichte mit seinem verstorbenen Neffen gewesen, die ihm erheblich zugesetzt hatte. Vielleicht lagen seine Probleme eher in den Umständen begründet, unter denen er arbeiten musste. Der PP, mit dem er ansonsten wenig zu tun hatte, weil das Brenners Aufgabe war, kannte nicht einmal seinen Namen. Oder er tat so, als ob er ihn nicht kannte. Pofalla hatte er ihn zweimal genannt. Was das nun sollte!

Und dann war da ja noch sein alter Freund und Kollege Klaus Brenner, der sich kürzlich eine flotte Profilerin angelacht hatte. Es war gar nicht so lange her, da war Rogalla noch Trauzeuge bei Brenners Hochzeit gewesen, obwohl Marie im Grunde nie sein Fall gewesen war. Wie ein Mitglied der Familie hatten sie ihn behandelt. Und jetzt? Seit Lena Rieken im Kommissariat mitregierte, fühlte sich Rogalla höchstens noch als fünftes Rad am Wagen. Immer wenn die Dame vom Niederrhein etwas sagte, dann lauschte der Kollege Brenner mit ganz großen Hasenohren. Als ob die Profilerin ein neues Evangelium zu verkünden hätte. Dabei arbeitete sie mit nichts anderem, als ihrem gesunden Menschenverstand. Wenn er denn überhaupt gesund war.

Das Ganze hatte auch noch eine grundsätzliche Seite, unabhängig von den persönlichen Motiven. Rogalla waren immer schon erhebliche Zweifel an dem gekommen, was Psychologen zu vermelden hatten. Das war selten mehr, als was man sich ohnehin an fünf Fingern abzählen konnte. Und Brenner fiel auch noch darauf rein. Aber vielleicht hatte sein Interesse an der Profilerin auch damit zu tun, dass sie in ihrem Privatleben Fußball spielte. Das hatte gerade noch gefehlt. Rogalla fand Frauenfußball zum Kotzen.

54. Kapitel

Lena Rieken hatte die letzte Nacht schlecht geschlafen. Nach Hause zu kommen und den Job und die Gedanken daran an der Tür abzustreifen, gelang ihr nicht. Den Tag nach dem Besuch im Wolfscenter hatte sie als bedrückend empfunden, wobei die wenigen, kurzen Begegnungen mit einem schlecht gelaunten Rogalla noch am leichtesten zu ertragen waren. Sie spürte, wie die Erwartungen, die man an sie als Fallanalytikerin stellte, größer geworden waren. Der Druck der Öffentlichkeit war gestiegen. Die Zeitungen waren voll von dem seltsamen Geschehen in Bochum und erwarteten zum Schutz der Bevölkerung eine rasche Lösung des Falles. Sie stellte diese Erwartungen auch an sich selbst, kam sich aber vor, als liefe sie im Kreis und jage ein Phantom.

Brenner schien es nicht anders zu gehen. Er war schweigsam geworden, in sich gekehrt. Das Gespräch mit dem Polizeipräsidenten nahm er zwar nicht unbedingt ernst, so hatte er es ihr gegenüber behauptet, aber das Gefühl, in dem Fall nicht weiter zu kommen, diese drohende Erfolglosigkeit bei gleichzeitig wachsendem öffentlichen Druck mochte auch ihm auf die Nerven gehen. Kommissar zu sein konnte man nicht wie irgendeinen Bürojob ablegen. Die Verantwortung nahm man mit in den Schlaf.

So jedenfalls war es bei ihr gewesen. Erst gegen fünf war sie in eine traumlose Phase geglitten, aus der sie wie mit Blei beschwert erwacht war. Da war es schon hell, und die Turmuhr von St. Quirinus hatte neunmal geschlagen. Normalerweise hatte sie kein Problem damit, nach dem Löschen des Lichts sofort einzuschlafen.

Immer wieder hatte sie auch an den Indianer denken müssen, an den Lakota, von dem Dr. Catarina Candeira erzählt hatte, und sie musste auch an die Verhaltensforscherin selbst denken. Es war nicht zu übersehen gewesen, dass sie gegenüber Brenner distanziert war, ihn manchmal sogar zu ignorieren schien, während sie sich ihr mit mehr Interesse zugewandt hatte. Das war besonders am Ausdruck der Augen deutlich geworden. Manchmal war er abweisend, teilnahmslos, schien durch einen hindurchzugehen, als sei man aus Glas, dann aber wieder konnte eine Wärme aufscheinen, die Sympathie und Anteilnahme bekundete. Die erste Art des Blicks war meistens Brenner zuteil geworden, die zweite ihr. Und manchmal auch schienen die Augen denen des Wolfes zu ähneln, der auf dem Kalender hinter ihr abgebildet war. Was kein Wunder sein mochte, wenn sie so lange mit Wölfen gelebt hatte. Man konnte dieses Phänomen gelegentlich bei dem Gespann von Herr und Hund beobachten. Im Laufe der Jahre stellten sich Ähnlichkeiten ein wie bei einem älteren Ehepaar.

Und dann war da noch etwas gewesen, über das sie lange gegrübelt hatte. Eine Art Déjà-vu. Da war etwas, was ihr in dem Raum der Verhaltensforscherin vertraut vorgekommen war. Aber sie wusste nicht, was. Die Spur war zu blass, vage, diffus. Wie ein Nebelstreif. Vielleicht täuschte sie sich auch, und es war nichts als eine Stimmung gewesen, die einfach an dem Ort lag, daran, dass sie es mit einem Wolf zu tun hatten, jenem Tier, von dem sie so intensiv geträumt hatte.

Um halb zehn rief sie Brenner an, um ihm mitzuteilen, dass sie erst gegen Mittag eintreffen werde. „Lassen Sie sich Zeit", hatte er gemeint. „Oder machen Sie sich meinetwegen zu Hause Gedanken. Sie müssen ja nicht mit uns zusammen Däumchen drehen. Von Arndt gibt es immer noch keine Spur. Hinweise aus der Bevölkerung führen ins Nichts. Wir treten im Moment auf der Stelle."

Sie ließ sich Zeit, bummelte in den Vormittag hinein, trank Kaffee, die bleierne Schwere des späten Schlafs verschwand. Der Nebel vor dem Küchenfenster lichtete sich, stieg hoch, dann kamen endlich einmal wieder die Strahlen der Sonne. Sie traf noch keine Vorbereitungen für die Fahrt nach Bochum, trug einen bequemen Jogging-Anzug, wie sie ihn beim Fußballtraining anhatte. Der Gang zum Kleiderschrank, um die Garderobe für den Tag auszusuchen, konnte warten. Wahrscheinlich würde sie Brenners Rat befolgen und zu Hause bleiben. Auch hier konnte sie zu dem Fall recherchieren und, wie der Kommissar es ausgedrückt hatte, sich Gedanken machen.

Gegen zwölf ging sie mit dem Kaffee in ihr Arbeitszimmer, fuhr den Computer hoch. Sie war zwar schon gestern auf der Website von Andreas Arndt gewesen, aber sie wollte sich alles noch einmal durchlesen, Wort für Wort, und dann auch noch einmal seine Fotogalerie betrachten. Beim zweiten Hinsehen fiel einem manchmal mehr auf.

Auf der Startseite begrüßte sie neben dem üblichen ‚Willkommen!' das Zitat eines anderen Dichters. „Die Literatur hat die Realität mit Hilfe von Gegenbildern, von Utopien, erst einmal als die grässliche Bescherung sichtbar zu machen, die sie tatsächlich ist." ‚Nicolas Born' stand in Klammern darunter. ‚Das Auge des Entdeckers'.

Was die eigene Realität betraf, war Arndt mit Auskünften geizig. Wo andere ihr ganzes privates Leben ausbreiteten, von der Urgroßmutter bis zur Hauskatze, weil sie nichts anderes hatten, stand bei Arndt nichts. Dass er in einer Sparkasse arbeitete, kam nicht vor. Das passte nicht zu einem Lyriker. Wohl aber die Preise, die er erhalten hatte. Einige Namen sagten ihr nichts. Wie zum Beispiel ‚Mauersegler-Lyrikpreis'. Andere aber waren bekannt. ‚Förderpreis des Westdeutschen Rundfunks' oder zweiter Platz ‚Heine-Preis der Stadt Düsseldorf'. Arndt musste also einiges Gewicht haben, gehörte nicht zu den Dichtern, die ihre Umgebung mit Versen aus dem Selbstverlag überschütteten.

Als sie das Gästebuch anklickte, stutzte sie. Da stand zuoberst ein Eintrag, den es gestern noch nicht gegeben hatte. Als Name des Absenders war in großen Buchstaben angegeben ALBA. Der Eintrag selbst war merkwürdig, klang wie eine Ankündigung, eine Drohung: „Nur der Tod sühnt die Tat. Der Tag der Gerechtigkeit ist angebrochen."

Sie fragte sich, ob Arndt diesen Eintrag selbst autorisiert hatte oder ob jeder, der wollte, sich in seinem Gästebuch verewigen konnte, eventuell mit einem gewissen Zeitverzug. Natürlich war es möglich, dass jemand anders die Homepage verwaltete, Arndts Verlag oder eine Agentur. Der Eintrag war auf den heutigen Tag datiert, er war um 11 Uhr 43 in der Homepage erschienen. Falls Arndt den Eintrag tatsächlich selbst zugelassen hatte, dann saß er vielleicht irgendwo an einem Computer und schnüffelte in seiner Homepage herum.

Sie klickte auch die Fotogalerie noch einmal durch, wo Arndt Bilder von seinen Lesungen eingestellt hatte. Und da erinnerte sie sich plötzlich, was ihr bei Dr. Catarina Candeira vertraut vorgekommen war. Sie schloss Arndts Website, gab eine andere Adresse in die Leiste ein, begann zu klicken und zu scrollen. Sie hatte sich nicht getäuscht. Das Déjà-vu war echt gewesen.

Hastig kleidete sie sich an, achtete nicht auf eine besondere Garderobe, griff sich die nächstbeste Jeans, einen schwarzen Pullover, streifte sich Schuhe über die Wollsocken, die sie gerade an hatte, schlüpfte in die Lederjacke, die im Flur am Garderobenhaken hing und eilte zu ihrem Wagen. Die Turmuhr von St. Quirinus schlug zweimal. Auf der Fahrt rief sie Brenner an: „Ich glaube, ich habe eine wichtige Spur. In einer Stunde bin ich da."

Mehr verriet sie nicht, weil sie sich der Bedeutung ihrer Entdeckung selbst nicht sicher war.

55. Kapitel

Brenner war an diesem Tag einsilbig, wortkarg, murmelte manchmal etwas vor sich hin, was niemand verstand, begnügte sich, auf Fragen meist mit einem Kopfschütteln oder Kopfnicken zu antworten, je nachdem, ob ein „Nein“ oder ein „Ja“ gegeben werden konnte. Oft beließ er es auch bei einem Achselzucken, wenn er etwas nicht wusste. Die Frage, ob es eine neue Spur gäbe, wurde ihm von den Kollegen im Präsidium bei jeder Begegnung gestellt. Der Kommissar war genervt und wirkte so, als würde er bald freiwillig zur Verkehrspolizei gehen. Die hatten es seiner Meinung nach einfacher. Dort erkannte man die Täter am Nummernschild.

Der Druck der Öffentlichkeit belastete ihn mehr als ihm lieb war. Einige seiner Eindrücke mochten auf Einbildung beruhen. So hatte er zum Beispiel das Gefühl, manche Kollegen würden ihn nicht anlächeln, sondern angrinsen und dabei denken: Wann findet der Trottel den Täter denn endlich? Er konnte jetzt nachfühlen, wie es beim Fußball einem Stürmer erging, bei dem die Minuten gezählt wurden, seit denen er nicht mehr getroffen hatte. Was die Medien betraf, so wurde der Bochumer Fall auch am zweiten Tag nach der Pressekonferenz wieder in den Zeitungen ausgebreitet und nicht nur da.

Einer von den privaten Fernsehkanälen hatte sich darauf gestürzt und eine Reportage zusammengezimmert, die gestern Abend in den Spätnachrichten noch gesendet worden war. Sie hatten die Tatorte gefilmt, Sequenzen eingeblendet, die zeigten, wie sich Wölfe in der Bundesrepublik neue Reviere eroberten. Dazu schien auch Bochum zu gehören. Wer bis jetzt die Stadt tief im Westen nicht kannte, dem wurde sie als Heimat für neue Wolfsrudel ein geläufiger Begriff. Der Wolf von Bochum hatte sich die Schlagzeilen erobert und sogar das aktuelle politische Geschehen verdrängt. Statt auf Seite eins ein Bild der Kanzlerin zu finden, war Brenner beim Frühstück auf einen Wolf gestoßen, bei dessen Auswahl man nicht zimperlich gewesen war. Das Tier bleckte die Zähne und sah hungrig aus. Eine gewisse Nervosität hatte sich schon über die Stadt gelegt.

Man traf seltener Spaziergänger in den Parks, die Straßen waren abends leerer und die Verkaufszahlen für Pfefferspray in die Höhe geschnellt. Wer tagsüber seinen Hund ausführte, war vor prüfenden Blicken nur dann sicher, wenn das Tier nicht größer als ein Dackel war. Und an den Stammtischen wurden alte Gruselmärchen wieder ausgepackt. Der Wolf klaute Kinder, lauerte einem an Straßenecken auf und konnte mit verstellter Stimme reden.

Der erste Hinweis aus der Bevölkerung, dem Rogalla mit der Praktikantin nachgegangen war, hatte sich als Niete erwiesen. Der angebliche Wolf war ein in die Jahre gekommener, grauer Schäferhund, der ausquartiert worden war, weil er, wie sein Besitzer es ausdrückte, „nur noch fusselte". Im Laufe des Tages waren zwölf weitere Meldungen eingetroffen, denen die Kommissare aber nicht mehr nachgingen, sondern die sie den Kollegen von der Sonderkommission überließen. Auch diese Hinweise hatten sich als Irrläufer herausgestellt. Es handelte sich um alle möglichen Varianten aus der Familie der canidae, nur nicht um das gesuchte Exemplar canis lupus. Man hatte Schäfer- und Schlittenhunde entdeckt, zwei Pyrenäenberghunde und war in einem Fall auf einen brasilianischen Kurzohrfuchs gestoßen, der jämmerlich fror und dessen Besitzer wegen unerlaubter und auch nicht artgerechter Haltung angezeigt wurde.

Gegen drei Uhr hatte Lena Rieken das Präsidium erreicht, traf sich in ihrem Beratungsraum mit Brenner und Rogalla. Sabrina Melies war nicht dabei. Sie half Handzettel zu verteilen, mit denen Brenner nach Arndt suchen ließ.

Die Profilerin fuhr ihren Laptop hoch, ging auf die Website von Klara Bodschwinna, dort in die Fotogalerie, klickte rasch ein paar Bilder durch. Bei einem stoppte sie, ließ es auf dem Monitor stehen. Es war das Bild, das sie ‚Schmetterlinge um Kakteen' genannt hatte. Auf der Website von Klara Bodschwinna hatte es keinen Namen. Da war nur angegeben ‚ohne Titel'. Bei allen Bildern war die Künstlerin so verfahren und hatte es in einer Art Manifest auf ihrer Homepage erklärt: „Titel legen den Betrachter fest! Darauf verzichte ich."

„Ausgezeichnet, Frau Rieken!“ sagte Brenner. „Danke! Dieses Bild hängt bei Frau Candeira im Büro. An einen Zufall kann ich nicht glauben. Jetzt hat auch die Information von Buchholz ein anderes Gewicht.“

Gemeint waren jene Sätze über Klara Bodschwinna, als Brenner und Rogalla den Werkmeister in der Orchideenhalle gefragt hatten, ob er die Künstlerin ab und zu in ihrem Atelier besuche. Sie seien ja Nachbarn. „Nein“, hatte Buchholz angegeben. „Sie taucht oft ab für eine oder zwei Wochen. Kein Telefon, nichts, keinen Kontakt. Fragen Sie Herrn Bodschwinna. Selbst für den ist sie unerreichbar.“ Und dann hatte er auf Brenners Nachfrage, wohin sie denn abtauche, geantwortet: „Irgendwo im Norddeutschen. Da hat sie eine Kate oder Hütte gemietet und brütet über ihrer Kunst.“ Übte sich Klara Bodschwinna in der Kunst, einen Wolf zu dressieren?

Über die Bedeutung von ALBA, jenem Namen in Arndts Gästebuch, das Lena Rieken ihnen anschließend zeigte, rätselten sie eine Zeit lang. Das Wort kam aus dem Lateinischen, bedeutete ‚die Weiße'. Weiß war die Farbe der Unschuld, der Reinheit. ‚Nur der Tod sühnt die Tat!' Wollte der Verfasser oder die Verfasserin damit zu verstehen geben, dass der Tod reinwäscht?

„Möglich“, meinte die Kommissarin. „Aber es gibt noch eine andere Bedeutung. Ich hatte in der Schule Spanisch. Grundkurs zwar nur, aber etwas ist hängen geblieben. ‚Alba' ist das spanische Wort für Morgendämmerung. Dann passt der Name zu dem Satz ‚Der Tag der Gerechtigkeit ist angebrochen.' Vielleicht hat Arndt das selber eingetragen als Bekennerbotschaft. So etwas finden wir manchmal bei Tätern.“

„Warum sollte Arndt das tun?“ wandte Rogalla ein. „Und vor allem: für wen?“

„Es könnte, wie gesagt, eine Botschaft sein. Dichter hassen Anonymität und lieben das Bekenntnis.“

Rogalla schüttelte den Kopf. „Überzeugt mich nicht. Das sind Großbuchstaben. Könnte auch die Abkürzung für die Opfer sein. Auffermann, Lewinski, Bodschwinna. Arndt wäre dann das vierte. Der ist untergetaucht, weil er Angst hat.“

„Wissen wir doch nicht!" sagte Brenner. „Arndt kann beides sein, Täter oder Opfer."

„Richtig", meinte Lena Rieken und ging zu ihrer Tafel, wo zu den beiden schwarzen Magneten ein dritter mit der Aufschrift HB für Hartmut Bodschwinna hinzugekommen war. An der Tafel waren noch Wischspuren zu sehen von den Planspielen, die sie zu den Beziehungen der Figuren gemacht hatte. Sie entnahm einer Schachtel einen roten Magneten, beschriftete ihn mit AA für Andreas Arndt, setzte ihn an die Spitze einer Pyramide, wo vorher Jochen Buchholz gestanden hatte.

„Angenommen, Arndt ist der Täter", sagte sie. „Dann hat er sich an den Dreien für irgendetwas gerächt, hat sich danach abgesetzt und von einem Internetcafé aus den Eintrag ins Gästebuch geschrieben. Als Botschaft, als Bekenntnis unter dem Namen ALBA. Bei der Version bleiben aber ein paar Fragezeichen. Er hat die Wohnung seiner Freundin mit einem Hund verlassen. Den kann er unterwegs kaum gegen einen Wolf tauschen. Er muss also mit jemandem zusammen gearbeitet haben. Mit wem? Klara Bodschwinna und Catarina Candeira müssen sich übrigens nicht unbedingt kennen. Das Bild kann ja über Arndt in Candeiras Büro gekommen sein. Arndt kennt die Bodschwinnas gut."

„Nicht nur über Arndt. Buchholz ist auch eine Möglichkeit", warf Rogalla ein, der unzufrieden schien, dass die Profilerin den Werkmeister aus dem Kreis der Verdächtigen entfernt hatte.

Brenner winkte ab, stand auf. „Spekulation! Wir müssen Frau Bodschwinna befragen. Kann sie uns die Geschichte mit dem Bild nicht erklären, bleibt uns nichts anderes übrig als eine weitere Fahrt ins Emsland. Seien Sie mir bitte nicht böse, Frau Rieken, wenn ich das Planspiel hier unterbreche. Aber ich habe das Gefühl, die Zeit drängt."

Es war ein paar Minuten nach vier, als Brenner und Rogalla das Präsidium verließen. Die Dämmerung kündete sich bereits an. In den Fenstern des Gebäudes brannten die ersten Lichter. Am westlichen Horizont zeigte sich ein Streifen von tiefem Rot. In einer halben Stunde würde es dunkel sein.

56. Kapitel

Wie lange saß er jetzt schon in seinem Gefängnis? Waren es fünf oder sechs Stunden? Vielleicht zehn? War es ein halber oder ein ganzer Tag? Er wusste es nicht. Auch nicht, ob es draußen noch dunkel oder schon wieder hell war. Andreas Arndt hatte in dem finsteren Verlies, in dem Klara Bodschwinna ihn zurückgelassen hatte, das Gefühl für die Zeit verloren.

Einmal war für einen kurzen Moment wieder der Streifen Licht unter der Tür erschienen. Da hatte wohl jemand für ein paar Sekunden das grelle Licht in dem Atelierraum angemacht, war dann aber wahrscheinlich wieder hinausgegangen und hatte auch wieder auf den Schalter gedrückt. Wer mochte das gewesen sein? Klara Bodschwinna? Hatte sie ihn hier absichtlich eingesperrt? Er glaubte das eigentlich nicht. Was sollte sie gegen ihn haben? Sie kannten sich seit ewigen Zeiten, hatten einander zumindest respektiert. Und von dieser alten Sache hatte ihr niemand etwas erzählt, da war er sicher.

Oder war sie vielleicht von irgendjemandem gezwungen worden, ihn erst einmal hierher zu locken? Um ihn dann später hinzurichten, wie die anderen auch? Denn nach einer Hinrichtung hatte das ausgesehen, was er im Weitmarer Schlosspark wahrgenommen hatte.

Aber das schien ihm alles kaum plausibel. Wahrscheinlicher war, dass ein fremder Besucher oder dass eventuell mehrere Leute Klara gekidnappt hatten, als sie nach draußen gegangen war, weil sie dieses Geräusch gehört hatte. Dann hatte man sie einfach gezwungen mitzukommen. Vielleicht hielt man sie selbst an einem entlegenen Platz gefangen, aus welchen Gründen auch immer. Ihr Mann war tot. War sie jetzt in Sippenhaft genommen worden für etwas, das ihr Mann zu verantworten hatte? War sie vielleicht auch schon tot?

Er stellte sich vor, dass außer Klara Bodschwinna niemand von ihm wusste. Wenn man sie irgendwo gefangen hielt, dann hatte sie womöglich gar nichts verraten, ihren Entführern nicht mitgeteilt, dass sie Arndt in diese dunkle Kammer gelotst hatte. Wenn sie aber tot war, dann würde er in seinem zweifelhaften

Versteck jämmerlich verrecken, weil niemand ahnte, dass er sich hier aufhielt. Seine Phantasie arbeitete. Er malte sich die entsprechenden Nekrologe aus. Die Zeitungen würden sich, wenn man ihn irgendwann als Skelett gefunden hatte, seines Schicksals in heuchlerischer Zuneigung annehmen. Die Kulturexperten würden sich in ihren Nachrufen alle im ‚Club des toten Dichters' versammeln, also sich der Hinterlassenschaft eines Menschen verschreiben, der sich nicht mehr dagegen wehren konnte.

Aber er wollte nicht larmoyant sein, das war ja lächerlich. Noch lebte er, hätte allerdings im Augenblick gern ein Glas Wasser getrunken. Trinken war wichtig. Auf Essen konnte man länger verzichten. Wie mochte er sich in ein paar Stunden fühlen, wenn der Durst stärker geworden war? Hungrig war er jetzt noch nicht.

Arndt versuchte, sich irgendwie die Zeit zu vertreiben, sich an die Gedichte seines letzten Buches zu erinnern, sie aufzuzählen. Er sagte in Gedanken ihre Titel auf, rekonstruierte die Reihenfolge der Überschriften im Buch. Es erschreckte ihn, dass er nicht einmal in der Lage war, sich die genaue Abfolge seiner Gedichte in dem Band ins Gedächtnis zu rufen. Erst vor ein paar Tagen hatte er in Bochum daraus noch erfolgreich eine Lesung bestritten. Er sagte ein paar der Gedichte auf, flüsterte sie mit belegter Stimme vor sich hin. Aber das war ihm selbst ein bisschen peinlich, auch da kam er ins Stolpern, verhaspelte sich bei einigen Zeilen, sogar ganze Strophen waren seiner Erinnerung abhanden gekommen.

Vielleicht lag die Verwirrung, in der er sich befand, an dem Bild dieser seltsamen Figur im Weitmarer Schlosspark, die mehrmals seinen Namen gerufen hatte. Dieses Bild verfolgte ihn seit dem Augenblick, da er untergetaucht war. Es gab eben diese alte Sache, die ihm nachhing und an die er sich eigentlich nicht mehr hatte erinnern wollen. Immer wieder hatte er sich gefragt, was man ihm vorwerfen konnte. Die anderen hatten die Initiative ergriffen, damals, vor zwanzig Jahren oder mehr. Er war ja nur so etwas Ähnliches wie ein Zuschauer gewesen, hatte sich nicht beteiligt, sich allerdings auch nicht eingemischt.

Aber so war es eben immer mit ihm gewesen. Er hatte sich selten irgendwo ins Getümmel gewagt, weder im politischen noch im ethischen Raum, war lieber auf Distanz geblieben. Das sagte man gelegentlich auch von seinen Gedichten. Ein Rezensent der ‚Ruhr-Nachrichten' hatte einmal geschrieben, da versuche jemand, einen Punkt ganz weit außen anzusteuern, die Welt wie durch ein umgekehrtes Fernglas wahrzunehmen und literarisch zu fixieren. In der TAZ, die ihn ein bisschen aufs Korn genommen hatte, warf man ihm vor, dass er immer nur Zuschauer blieb, dass er in seiner dichterischen Produktion viel zu selten Stellung bezog, dass er sich eben tatsächlich nicht einmischte, die anderen machen ließ und nur von draußen zuguckte. So ganz unrecht hatten diese Kritiker nicht, das wusste er.

Er kam nicht darum herum, sich einzugestehen, dass er anders gar nicht dichten konnte als aus der Position des scheinbar unbeteiligten Zuschauers heraus. Agitieren für irgendein politisches Ziel, das mussten in der Tat andere machen. Das menschliche Dasein war ohnehin mit erheblichen Konstruktionsfehlern behaftet. Der endgültige Schiffbruch war schon von vornherein eingebaut. Auf die Dauer half das Jammern auch nichts. Klar, man konnte mitleiden mit den Erniedrigten und Beleidigten dieser Welt, dafür hatte er durchaus Verständnis. Aber aus einer Regung des Mitleids heraus wäre ihm keine einzige brauchbare Gedichtzeile eingefallen.

Arndt lag auf dem Bett in seiner Zelle, dämmerte vor sich hin. Ganz kurz war er eingenickt, hatte wirr geträumt von Klara Bodschwinna, die ihm versprochen hatte, sich ihm im Traum durchaus in kühler Berechnung hingeben zu wollen, eine Dienstleistung, für die er ihr seinen nächsten Gedichtband widmen sollte. Er war auf den Pakt eingegangen, aber kurz vor dem Vollzug der Abmachung völlig verstört aus dem Traum hochgeschreckt. Der Gedanke beruhigte ihn, dass ihn niemand zwingen konnte, diesen Traum zu erzählen. Es gab noch Freiräume.

Er blickte durch die Dunkelheit zu der Stahltür. Der helle Lichtstreif war wieder erschienen. Jemand musste im Atelier sein, vielleicht sogar schon seit Längerem, da er geschlafen hatte. Sollte er aufstehen, gegen die Tür klopfen, mit den Fäusten dagegen hämmern, auf sich aufmerksam machen? Er hatte nicht den Mut dazu. Er wusste ja nicht, wer oder was dort auf ihn wartete. Er wollte geduldig ausharren, was mit ihm passierte, wenn man überhaupt etwas mit ihm vorhatte. Der Lichtstreif blieb.

57. Kapitel

Noch nie hatte Jochen Buchholz einen Tag als so leer und sinnlos empfunden wie diesen. In der Nacht nach dem Essen mit Ulrike Auffermann hatte er kaum geschlafen, sich im Bett gedreht, in die Dunkelheit hinein gegrübelt, war am frühen Morgen ins Bad geschlichen, hatte eine Weile gezögert, das Licht anzuknipsen, dann doch den Schalter betätigt und im Spiegel ein um Jahre gealtertes Gesicht betrachtet. Zwei schmale Linien an den Mundwinkeln wiesen nach unten, die Stirn schien sich mit Falten angereichert zu haben, die er vorher nie wahrgenommen hatte. Die Augen, die sonst eher nach Blau tendierten, zeigten ein glanzloses Grau, und der Bartschatten auf der blassen Haut vermittelte ihm den Eindruck einer beginnenden Verwahrlosung. So jedenfalls empfand er es.

Sein Blick streifte die Kosmetikserie, die auf der Glasablage unter dem Spiegel stand und für die er einen sündhaften Betrag ausgegeben hatte. Jetzt schienen ihn die Produkte zu verspotten. Der Platin-Hautbalsam mit dem Anti-Aging-Effekt, der Augenbalm für einen frischen Blick, das Aftershave mit dem Namen ‚Indian Lime', das mit seinen Essenzen aus Sandel- und Zedernholz und einem Unterton von Moschus unwiderstehliche Anziehung versprach. Er hätte sich das Geld sparen können. Eine Seife für fünfzig Cent hätte zu demselben Ergebnis geführt. Nämlich zu nichts.

Er ließ Kastor aus dem Zwinger, schob ihm mechanisch einen Napf mit Futter zu, ließ den Hund frei im Garten herumlaufen. Der übliche Spaziergang, der so oft in den Klosterwald oder in den Löwenzahnweg geführt hatte, war vorbei.

Den Vormittag verbrachte er damit, im Haus und auch im Garten umherzuwandern. Gelegentlich unterbrach er seinen unruhigen Gang, setzte sich im Wohnzimmer auf die Couch, die für eine einzelne Person viel zu groß war, verschränkte die Arme hinter dem Kopf, ließ die Gedanken in die Vergangenheit schweifen, versuchte ein Bild der Zukunft zu entwerfen, was aber misslang. Er hatte keine, er sah keine. Er fühlte nur ein Vakuum, das sich in der Magengegend als diffuser Schmerz äußerte. Einmal kam er in die Versuchung, aus dem Schrank eine Flasche Whisky zu holen, um sich damit zu betäuben. Aber er ließ es.

Hatte er einen Fehler gemacht? War der Zeitpunkt seines Antrags unangebracht gewesen, zu früh? Wahrscheinlich war der Zeitpunkt egal. Hätte sie seine Gefühle erwidert, wäre jede Gelegenheit recht gewesen. Ob ein paar Stunden nach der Beerdigung oder erst Monate später. Warum hatte sie nicht wenigstens gesagt: „Gib mir bitte noch etwas Zeit!" Sie hatte seinen Antrag schroff abgelehnt. Er fühlte sich nicht nur gedemütigt, sondern auch so verloren, als hätte ihm jemand den Boden unter den Füßen weggezogen.

Als er Ulrike Auffermann das erste Mal begegnet war, da konnte man seine Gefühle noch Sympathie nennen. Aber ziemlich bald hatte sich das gewandelt, war anders geworden. Er hatte sich nicht dagegen wehren können und sich auch nicht wehren wollen. Es bereicherte sein Leben, gab ihm irgendwie Sinn und Halt, hatte es beflügelt, auch wenn er zu Anfang noch keinen Weg gesehen hatte, wie es jemals zu einer Verbindung hätte kommen können. Die kleine Orchideenfarm, das gestand er sich jetzt ein, hatte er nur wegen Ulrike betrieben. Er wollte in dem Kreis mit einer eigenen Tätigkeit bestehen, nicht als Frührentner geduldet werden, der seine Zeit mit Spaziergängen und Hilfsarbeiten verbrachte. Klara Bodschwinna hatte das verstanden. Sie hatte ihn einmal in der Halle besucht, war bewundernd durch das Blütenmeer gegangen, hatte sich eine Schale mit Orchideen ausgesucht, die er ihr umsonst lassen wollte. Aber sie hatte abgelehnt, auf der Bezahlung bestanden und gesagt: „Nein. Jede Kunst hat ihren Preis. Ich bewundere, was Ihnen hier gelungen ist." So etwas hätte sie zu den anderen nicht gesagt. Weder zu Christoph Auffermann noch zu Gerd Kröger und wahrscheinlich auch nicht zu ihrem eigenen Mann.

Warum war er so blind gewesen, hatte sich in die Gefühle zu Ulrike hineingesteigert? Hatte er ihr nicht zu viel Macht gegeben? Was um Himmels willen veranlasste einen Mann, einer Frau einen so bestimmenden Raum zuzugestehen? War das nicht ein blinder Wahn, den man vernichten musste? Vor allem seit Auffermanns Tod hatte er sich eine Zukunft ausgemalt, in der sie die wichtigste Rolle in seinem Leben spielen würde. So zu kalkulieren bereitete ihm gegenüber dem Toten kein schlechtes Gewissen. Er hatte den überheblichen Arzt nie gemocht. Und als es dann auch Bodschwinna erwischt hatte, sah er seine Chancen um eine Nuance weiter gestiegen. Den geselligen Kreis würde es so nicht mehr geben. Für die Krögers empfand Ulrike Auffermann nur wenig Sympathie. Umso dankbarer müsste sie sein, dass er, Jochen Buchholz, ihr als treuer Freund geblieben war. So hatte er sich das überlegt. Aber diese Rechnung war nicht aufgegangen.

Er fühlte Zorn in sich aufsteigen. Diese verdammte Abhängigkeit von Frauen. Erst brachten sie einen als Mutter zur Welt. Und dann dirigierten sie munter weiter. Und er war so blöd gewesen, sich davon bestimmen zu lassen. Immer zappelte man an einer Nabelschnur, statt endlich ein eigenständiger Kerl zu sein. Es war ein schlimmes Spiel von Abhängigkeiten, versagten Lebensträumen und der Unfähigkeit, den gordischen Knoten zu durchschlagen. Stattdessen verzettelte man sich, passte sich an, fügte sich den allgemeinen Wünschen, verleugnete sich selbst, richtete sich danach, unter einem Weiberrock Ruhe finden zu können. Dort aber gab es nichts. Nur Illusionen. Er hatte sich von einer Illusion tragen lassen. Er hatte diese Illusion selber genährt. Ulrike Auffermanns Gefühle ihm gegenüber waren beschränkt gewesen, sehr beschränkt. Er war der nützliche Hausmeister oder auch der Gärtner. Er war der anständige, verlässliche Mister Buchholz, der treu zu begrenzten Diensten stand. Mehr nicht. Das aber war entschieden zu wenig. So alt war er denn doch nicht, um nicht noch einmal neu zu beginnen.

Die Vorstellung, weiter jeden Tag zur Henrichshütte zu fahren, bedrückte ihn. Das war sinnlos geworden. Die Orchideenfarm hatte er wegen Ulrike aufgebaut. Aber nicht nur. Die Halle war auch ein Stück Protest gegen Stilllegung, gegen Vergänglichkeit, ja sogar gegen den Tod. Die Henrichshütte war sein Leben gewesen. Jetzt verrottete dort das Eisen. Andere mochten das als Industriekultur, wie sie das nannten, loben, es bestaunen wie die Mumie eines ägyptischen Pharaos. Er sah, empfand das anders. Damals war der Hochofen lebendig gewesen, sprühte Funken, brodelte, spuckte glühendes Eisen aus, das gegossen und gewalzt wurde. Rot war beim nächtlichen Abstich der Himmel über Hattingen. Jetzt war der Ofen ein museales Skelett geworden. Menschen stiegen dort die Treppen hoch oder fuhren mit dem Fahrstuhl nach oben und hatten von nichts eine Ahnung. Damals war nicht nur die Hütte stillgelegt worden, sondern auch er selbst. In dem rostenden Eisen spiegelte sich sein eigenes Schicksal. Bis eben zu jenem Zeitpunkt, als er auf die Idee mit den Orchideen gekommen war.

Bis zum frühen Nachmittag dauerte das Spiel. Buchholz schwankte zwischen Hoffnungslosigkeit und Auflehnung, zwischen Trotz und Resignation. Er wanderte umher, saß ab und zu grübelnd auf der Couch, bemühte sich um eine Balance zwischen Destruktion und Vernunft. Wie eine Frau einem Mann doch den Boden unter den Füßen wegziehen konnte! Auf einmal sah er die Geschichten tödlicher Enttäuschung in einem anderen Licht, verstand es, wenn sich jemand von einem Hochhaus stürzte oder vor einen Zug warf. Er verstand auch die Raserei, die hoffnungslose Wut, die einen Mann oder auch eine Frau zur Pistole greifen ließ. Man tötete die Ursache seiner Enttäuschung, um sich von einer Verstrickung zu befreien. Und geriet in eine noch schlimmere.

So nicht, dachte er und wurde etwas ruhiger. Er erinnerte sich an Kanada, British Columbia, die Jagd auf die Schwarzbären. 2005 war das gewesen. Da hatte er mit den anderen Teilnehmern der Jagd am Lagerfeuer gesessen. Sie hatten Bärenfleisch gegrillt, Bier getrunken, irgendwann über neue Lebensabschnitte philosophiert. „Man kann immer neu anfangen", hatte einer gesagt. „Man muss allerdings die alte Hütte abbrennen. Wie die Indianer. Damit man nicht in die Versuchung kommt zurückzukehren."

Warum sollte sich der Himmel über Hattingen nicht noch einmal rot färben? Ein kleines Feuerwerk, ein letztes Lebenszeichen. Die endgültige Vernichtung der Vergangenheit. Ohne die Möglichkeit einer neuen Zukunft zu verlieren. Orchideen waren keine wasserreichen Sukkulenten. Was sie an Feuchtigkeit brauchten, nahmen sie aus der Luft. Es waren Pflanzen, die gut brannten genauso wie das trockene Substrat. Wenn er die Halle mutwillig ansteckte, hätte er die Vergangenheit vernichtet. Sich selbst aber auch. Nach Brandstiftung durfte es nicht aussehen.

Das Feuer musste auf einen technischen Defekt zurückgeführt werden, für den er nichts konnte. Wie er das anstellen würde, wusste er. Er musste in seiner Arbeitsecke nur das Heizgerät einschalten, warten, bis die Drähte glühten und dann den Schnitt durchführen. Die Säcke mit den Holzspänen und den Kokosnussschalen standen in der Nähe. Das war der reine Zunder. Was konnte er dafür, wenn das Textilgewebe nachgegeben hatte und die Späne den Drähten entgegenrieselten? Für Materialfehler war er nicht verantwortlich. Rasch würde das Feuer übergreifen auf die Kanister mit dem Ethanol. Wenn er Glück hatte, würde ihn sogar die Versicherung, die er abgeschlossen hatte, entschädigen. Eine Zeit lang überlegte er, ob man einfach verbrennen durfte, was man mit Liebe hochgezogen hatte. Aber war es Liebe gewesen? Die Orchideen hatten einen Zweck gehabt. Der war verloren. Er sah sich nicht mehr in der Lage, sich um die Aufzucht der unschuldigen Blüten zu kümmern, die ihn in ihrer Pracht und bunten Lebensfreude zugleich auch verhöhnten.

Buchholz fühlte Erleichterung, die Aufhebung der Ohnmacht. Er konnte etwas tun, war nicht mehr diesem Vakuum ausgeliefert. Dass er sein Werk zerstörte, kümmerte ihn nicht. Es verbrannten nicht nur Orchideen. Da gab es noch etwas anderes, gegen dessen Vernichtung er nichts hatte. Gegen vier Uhr am Nachmittag verließ er sein Haus und fuhr zur Henrichshütte. Er hatte Bilanz gezogen. Was danach kam, würde man sehen.

58. Kapitel

„Dein Vögelchen ist ausgeflogen", sagte Rogalla. Sie standen vor dem Haus der Bodschwinnas. Niemand öffnete.

„Warum mein Vögelchen?" fragte Brenner. „Wir interessieren uns doch beide für sie."

„Für mich ist sie weniger ein Reizthema. Was liegt gegen sie vor? Nichts."

Brenner hob die Schulter. „Kann man so sagen. Aber ich möchte erklärt haben, warum ausgerechnet Candeira ein Bild von ihr hat. Und ich möchte auch wissen, warum wir ihr Handy nicht orten können. Es ist immer abgeschaltet."

„Sie hat zwei, vielleicht sogar drei. Ist heutzutage doch normal. Die Nummer, die sie uns gegeben hat, kennen wir. Die andere nicht."

„Eben. Das ist es ja. Sie hat etwas zu verbergen und führt uns an der Nase herum."

Sie gingen zum Wagen zurück. „Und jetzt?" fragte Rogalla.

„Henrichshütte. Versuchen wir es in ihrem Atelier."

Rogalla fuhr. Brenner saß neben ihm und hatte die Arme über der Brust verschränkt. Er schien enttäuscht über den vergeblichen Besuch.

„Bleib sachlich!" riet Rogalla. „Wir dürfen uns nicht in Vermutungen verlieren. Klara Bodschwinna ist keine unbekannte Künstlerin. Dass Candeira ein Bild von ihr hat, besagt nichts. Du hast zu Hause ja auch die Bibel, ohne Jesus zu kennen."

„Blöder Vergleich!" knurrte Brenner. „Da ist nämlich noch etwas, was mir im Nachhinein merkwürdig vorkommt. Candeira wollte die Datei mit der DNA-Sequenz. Das ist zunächst ein verständliches Anliegen. Sie will nicht, dass die Wölfe in Verruf kommen. Sie glaubt an einen Fehler. Aber dann hat sie mich angerufen, Druck gemacht. Sie hat eine Spur zu viel Interesse gezeigt."

„Wie sieht Rieken das?"

„Sie hält das Interesse an der Datei für normal. Candeira sei wie eine Mutter, die ihre Kinder schützen will. Ich aber halte es jetzt für möglich, dass sie die Datei manipulieren wollte. Herr

Kommissar, Sie haben sich getäuscht, hätte sie mir dann gesagt. Das war kein Wolf, sondern ein Kampfhund. Die Sequenzen der DNA sind ähnlich. Wölfe und Hunde gehören zur selben Familie. Dann hätte sie mir noch ein paar Fachbegriffe um die Ohren gehauen, von denen ich keine Ahnung habe. Mit ihrem Argument, dass wir uns normalerweise nur bei menschlichen Spuren auskennen, hat sie ja recht. Aber ich hatte bei der Haarprobe ausdrücklich angegeben ‚möglicherweise Kampfhund'. Die haben im Labor zweimal die Analyse gemacht und sind zweimal zu demselben Ergebnis gekommen. Die haben sich nicht getäuscht, auch wenn Candeira sich das wünscht."

„Spekulation", hielt Rogalla dagegen. „Was sollte Candeira mit Auffermann, Lewinski und Bodschwinna zu tun haben?"

„Das wissen wir eben noch nicht. Fakt aber ist, dass wir es mit einem Wolf zu tun haben. Hundert Kollegen haben Tag und Nacht Bochum und die Umgebung durchkämmt, alles abgesucht. Was haben sie gefunden? Nichts. Dieser Wolf kommt von außerhalb. Und der Dichter Arndt ist wie vom Erdboden verschwunden. Hahn verrennt sich da in eine Verzweiflungstat. Purer Aktionismus. Ich habe ihn übrigens dazu gedrängt, ein paar Kollegen von dieser Suche abzuziehen und Kröger rund um die Uhr zu bewachen. Er könnte nämlich das nächste Opfer sein. Wenn wir Glück haben, taucht unser Täter dort mit dem Wolf auf. Kröger weiß nichts von der Überwachung. Auch seine Telefone werden abgehört. Das private und das in der Praxis. Die richterliche Anordnung hat Hahn durchgesetzt. Dem Argument, dass Kröger der nächste sein könnte, hat er sich nicht verweigert. Ich habe die Kollegen, die ihn beschatten, angewiesen, so dezent wie nur möglich vorzugehen."

„Und Martina Kröger?"

„Halte ich für wenig wahrscheinlich, dass sie zu den Opfern zählen könnte. Nach unseren Erkenntnissen wird der Wolf nur auf Männer angesetzt, und zwar auf die, die in dem Haus in der Castroper Straße wohnten oder an Auffermanns Nächten teilgenommen haben."

„Du hättest auch Buchholz überwachen lassen sollen. Ich ärgere mich, dass wir bei unserem Besuch in der Orchideenhalle zu blöd waren, die Säcke mit den Holzspänen und den Kokosnussschalen zur Seite zu schieben und nachzusehen. Gibt es da eine Falltür, eine Treppe nach unten? Buchholz ist der einzige, der ein Motiv hatte, Auffermann aus dem Weg zu räumen."

Brenner winkte ab. „Auffermann, ja. Aber nicht Lewinski oder Bodschwinna. Das passt nicht. Wenn der an die Frau will, räumt er ihren Mann ab, aber nicht die ganze Umgebung. Das ist doch Blödsinn."

„So blödsinnig ist das nicht", entgegnete Rogalla. „Vielleicht haben Lewinski und Bodschwinna etwas über Buchholz gewusst, was für ihn verhängnisvoll gewesen wäre. Etwas, was eine Verbindung Buchholz und Ulrike Auffermann verhindert hätte. Dass Buchholz an dieser Frau großes Interesse hat, wissen wir ja. Um sie zu gewinnen, könnte er alles riskieren, auch einen oder mehrere Morde. Bei manchen Männern setzt eben der Verstand aus, wenn sie an eine Frau wollen."

„Aber doch nicht so!"

„Wissen wir nicht. Da wir gerade bei dem Thema sind: Was ist mit Rieken? Ich mache mir Sorgen. Hast du was mit ihr?"

„Mit Lena Rieken? So wenig wie mit Schalke 04!"

„Schalke ist attraktiv. Wir spielen zwei Ligen höher als dein VfL."

„Zwei? Eine!"

„Champions League."

„Spätestens im Viertelfinale seid ihr raus. Eine Kiste Sekt, wenn ihr weiter kommt."

„Werd ich mir merken."

Es war das alte Spiel zwischen den beiden. Sie setzten Nadelstiche, obgleich beide Vereine in Blauweiß spielten. Brenner machte sich über Schalkes Tabellenplatz lustig, und Rogalla sprach von der Königsklasse.

„Warum wandert der Neuer nach Bayern aus, wenn es in Gelsenkirchen so schön ist?" wollte Brenner wissen.

„Der geht nicht", sagte Rogalla. „Der hat ein Gespür für Qualität."

„Eben. Deswegen geht er weg."

Sie unterhielten sich über Fußball und dachten an etwas anderes. Es war Brenners dritte Fahrt zur Henrichshütte. Er gab sich gelassen, ruhig. Rogalla spürte, dass es oberflächlich war.

„Du hast die Waffe dabei?“ fragte er.

„Ja“, antwortete Brenner.

„Du hast nie Lust gehabt, die Schießübungen an der Herner Straße zu machen.“

„Ich kenne meinen Zeigefinger. Den muss ich nicht trainieren.“

„Du bist überheblich.“

„Mag sein. Überheblich sind wir alle. Wir wissen nichts. Wir tun nur so.“

„Und sonst geht es dir gut?“

„Blendend.“

Rogalla schwieg. Er kannte seinen Kollegen. Zwanzig Jahre hatten sie zusammen gearbeitet. Wenn Brenner lakonisch war, bahnte sich etwas an. Auf der Polizeischule hatte man ihnen eingebläut, rational vorzugehen. Instinkt gab es nicht. Das war eine Projektion, die in die Irre führte. Es gab nur Fakten, und das war richtig so.

Was hatte Brenner gegen Klara Bodschwinna vorzuweisen? Nichts. Das war eine Frau, die ihn irgendwie reizte. Dafür war er anfällig und spekulierte herum. Irgendetwas fand man immer. Brenner war ein Phantast, der sich Gott sei Dank auch auf den Boden der Tatsachen zurückholen ließ. Hatte er sich getäuscht, lächelte er. „War eben so“, kam dann sein Kommentar. „Hätte ja auch anders sein können.“ So würde es auch dieses Mal sein.

Rogalla hatte seine eigene Theorie. In deren Zentrum stand Jochen Buchholz. Rogalla ärgerte sich, dass er die Säcke mit den Kokosnussschalen nicht beiseite geräumt hatte, um nach einer Tür zu einem Keller zu suchen. Was Lewinski mit dem Fall zu tun hatte oder auch Bodschwinna, würde einem Buchholz dann erklären können. Und ebenso das Verschwinden des Dichters Andreas Arndt. Brenner schien auf Klara Bodschwinna fixiert zu sein. Er, Rogalla, sah nüchtern auf Jochen Buchholz. Auch wenn es Ungereimtheiten, Rätsel gab. Die würden sich lösen. Und nicht auszuschließen war, dass alles ganz, ganz anders war. Vielleicht rannte auch nur ein Irrer mit einem Wolf herum und suchte sich Opfer. Aber warum diese ausgerechnet aus dem Auffermann-Kreis stammten, dafür hatte auch Rogalla keine Erklärung.

Sie hatten die Brücke über die Ruhr überquert, jene Grenze zwischen Bochum und Hattingen. Gleich würde es nach links gehen, in das Gebiet der Henrichshütte, der ehemaligen. Es war dunkel geworden. Brenner schwieg, hing irgendwelchen Gedanken nach, bis auf einmal hinter ihnen das Martinshorn ertönte und er einen Blick in den Rückspiegel warf.

„Die Kollegen von Sankt Florian", sagte er.

„Sankt Florian?"

„Schutzpatron der Feuerwehrleute."

„Ach ja. Woher weißt du das? Altersfrömmigkeit?"

„Nein", antwortete Brenner beiläufig. „Das war einmal eine Frage bei ‚Wer wird Millionär'."

„Und wir? Haben wir auch einen Schutzpatron?"

„Ja. Den heiligen Sebastian. Ihm konnten die Pfeile der Gegner nichts anhaben."

Rogalla bremste, lenkte den Wagen an den Rand des Bürgersteiges. Ein Feuerwehrauto schoss vorbei. Dahinter kam noch eins.

Der Kommissar sah den flackernden Lichtern nach.

„Die biegen zur Henrichshütte ab", sagte er kurz darauf.

59. Kapitel

„Tut mir leid, Sie haben einen Fehler gemacht. Sie hätten nicht herkommen sollen“, sagte Klara Bodschwinna.

Andreas Arndt stolperte mehr oder weniger durch die nun wieder offene Tür, hinein in das Atelier der Künstlerin. Er versuchte, sich zu sammeln, seine Gedanken zu ordnen. Das grelle Deckenlicht blendete ihn. An den Füßen war er gefesselt worden, konnte sich nur in kleinen Schritten vorwärts bewegen. Auch die Hände waren hinter seinem Rücken zusammengebunden worden, vielleicht mit einer Handschelle. Er wusste nicht, was mit ihm geschehen war, hatte Kopfschmerzen, und ihm war speiübel. Vielleicht hatte man ihn mit Chloroform betäubt oder ihm eine Spritze gegeben, während er in seiner finsteren Zelle in diesen bleiernen Schlaf gefallen war.

Er war nicht mehr allein mit Klara Bodschwinna. Da war noch jemand anders. Arndts Blick fiel auf die hohe Eingangstür zum Atelier, die genau gegenüber lag. Auch diese Tür war geöffnet. Draußen vor der Tür stand ein Mensch, der Andreas Arndt den Rücken zuwandte. Neben diesem fremden Menschen lag ein großer Hund, der mit der Schnauze am Mantelsaum seines Gebieters schnüffelte und der, nachdem er sich lässig erhoben hatte, fast zärtlich seinen hohen Hundekörper an die Hüfte des Unbekannten presste. Durch die Türöffnung strömte kalte Abendluft herein.

Als sich der Unbekannte für einen kurzen Moment umdrehte, sah Arndt kein Gesicht, sondern blickte in die Totenmaske. Augen konnte er auf die Distanz hinter der Maske nicht erkennen. Ihm war sofort klar, dass dies die Gestalt war, die er im Weitmarer Schlosspark gesehen hatte, nachdem er an der Sylvesterkapelle auf Bodschwinnas Leiche gestoßen war. Es war die Gestalt, die mehrmals seinen Namen gerufen hatte. Er wusste immer noch nicht, ob es sich um einen Mann oder um eine Frau handelte. Die Person sprach nicht, weder mit dem Tier an ihrer Seite noch mit Klara Bodschwinna. Sie schien irgendwie in Gedanken versunken, weit weg von ihrer Umgebung, fasste nur einmal ins Fell des Tiers, das geduldig wartete.

Soweit er das erkennen konnte, hatte die Person eine eher drahtige Figur. Sie trug einen langen Lodenmantel, wie er vor vielen Jahren einmal modern gewesen sein mochte.

„Was haben Sie mit mir vor?“ fragte Arndt.

„Das liegt nicht in meiner Hand“, sagte Klara Bodschwinna und ergriff seinen Arm, schob ihn ein wenig an, um ihn zum Ausgang zu führen. „Ich diene hier nur als Handlanger für die Gerechtigkeit. Seien Sie unbesorgt. Sie kommen zu Ihrem Recht.“

„Was soll das heißen?“

„Heute ist Zahltag. Kennen Sie doch von der Sparkasse.“

„Ich kann mit Ihren zynischen Bemerkungen nichts anfangen. Oder ist das hier vielleicht ein Happening, das Sie mit mir veranstalten, Frau Bodschwinna? Bin ich Teil einer Kunstveranstaltung? Und wenn wir rauskommen, dann steht das versammelte Publikum da und applaudiert, während wir die Treppe hinunter steigen?“

„Machen Sie Witze? Ich habe Sie eigentlich nie für einen besonders humorvollen Menschen gehalten.“

„Mir ist überhaupt nicht nach Witzen zumute, das können Sie mir glauben.“

„Na, sehen Sie. Dann ahnen Sie ja schon, was hier los ist. Und täuschen Sie sich bloß nicht! Mit Kunst hat dies nichts zu tun, da können Sie ganz sicher sein. Dies hier ist bitterer Ernst. Klar, Sie sind ein Dichter. Da steht man immer ein bisschen neben sich. Als Lyriker ist Ihnen der Unterschied zwischen der Kunst und dem Leben wahrscheinlich längst abhanden gekommen.“

„Sie haben das alles inszeniert, haben mich hierher gelockt, oder?“

„Sie haben es mir leicht gemacht. Sie haben mich gerufen, und hier bin ich.“

„ Wie kommt es, dass ich mich in Ihnen so getäuscht habe?“

„Haben Sie wirklich? Vielleicht hätten Sie sich nur mal meine Bilder genauer ansehen sollen. Dann hätten Sie mehr über mich erfahren. Aber das wäre wohl zu viel verlangt gewesen. Sie können lesen, aber Sie können nicht sehen.“

„Ihre Bilder? Ich verstehe kein Wort. Sie wissen doch, dass ich immer gern in Ihre Ausstellungen gegangen bin. Wir haben uns gemeinsam mit Ihrem Mann über Ihre Bilder unterhalten. Ich kann Ihre Kunst nicht völlig missverstanden haben. Was sollte mir da entgangen sein."

„Das Wichtigste!"

„Keine Ahnung, was Sie meinen. Oder ist es etwas anderes? Glauben Sie vielleicht, ich hätte etwas mit dem Tod Ihres Mannes zu tun?"

„Das ist lächerlich!"

„Und Sie wollen mich jetzt dafür in einer Art Selbstjustiz bestrafen? Das können Sie nicht ernsthaft denken!"

„Sie? Nein, natürlich nicht! Sie können ein bisschen schreiben. Aber wirklich Hand anlegen, das liegt Ihnen überhaupt nicht. Das Handeln überlassen Sie gewöhnlich anderen."

„Sie sprechen in Rätseln."

„Glaube ich nicht. Ihnen müsste doch längst ein Licht aufgegangen sein. Oder lesen Sie nur Gedichte und Kontoauszüge? Keine Zeitung? Nach dem, was Auffermann, Lewinski und meinem sogenannten Mann passiert ist, der das im Übrigen nie gewesen ist."

Andreas Arndt schwieg. Klara Bodschwinna stieß ihn mit der Schulter an, um ihm zu signalisieren, er solle sich wieder in Bewegung setzen. Der Maskierte vor ihnen verließ mit dem Tier an seiner Seite das Atelier und stieg in gemessenen Schritten die Treppe hinunter. Das Tier schmiegte sich an ihn. Draußen war es stockfinster. Nur eine verrostete Neonlampe zeigte die Stufen an. Klara Bodschwinna und der sich mühsam abwärts bewegende Arndt folgten dem geisterhaften Paar in einem Abstand von etwa zwanzig Metern.

Als sie auf der Straße standen, flüsterte Arndt seiner Führerin zu: „Machen Sie mich los, Frau Bodschwinna! Bitte! Beenden Sie diesen bösen Traum! Ich verspreche Ihnen, ich werde niemandem von Ihnen erzählen!"

„Sie werden lachen, Herr Arndt", sagte Klara Bodschwinna, ebenfalls im Flüsterton. „Ihnen glaube ich das sogar. Sie würden wahrscheinlich wirklich niemandem etwas erzählen. Sie würden das Klischee, das wir alle aus schlechten Fernsehkrimis kennen, unbedingt vermeiden. Als Künstler, sogar als Literat, haben Sie einen Sinn für das Besondere." Sie sprach wieder in der normalen Lautstärke: „Außerdem können Sie nur gewinnen, wenn niemand von dieser Sache erfährt. Aber man wird davon erfahren, das verspreche ich Ihnen."

„Ich bitte Sie nochmals, tun Sie etwas."

Klara Bodschwinna lachte: „Das könnte Ihnen so passen! Was sich hier abspielt, das kriegen Sie nicht zwischen zwei Buchdeckel, da reicht der Platz nicht aus. Das ist die Wirklichkeit, die werden Sie nicht in den Griff bekommen, eher umgekehrt. Und nebenbei lassen Sie sich eins gesagt sein: Um mich geht es hier gar nicht."

„Sondern? Sagen Sie mir, um wen es geht."

„Wenn sie es unbedingt wissen wollen: Der Name Kathrin Blumenberg sagt Ihnen doch etwas, oder? Den können Sie nicht vergessen haben."

„Nein, habe ich nicht."

„Dann wissen Sie auch, was damals passiert ist."

„Ja, sicher."

„Gut. Dann war's das schon. Mehr brauche ich nicht zu sagen."

„Aber was hat das denn mit mir zu tun? Ich habe keine Ahnung, was Sie wissen oder wer Ihnen etwas erzählt hat. Wenn Sie über den Fall unterrichtet worden sind, dann muss man Ihnen auch gesagt haben, dass ich nicht mitgemacht habe."

„Das sage ich doch! Sie machen nicht mit. Sie sind ein ganz wunderbarer Mensch! Sie stehen nur dabei und sehen sich alles an. Hingucken, das war wohl schon immer Ihre Devise. Das kann ja auch viel Spaß machen. Sie haben noch nicht einmal weggeguckt, was heute so oft kritisiert wird. Im Gegenteil. Sie haben alles gewissenhaft aufgenommen und in Ihrem Hinterkopf gespeichert. Vielleicht kann man als angehender Autor das dann später noch einmal gebrauchen. So haben Sie damals wohl gedacht."

„Was meinen Sie?"

„Na, zum Beispiel ein melancholisches Gedicht schreiben und sich zu allem Überfluss auch noch selber leidtun. Aber so läuft das diesmal nicht."

Sie kamen nur langsam voran. Arndt stieß mit dem Fuß gegen einen Bordstein, merkte, dass sie die Straße verließen und über ein Rasenstück gingen. Der Boden war glitschig, der Tau auf den Gräsern leicht angefroren. Er stolperte über irgendein Hindernis, vielleicht einen Backstein oder ein Stück Holz. Während er fiel, wurde ihm klar, dass er sich nicht abstützen konnte. Er schlug mit dem Gesicht auf, spürte, wie Blut aus der Nase in seinen Mund lief. Klara Bodschwinna zerrte ihn hoch und schob ihn weiter. Als er sich weigerte, zu gehen, schlug sie ihm hart ins Gesicht. Wieder schmeckte er das Blut, das aus seiner Nase lief.

Durch Arndts Sturz hatte sich der Abstand zu den beiden anderen ein bisschen vergrößert. Man konnte sie in der Dunkelheit nur noch erahnen.

„Ich bin Ihnen ausgeliefert, das ist mir klar", sagte Arndt. „Und ich merke, Sie werden tun, was Sie tun wollen. Ich habe keine Chance. Deshalb können sie mir ruhig verraten, wer diese Person dort ist. Und was der Hund für eine Rolle spielt."

„Das ist kein Hund. Das wissen Sie doch längst. Das ist ein Wolf. Derselbe, der Auffermann, Lewinski und Bodschwinna getötet hat. Ich sollte besser sagen, der sie gerichtet hat."

Als sie den Namen ihres Mannes aussprach, war die Verachtung, mit der sie ihn nannte, mit Händen zu greifen. Als ob sie selbst diesen Namen nie getragen hätte.

„Und diese Person da vorn? Wollen Sie mir sagen, dass das Kathrin Blumenberg ist?"

„Kathrin Blumenberg? Nein. Die ist vor zwanzig Jahren gestorben. Die haben Sie auf dem Gewissen. Mehr noch als die anderen. Denn die sind nur ihren tierischen Instinkten gefolgt. Wie räudige Hunde sind sie über sie hergefallen. Straßenköter waren die. Aber bei Ihnen ist das anders. Sie sind ein Intellektueller. Sie haben mit kühlem Reflex zugesehen und nichts getan. Sie sind der Schlimmste von allen. Sie haben Kathrin Blumenberg damals getötet."

„Sie hat gelebt."

„Gelebt? Sie haben ja keine Ahnung!"

Unmittelbar vor ihnen tauchten jetzt aus dem Dunkel ein paar blockartige Quader auf, die man auf dem Boden verteilt hatte. Vielleicht waren das Betonklötze, die in Kreisform gruppiert waren. Irgendeine Art Kunstwerk. Klara Bodschwinna schubste Arndt zwischen zweien dieser Quader hindurch, so dass er anschließend in der Mitte des Kreises stand. Dann ließ sie ihn los und entfernte sich von ihm. Er dachte, dass es jetzt passieren würde.

Genau in diesem Moment gab es einen explosionsartigen Knall. Aus dem alten Gebäude, das dem Museum gegenüber lag, schlugen Flammen empor. In kürzester Zeit war der Himmel rot, und die gespenstische Szene war plötzlich hell erleuchtet. Wie in alten Zeiten, als in der Henrichshütte noch Stahl gegossen wurde. Andreas Arndt hatte sich das Fegefeuer anders vorgestellt. In der Ferne hörte er die Sirenen der Feuerwehr.

60. Kapitel

Als Rogalla den Wagen auf dem Parkplatz vor der Henrichshütte abstellte, stand das Orchideenparadies in hellen Flammen. Die Fensterscheiben waren zerborsten. Die Lohe schlug zwischen den Rahmen nach draußen und züngelte die Fassade hoch. Das Zischen des Wassers ging unter im Tosen des Feuers. Aus der Ferne hörte man das Nachrücken weiterer Löschzüge. Um die Gebäude herum war es taghell, und am Himmel über Hattingen lag roter Widerschein. Neben dem brennenden Gebäude sahen sie einen apathisch wirkenden Jochen Buchholz. Der stand da und starrte in die Flammen. Jemand vom Brandschutz redete auf ihn ein. Er wollte ihn wohl dazu bewegen, sich aus der Gefahrenzone zu entfernen, um nicht sein Leben zu riskieren. Aber Buchholz schien sich zu weigern. Wahrscheinlich war ihm alles egal. Zwei Männer zerrten ihn weg, bis er sich an einer Stelle befand, wo ihm nichts passieren konnte.

„Ich gehe mal hin zu ihm", sagte Rogalla, „spreche auch mit den Feuerwehrleuten. Sieh du dich auf der anderen Seite um. Vielleicht hat das doch was mit uns zu tun."

„Warte", rief Brenner ihm nach, „da hinten ist was, da laufen Leute rum."

„Wo?"

„Da drüben. Auf der Wiese. Bei den Skulpturen."

Brenner machte ein paar Schritte in die Richtung, in der er etwas entdeckt hatte, ging schneller, begann zu laufen, drehte sich kurz um, rief Rogalla etwas zu. Doch der war schon weitergegangen, verstand nicht mehr, was Brenner wollte, starrte nur noch hinter ihm her. Ein paar Sekunden zögerte er, ob er erst Buchholz vernehmen und danach dem Kollegen folgen sollte. Aber dann sah auch er dort, wo die Skulpturen waren, wie sich etwas bewegte. Er erkannte Umrisse. Zwei oder drei Personen waren es. Und dann sah er noch etwas. Einen Schatten. Das war keine Skulptur. Das war die Silhouette eines Tiers, ein Umriss wie der eines großen Hundes. Und dieser Schatten bewegte sich.

„Verdammter Kerl!“ fluchte der Kommissar und lief los. Die Vernehmung von Buchholz hatte Zeit. Der würde auch in ein paar Stunden noch wie festgenagelt dort stehen.

Wie konnte Brenner nur so leichtsinnig sein? Warum rannte er alleine dorthin? Das war gegen jede Abmachung, gegen jede Vorsicht. Sich so nicht zu verhalten gehörte zu den ersten Lektionen der Polizeiausbildung. Aber manchmal ritt den Kollegen der Teufel, und dann startete er Alleingänge. Oder hatte er die Gefahr verkannt? Warum dann aber die Eile?

Brenner hatte einen Vorsprung von etwa fünfzig Metern, hatte gerade eine Halle erreicht, die linker Hand lag. Hier stoppte er für einen kurzen Moment, lief danach weiter auf einem gepflasterten Weg, der zu den Skulpturen führte. Rogalla hatte Boden gut gemacht, überlegte, ob er dem Kollegen etwas zurufen sollte. Aber dann würden die Personen, die dort standen, aufmerksam werden. Vielleicht hatten sie Brenner ja noch nicht bemerkt. Rogalla hatte jetzt auch den Rand der Halle erreicht. Er sah oben an der Fassade ein großes weißes Schild, konnte in der hellen Nacht lesen ‚Atelier Klara Bodschwinna'. Unter dem Schild standen zwei Autos. Einer der beiden Wagen war ein Landrover; er brauchte nicht lange zu überlegen, woher er ihn kannte.

Die Skulpturen gewannen an Größe, waren jetzt als Schattenrisse deutlicher zu erkennen. Zwei rechteckige Tafeln ragten wie betende Hände in die Höhe. Dahinter erhoben sich zwei kleinere Kegel und wieder ein paar Meter weiter lagen irgendwelche Klötze. Drei Personen standen dort. Zwei nebeneinander, aufrecht, wie kerzengerade in die Nacht gewachsen. Die eine war groß, schlank, trug einen langen Mantel. Der Kopf wirkte seltsam. So als sei eine Kapuze darüber geschoben. Genau erkennen konnte er es nicht. Neben ihr war das Tier. Die andere Person war etwas kleiner. Von der Größe und vom Profil kam sie ihm bekannt vor. Und nur zwei, drei Meter entfernt stand noch jemand, nicht so aufrecht wie die anderen, eher in sich zusammengesunken.

Brenner hatte sich der Gruppe genähert. Die Personen mussten ihn jetzt wahrgenommen haben. Rogalla war noch eine Strecke hinter seinem Kollegen. Etwa zwanzig Meter mochten es sein.

Ein scharfer Pfiff ertönte. Sofort jagte das Tier auf Brenner zu. Der stoppte, blieb stehen, rührte sich nicht. Warum um Himmels Willen schießt er nicht? fuhr es Rogalla durch den Kopf. Er hat doch die Waffe dabei. Aber Brenner stand regungslos, wirkte wie gelähmt. Ein paar Meter noch, dann würde das Tier zum Sprung ansetzen, sich in der Kehle verbeißen. Rogalla blieb stehen, riss die Pistole aus dem Halfter, entsicherte sie zugleich mit dem Daumen. Es war der Bruchteil einer Sekunde, ein Reflex, den er sich antrainiert hatte. In dem Moment, als der Schatten zum Sprung ansetzte, peitschte der Schuss durch die Dunkelheit. Ein Ruck ging durch das Tier, ein Zucken, das sich für ein, zwei Sekunden auf dem Boden fortsetzte. Auch wenn Rogalla es nicht genau erkennen konnte, er wusste, einen halben Meter vor Brenner lag der Timberwolf.

Ein Schrei zerriss die Nacht. Es war wie das Klagen eines verwundeten Tieres. Die Gestalt in dem langen Mantel zerrte sich etwas vom Gesicht, machte ein paar Schritte auf den Wolf zu, änderte dann aber die Richtung und lief quer über die Wiese zur Halle, in der Klara Bodschwinna ihr Atelier hatte. Bei Brenner löste sich die Starre. Jetzt erst zog er die Pistole, schien kurz zu überlegen, hinter der Person herzulaufen. Er ließ es, beobachtete die beiden im Kreis, von denen aber keine Gefahr auszugehen schien. Ein paar Sekunden später war sein Kollege bei ihm.

„Danke!“ sagte Brenner leise. „Du weißt ja, die Sache mit dem Hund in Spanien ...“

„Da reden wir später drüber“, knurrte Rogalla zurück.

Als die Kommissare die Steine erreicht hatten, sahen sie, dass es schmale Sitzplätze aus Beton waren, die einen Kreis bildeten wie bei einem germanischen Thingplatz, wo in vergangenen Zeiten Gericht gehalten wurde. In der Mitte des Kreises stand schweigend Klara Bodschwinna. Neben ihr auf dem Boden lagen eine Maske und ein Megaphon. Auf einer der Sitzflächen hockte zusammengesunken Andreas Arndt und hatte das Gesicht in den Händen vergraben. Die dritte Person war hinter der Atelierhalle verschwunden. Bald würde man das Anspringen eines Motors hören.

„Candeira, nicht wahr?“ fragte Rogalla.

„Ja“, sagte Brenner. „Ich habe mir das Kennzeichen gemerkt. Sie kommt nicht weit. Sie hat keine Chance.“

Widerstandslos ließ Klara Bodschwinna sich Handschellen anlegen. Arndt war nicht ansprechbar. Er zitterte, als jagten elektrische Schläge durch seinen Körper.

61. Kapitel

Die Kommissare hatten vergeblich auf das Anspringen eines Motors gewartet. Catarina Candeira war an ihrem Landrover vorbeigelaufen, hatte die Stufen zum Atelier hoch genommen, stand in der Halle an einem der rückwärtigen Fenster, die den Blick auf das Industriegelände freigaben. Der Himmel hatte seinen roten Widerschein verloren. Jetzt sah man nur noch das bernsteinfarbene Licht des angestrahlten Hochofens. Aus der Ferne vernahm sie Polizeisirenen.

Es war der zweite Tod, den sie gestorben war. Den ersten hatten Auffermann, Lewinski und Bodschwinna verschuldet. Und auch Arndt, der zugesehen, nichts unternommen hatte. Der zweite war vor ein paar Minuten passiert, als der Schuss fiel und Tala im Sprung getroffen wurde. Sie hatte die Wölfin als Welpen großgezogen und, weil sie sich auf ihren Läufen von Anfang an auf besondere Weise, die ihr hoheitlich, königlich erschien, bewegte, mit dem Namen Tala bedacht, der aus der Lakotasprache kam und ‚stolzierender Wolf' bedeutete. Sie hatte die Wölfin nicht dressiert. Das ging nicht. Tala war das geborene Alphatier. Aber irgendwann hatte sie bemerkt, dass der Wolf so reagierte wie sie. Empfand sie Sympathie für jemanden, übertrug sich das auch auf Tala. Spürte sie Abneigung, so spannten sich bei dem Wolf die Muskeln, die Haltung wurde sprungbereit, der Blick bekam etwas Lauerndes.

Einmal, als sie mit Tala auf einem Waldweg ging, wäre fast ein Unglück passiert. Zwei Männer kamen ihnen entgegen, blieben stehen, begannen mit anzüglichen Bemerkungen, schienen Schlimmeres zu überlegen, und als einer ein paar Schritte auf sie zutat, da war plötzlich der ganze Hass von früher in ihr hochgestiegen. Sie hatte einen scharfen Pfiff von sich gegeben, und Tala war gesprungen. Bevor sie sich in der Kehle des Mannes verbeißen konnte, hatte sie die Wölfin noch wegziehen können. Von diesem Moment an wusste sie, wie mit der Vergangenheit fertig zu werden war.

Der Pfiff, den sie im Skulpturenkreis ausgestoßen hatte, sollte eigentlich Arndt gelten. Sie hatte Brenner, als er auf sie zukam, erkannt und ihr Werk rasch vollenden wollen. Aber Tala war nicht auf Arndt gesprungen, sondern auf den Kommissar zugelaufen, so als hätte die Wölfin gespürt, dass dies der einzige Ausweg war, die einzige Möglichkeit, um ihr eine letzte Chance zur Flucht zu geben. Alles war in zwei, drei Sekunden geschehen. Seltsam, dass der Polizist so einfach stehen geblieben war, keine Waffe gezogen hatte. Erst als der Schuss gefallen war, hatte sie den zweiten Mann bemerkt, der aus der Dunkelheit auftauchte.

Wie in einem hektisch zusammengeschnittenen Film zogen Bilder an ihr vorbei, unterlegt mit Gedanken, die ihr durch den Kopf schossen. Die erste Begegnung mit einem Wolf, damals in Spanien, in der kastilischen Hochebene. Sie konnte sich noch genau an den Namen des Ortes erinnern, der in der Nähe lag. Fuenterroble de Salvatierra. ‚Mächtiger Baum an der Quelle, um die Erde zu retten' lautete die Übersetzung dieses Namens. Sie war an der Pilgerherberge vorbeigelaufen, wie sie es immer tat, weil sie die Einsamkeit brauchte. Nachts, im Zelt, hatte sie ein Geräusch gehört oder geglaubt, es vernommen zu haben. Sie war sich nicht sicher, ob es ein Traum war oder Realität. Aber sie hatte den Eingang des Zeltes geöffnet, nach draußen gesehen. Da hatte er vor ihr gestanden, der Wolf. Nur zwei oder drei Meter waren es gewesen.

Sie hatte keine Angst empfunden, im ersten Augenblick nur Faszination, die in ein tiefes Glück und Erkennen wechselte. Es gab eine Entsprechung zwischen ihr und jenem Lebewesen, das angeblich so fremd und anders war. Keine Minute hatte die Begegnung gedauert. Dann hatte sich der Wolf abgedreht und war in der Dunkelheit verschwunden. In der nächsten Nacht, zur selben Stunde, war er wieder da gewesen, war ihr tagsüber gefolgt, ohne dass sie ihn zu Gesicht bekommen hätte. In der dritten Nacht, ein paar Kilometer vor Salamanca, war es genauso. Der Wolf stand vor dem Zelt, blickte sie an, verschwand nach einer Weile wieder. Sie hatte sich schon ausgemalt, sie hatte es gehofft, er würde sie bis Santiago begleiten. Das große Salamanca hatte sie deshalb in weitem Bogen umgangen. Durch die Stadt würde er ihr nicht folgen können. Aber er war nie wieder aufgetaucht.

Drei Wochen später, in Santiago, war sie Manuel Candeira begegnet und war geblieben. Sie hatte Spanisch gelernt, geheiratet, den alten, unglücklichen Namen abgelegt. Aus Blumenberg war Candeira geworden, aus Kathrin Catarina. Sie hatte sich vorgestellt, ein normales Leben zu führen, aber nach einem Jahr war der Ekel größer als die Zuneigung. Das Bild des Spaniers war schemenhaft, diffus, leer, so als hätte man aus einem Foto die Person herausgeschnitten. Ihren Mann hatte sie rasch vergessen, die Begegnung mit dem Wolf nie.

Sie hatte weiterhin die Einsamkeit gesucht, in Kanada, in Alaska, immer unterwegs, zu Fuß und mit dem Zelt, und immer auf der Suche nach den Wölfen. Die waren gekommen, sogar tagsüber, und ließen sich von ihr nach den ersten Begegnungen berühren. Es war ein geheimes Band, das niemand erklären konnte. Außer den Nachkommen der Lakota-Indianer, von denen sie in Kanada einigen begegnet war. Die hatten sie voller Respekt behandelt und ihr einen langen Namen gegeben, dessen Bedeutung war: ‚Die Frau, die den Wolf versteht'. Es konnte auch heißen ‚Die Frau, die den Wolf liebt'. Im Dialekt dieser Indianersprache meinte ‚lieben' und ‚verstehen' dasselbe. Es gab nur ein Wort dafür.

Einer der Lakotas hatte sie sogar in den Ritus des Seelenhütens eingeführt. „Dein Totemtier ist der Wolf", hatte er gesagt und ihr am Lagerfeuer ein Pulver gegeben, heilige Pilze.

Ein angenehmes Wärmegefühl hatte sie zuerst durchströmt und dann sah sie nicht den Wolf, sondern war es selbst. Sie war durch die Nacht gestürmt, nichts Trennendes war vorhanden. Sie war eins gewesen mit den Sternen, dem Wind, den Bäumen, die nicht rauschten, sondern sprachen. Es war ein nie gekanntes Glücksgefühl, das, als der Rausch vorbei war, auch eine Wunde aufgerissen hatte. Das normale Leben in der Zivilisation war für sie vergiftet, stärker noch als zuvor. Einige Male hatte sie sich danach dem Rausch mit Psilocybin hingegeben, jenem Wirkstoff, den die Pilze enthielten. Es war einfach gewesen diese oder ähnliche in den Wäldern aufzuspüren und zuzubereiten. Aber ihre Zerrissenheit hatte es weiter verstärkt. Nur der Umgang mit Tala hatte das mildern können. Sie sah sich noch einmal durch die Nacht jagen, unter einem Himmel voller Sterne, die wie Diamanten blitzten.

Ein Leben im Gefängnis konnte sie sich nicht vorstellen. Das war unmöglich. Sie brauchte die Weite, die Einsamkeit, die Freiheit. Und die Begleitung des Wolfes. Sie hatte noch nicht einmal von Tala Abschied nehmen können. Auch nicht von Klara Bodschwinna, mit der eigentlich alles hätte gut werden können. Aber der Wunsch nach Rache, nach Gerechtigkeit, die man ihr verweigert hatte, war übermächtig gewesen. Die Schatten der Vergangenheit ließen sich nicht verdrängen. Die vier Männer, die ihr das angetan hatten, sollten vor ihrem Tod den Schrecken eines Mysteriums erfahren. Wie in der griechischen Tragödie, wo die Schauspieler Masken trugen und der Chor das Urteil sprach.

Sie hatte den Kontakt zu Klara Bodschwinna gesucht, weil sie an die Männer herankommen, wissen wollte, wie sie lebten. Klara war, wenn man es so sagen durfte, eine nützliche Liebe gewesen. Das Café im Industriemuseum tauchte noch einmal vor ihr auf, die erste Begegnung mit der Künstlerin, ganz in Schwarz war sie gekleidet gewesen für die Vernissage, die dort stattgefunden hatte. Aber auch Klara Bodschwinna war jetzt verloren. Dem dritten, langsamen Tod zwischen den Wänden einer Zelle würde sie, Catarina Candeira, entkommen. Sie musste sich beeilen. Bald würde die Polizei das Gelände durchstreifen und sie suchen.

Sie legte den Mantel ab, öffnete das Fenster. Bis zum Boden waren es nur drei Meter. Die würde sie ohne Gefahr springen können. Unter ihr war feiner Kies aufgeschüttet. Nach dem Sprung hätte sie noch etwa hundert Meter bis zum Hochofen zu laufen. Sie war noch nie dort oben gewesen, aber von Klara Bodschwinna wusste sie, dass Treppen und sogar ein Fahrstuhl hoch führten. Den Fahrstuhl würde sie nicht nehmen. Der Gedanke, dass man sie in letzter Sekunde entdeckte und während der Fahrt nach oben den Strom abstellte, war unerträglich. Wie ein Tier im Käfig hockte sie dann in der Falle und wäre gefangen.

Von der Fensterbank aus warf sie noch einen kurzen Blick nach unten, sprang. Der Kies federte den Schlag an den Füßen ab. Sie verspürte noch nicht einmal einen Schmerz in den Gelenken. Dann lief sie, überquerte stillgelegte Schienenstränge, passierte eine Reihe riesiger Pfannen, in denen früher glühendes Eisen transportiert worden war und die jetzt wie umgestülpte Glocken auf dem Boden lagen. Sie unterquerte eine Rohrbrücke und eilte zwischen rostigen Streben und Pfeilern hindurch zum Hochofen. Unbehelligt kam sie an der Fahrstuhltür an. Kurz dahinter begann die Treppe, die sich nach oben um den Ofen schraubte. Bald hatte sie die oberste Plattform erreicht, lehnte sich an das Geländer, sah nach unten.

Wie Spielzeug wirkte ein Schienenbus, der hinter dem Museumsgebäude stand. Wie Fingerhüte erschienen ihr die Pfannen auf dem Schrottplatz. Das Feuer in der Halle gegenüber dem Museum war fast erloschen. Nur hier und da züngelten noch Flammen hoch und warfen einen letzten, fahlen Widerschein in die Nacht. Ihr Blick ging zum Atelier von Klara Bodschwinna. Nicht weit entfernt davon lag Tala. Noch einmal zog eine letzte Bilderkette an ihr vorbei. Die erste Begegnung mit einem Wolf in Kastilien, seine Augen, die sie ansahen. Klara Bodschwinna vor dem Bild mit den Schmetterlingen und den Kakteen, mit einem weiten, beherrschenden Horizont, der mit seinem tiefen Blau wie ein Sog wirkte. Die erste Nacht mit ihr, ihre Anmut, die nichts forderte, sich nur hingab. Dann das Lagerfeuer der Lakota, dieses andere, authentischere Leben. Auffermann, Lewinski, Bodschwinna und Arndt kamen nicht vor. Diese Bilder würde sie nicht mitnehmen.

*

Klara Bodschwinna wurde gerade in einen Polizeiwagen geführt und Arndt in einen Krankenwagen geladen, den die Kommissare hatten kommen lassen. Niemand sah in diesem Moment die Frau, die über das Geländer kletterte und von der obersten Plattform des Hochofens sprang.

62. Kapitel

Klara Bodschwinna wusste von nichts. Sie war die Ahnungslosigkeit in Person. Wahrscheinlich hätte sie nicht einmal ihren eigenen Namen aufschreiben können, wenn man sie darum gebeten hätte. Aber das tat niemand. Im Gegenteil, man war im Ton höflich, ließ sie ein bisschen schmoren, unterbrach mehrmals das Verhör, veranlasste, dass zwischendurch Kaffee und belegte Brote gebracht wurden, ging raus und wieder rein, schaltete das Aufnahmegerät an und wieder aus. Doch das half alles nichts.

Brenner hatte ihr angeboten, einen Anwalt zu konsultieren. Das wollte sie nicht. Er hätte ihr um ein Haar eine Anwaltskanzlei in der Viktoriastraße empfohlen, konnte sich dann aber noch rechtzeitig bremsen, denn das durfte er natürlich nicht. Wie auch immer, die Frau war störrisch, wollte sich nicht helfen lassen. In scheinbarer Unkenntnis ihrer Lage fragte sie, ob sie nicht erst mal nach Hause fahren könnte. Sie sei hundemüde. Im Übrigen dürfe man sie nicht festhalten, sagte sie, das sei alles nur ein Missverständnis. Sie sei ganz zufällig dort in ihrem Atelier an der Henrichshütte gewesen und dann selbst auch vom Lauf der Dinge überrascht worden. Natürlich habe sie mit den Todesfällen überhaupt nichts zu tun gehabt, genauso wenig mit der Entführung des Bankangestellten und Dichters Andreas Arndt. Ja, klar, sie hätten sich in ihrem Atelier getroffen, weil er ihr etwas erzählen wollte. Die Initiative war von ihm ausgegangen. Das sei schon richtig. Aber dann sei diese fremde Frau mit dem großen Tier erschienen. Offenbar habe die sie verfolgt oder in eine Falle gelockt. Sie, Klara Bodschwinna, sei, wie man neuerdings so gern sagte, einfach nur zur falschen Zeit am falschen Ort gewesen.

Erst als Sabrina Melies die Kopie eines Zettels in den Befragungsraum reichte, brach sie ein. Das Original hatten die Querenburger Kollegen gefunden, und zwar im Dienstzimmer ihres Mannes, des toten Hochschullehrers Dr. Bodschwinna. Der Zettel lag versteckt in einem Stapel von Seminararbeiten auf seinem Schreibtisch in der Ruhr-Universität. Bodschwinna hatte sich Notizen zu den Bewegungen seiner Frau in den letzten Wochen gemacht. Irgendwie korrelierten ihre nächtlichen Ausflüge mit den Todesfällen von Auffermann und Lewinski. Er war offensichtlich seiner Frau und deren Komplizin auf die Spur gekommen, hatte wahrscheinlich selbst Angst bekommen, hatte aber nicht mehr weitergeben können, was er wusste. Als dann Brenner Bodschwinnas Frau auf die noch ausstehende Befragung von Andreas Arndt hinwies und anschließend ein wenig spekulierte, weil er ohne Rückhalt behauptete, sie hätten inzwischen Hinweise in Catarina Candeiras Wolfsnest bei Nordhorn gefunden, gab sie auf, brach ihre Fassade in sich zusammen.

„Ich habe die Frau geliebt", sagte Klara Bodschwinna leise. „Eine andere Wahl blieb mir nicht, ich musste ihr helfen."

Sie erzählte, wie sie Dr. Catarina Candeira vor ein paar Jahren kennen gelernt hatte, erzählte von der Faszination, die von der Verhaltensforscherin ausgegangen war. Diese fragile Mischung aus Willenskraft und Trauer, aus Unbedingtheit und Verletzung hatte Klaras Panzer der kühlen Selbstbeherrschung gebrochen, hatte Gefühle in ihr ausgelöst, die sie selbst vorher gar nicht an sich gekannt hatte.

Anfangs war ihr nicht klar gewesen, dass ihr Mann in die Sache verstrickt war. Catarina hatte ihr nur von Auffermann und Lewinski erzählt. Damals, vor zwanzig Jahren, da war Catarina noch Kathrin Blumenberg gewesen, ein Mädchen, das so naiv gewesen war, nach einem Konzert in der Ruhrlandhalle mit ein paar jungen Männern durch den Stadtpark zu gehen. Die wohnten alle im selben Haus in der Castroper Straße. Betrunken waren sie gewesen, aber nicht übermäßig. Die hatten gewusst, was sie wollten und was sie machten. Einen von ihnen, nämlich Christoph Auffermann, kannte sie flüchtig. Dann waren die Männer nacheinander über sie hergefallen, irgendwo auf einer grünen Wiese zwischen Bismarckturm und Tierpark.

Angezeigt hatte sie damals niemanden. Ihr war klar gewesen, dass sie als einzelne Frau gegenüber den Aussagen der Männer vor Gericht nicht bestehen konnte. Den ‚genetischen Fingerabdruck', wie er heute als Beweismittel herangezogen wird, gab es noch nicht. Sie hatte die Sache in sich hineingefressen, aber nie verwunden. Aus Bochum war sie schnellstens verschwunden, und ihre Ruhe hatte sie trotzdem nicht mehr finden können.

Erst später, als Klara ihre Freundin schon ein paarmal in der verwunschenen Jagdhütte besucht hatte, in der die Verhaltensforscherin mit ihrer Wölfin Tala lebte, war die ganze Wahrheit ans Licht gekommen. Erst als Catarina Candeira sich ihrer Geliebten sicher sein konnte, hatte sie von deren sauberem Ehemann erzählt, der auch beteiligt war, und von Andreas Arndt, der zugeguckt und nicht geholfen hatte. Natürlich war ihr damals klar geworden, dass Catarina sie gezielt ausgesucht, den Kontakt mit ihr bewusst angebahnt hatte. Aber sie war nur noch glücklich darüber, denn diese Liebe war da schon so stark, so unbedingt gewesen, dass Klara durch irgendwelche kritischen Bedenken in ihrer Absicht, Catarina zu helfen, nicht mehr irritiert werden konnte. Und dass die Ehe mit Bodschwinna, die ohnehin nie sonderlich leidenschaftlich gewesen war, jetzt keine Chance mehr hatte, lag auf der Hand.

Brenner und Lena Rieken verhörten die nun ungewöhnlich verstörte Frau. Rogalla hatte sich geärgert, dass Brenner nicht ihn, sondern Lena Rieken dabei haben wollte. Eine Frau wäre ganz wichtig in diesem Fall, hatte Brenner scheinheilig, wie Rogalla fand, seinem Kollegen mitgeteilt. Hinter dem Venezianischen Spiegel, der von innen aussah wie eine abgedunkelte Fensterscheibe, verfolgten Rogalla und Sabrina Melies das Verhör. Sabrina fand, dass Klara Bodschwinna alt aussah, erkannte tiefe Furchen im Gesicht der Künstlerin, die sie zuvor nie entdeckt hatte. Die Schöne hatte die Mörderin geliebt, hatte ihr geholfen, zeigte jetzt ihr wahres Gesicht. Sabrina ahnte, was demnächst in den Medien passieren würde. Nun würde man andere Fotos von Klara Bodschwinna schießen als diejenigen, die auf ihrer Homepage zu sehen waren. Man würde sie auch äußerlich auf das Biest reduzieren, das nach der zu erwartenden öffentlichen Meinung wohl immer schon in ihr gesteckt haben mochte.

„Sind Ihnen denn keine Bedenken gekommen?“ fragte Lena Rieken. „Sie waren doch mit den Auffermanns befreundet, besonders mit seiner Ehefrau. Und da liefern Sie ihn der Frau aus, von der Sie genau wissen mussten, dass sie ihn töten wird."

„Ach, was soll ich Ihnen dazu sagen? Sie werden mich nicht verstehen. Vielleicht haben wir auch unterschiedliche Begriffe von Gerechtigkeit. Damit werden wir leben müssen. Und was das Töten betrifft, das hat jemand anderes übernommen. Die treue Tala, die Ihr Kollege auf dem Gewissen hat", sagte Klara Bodschwinna.

„Von Gewissen würde ich in diesem Zusammenhang lieber nicht reden. Vielleicht sollten wir überhaupt im Augenblick nicht zu spitzfindig sein", warf Brenner ein. „Wir wissen doch alle, was passiert ist und warum es passiert ist. Die Wölfin hätte nichts gemacht, was ihre Herrin nicht gewollt hat. Also, wie war das mit den Auffermanns?"

„Wegen Ulrike Auffermann sind mir keine Bedenken gekommen. Ich glaubte im Recht zu sein. Man musste sie von dem Schwein, mit dem sie verheiratet war, befreien."

„Und Lewinski? Und Ihr Mann?" fragte Lena Ricken.

„Lewinski kannte ich ja kaum."

„Wie sind Sie an ihn heran gekommen?"

„Catarina hatte seine Adresse aufgespürt. Als wir die hatten, war es nicht mehr schwer, seine Fährte zu verfolgen. Meistens führte sie in eine Kneipe an der Josephinenstraße."

Brenner erhob sich, ging im Zimmer hin und her: „Noch mal die Frage: Was hat Sie eigentlich bewogen, auch Ihren Mann ans Messer zu liefern?"

„Mein Mann war er schon lange nicht mehr …"

„Oder hatten Sie inzwischen Angst bekommen, dass er etwas wusste?"

„Vielleicht hat er etwas herausgekriegt. Er war gerissen. Eben ein typischer Wissenschaftler. Immer auf der Suche nach etwas, das eigentlich nicht sein durfte. Und eins ist doch klar, im Grunde seines Herzens war er genauso wie die anderen. Oder glauben Sie, Wissenschaftler sind bessere Menschen?"

Eine rhetorische Frage. Brenner versagte es sich, darauf zu antworten. Er überließ es Lena Rieken, den Faden wieder aufzunehmen.

„Entschuldigen Sie die Frage, und wenn Sie nicht wollen, brauchen Sie nicht zu antworten: Haben Sie auch in Ihrer Ehe unter ihm leiden müssen?“ fragte sie.

„Vielleicht habe ich mal geglaubt, es müsste so sein, wie es war. Und eine Frau wäre dazu da, es zu ertragen. Erst durch die Begegnung mit Catarina habe ich erfahren, was Liebe ist und …“, sie zögerte für einen Moment, „was sie nicht ist.“

Draußen, vor dem Einwegspiegel, war Sabrina Melies unruhig geworden. Sie fragte sich, was mit Klara Bodschwinna geschehen würde. Sie hatte die Frau früher nicht besonders gemocht. An der Schule war sie kaum mit ihr in Berührung gekommen, hatte niemals Unterricht bei ihr gehabt. Was sie über sie wusste, stammte von anderen, war aber selten positiv. Doch jetzt, in der Niederlage, empfand sie Mitleid mit ihr.

„Was wird aus Frau Bodschwinna?“ fragte sie.

„Beihilfe zum Mord!“ sagte Rogalla. „Dafür kann sie fünfzehn Jahre kriegen.“

„Die arme Frau.“

„Sie hat doch gewusst, was sie tat. Da hält sich mein Mitleid in Grenzen.“

„Und Arndt? Was kriegt der?“

„Gar nichts, denke ich.“

„Wie? Gar nichts? Der hat doch zugeguckt, wie die drei Besoffenen diese Kathrin Blumenberg vergewaltigt haben. Und hat nichts getan, hat nicht geholfen! Den muss man doch auch rankriegen, oder?“

„Was heißt hier ‚rankriegen‘? Dem kann man höchstens unterlassene Hilfeleistung anhängen.“

„Na, immerhin. Und was kriegt er dafür?“

„Gar nichts.“

„Wie? Gar nichts?“

„Das ist längst verjährt.“

„Scheiße!“

„Wie? Scheiße?“

„Die Männer“, schimpfte Sabrina, „die kommen doch immer besser weg.“

Sie machte auf dem Absatz kehrt, ohne sich von Rogalla zu verabschieden. Der wollte noch etwas einwenden, aber da war sie schon verschwunden. Die weiß noch gar nicht, dass den Frauen die Zukunft gehört, dachte Rogalla.

63. Kapitel

In der Nacht zum Sonntag war unwiderruflich der Schnee nach Bochum gekommen. Ein frostiger Wind trieb die Flocken in die Horizontale. Auf dem Parkplatz neben der Marienkirche hockten die Autos, die von Besuchern des Bermuda-Dreiecks nach einer Zechtour dort hinterlassen wurden, unter weißen Hügeln und sahen jetzt alle gleich aus. Wie Gräber, die man noch nicht zugeschüttet hatte. Wenn sie wieder nüchtern waren, würde es den Besitzern einige Mühe machen, die Schneemassen zu entfernen, um hier und da festzustellen, dass sie dummerweise das falsche Auto freigeschaufelt hatten.

Brenner und Rogalla saßen im ‚Tucholsky' und hatten trotz der winterlichen Temperaturen beide einen Humpen Fiege-Pils vor sich stehen. Glühwein war nicht ihre Sache. Außerdem war es in der Gaststätte gemütlich warm. Brenner war zu Fuß gekommen, Rogalla hatte die S-Bahn aus Wattenscheid genommen.

„Hatte ich dir eigentlich schon erzählt, dass ich gestern noch mal mit Frau Auffermann gesprochen habe?" fragte Brenner.

„Nee!" sagte Rogalla eher uninteressiert und nippte an seinem Bier.

„Die hat von den Aktivitäten der Bodschwinna wirklich nichts geahnt. Auch nichts davon, dass die Bodschwinna diesen komischen Zettel, der Buchholz belasten sollte, selbst geschrieben hatte."

„Kaum zu glauben."

„Aber sie hat mir noch etwas erzählt."

„Nämlich?"

„Die Krögers wollen sich scheiden lassen."

„Na, dann wird ja bald ein Haus in der Franziskusstraße frei. Das wär doch was für dich und deine Familie, oder?"

„Weitmar? Gut bürgerlich? So was kann sich ein Hauptkommissar nicht leisten."

„Dann sag deiner Marie bitte, sie soll verdammt noch mal mit ihrem Studium in die Gänge kommen. Als Doppelverdiener könnt ihr auch in der Franziskusstraße wohnen. Muss ja nicht gleich der Löwenzahnweg sein."

Brenner lächelte. Er wusste, dass Rogalla in seiner Wattenscheider Wohnung nicht mehr ganz glücklich war, aber das hatte womöglich andere Gründe.

„Was wird eigentlich aus dieser Profilerin? Bleibt die jetzt ganz bei uns?" wollte Rogalla wissen.

„Nein, natürlich nicht. Die geht wieder nach Düsseldorf."

„Ein Glück", sagte Rogalla und nahm sichtlich erleichtert einen großen Schluck aus dem Humpen.

Brenner reagierte nicht auf Rogallas Bemerkung, sondern sagte nur: „Die Sache mit den Kinderknochen aus dem Weitmarer Schlosspark müssen wir wohl allein hinkriegen. Und du hast ja noch deine Sabrina."

„Sabrina? Bleibt die denn noch bei uns?"

„Klar!" Und weil Rogalla grinste, fügte Brenner hinzu: „Ich wusste ja, dass ich dir heute noch eine Freude machen würde."

Rogalla versuchte ernst zu gucken: „Also, diese Sache mit den Knöchelchen – was heißt hier, die müssen wir allein hinkriegen? Weißt du was? Die Knochen lassen wir da liegen, wo sie sind. Das reicht, wenn wir im Frühjahr irgendwann daran denken. Wenn der Schnee wieder weg ist."

„Erzähl du das bitte dem großen PP."

„Nee, das ist deine Aufgabe. Wenn ich mit ihm rede, dann sagt der wieder Pofalla zu mir."

Erich Rogalla begab sich zur Toilette. Er war, was das betraf, immer der Erste. Sein Arzt hatte ihm gesagt, er solle auf seine Prostata achten. Da er nicht genau wusste, wie er das anstellen konnte, ging er einfach bei der ersten Regung zum Pinkeln. Konnte ja nicht schaden.

Brenner starrte in die Schneeflocken, die draußen vorbei wirbelten. Dann griff er sich die ‚Bild am Sonntag', die jemand auf dem Nachbartisch liegen gelassen hatte. Er blätterte die ersten Seiten der Zeitung durch, las flüchtig die Überschriften. Auf der dritten Seite stand ein kurzer Artikel, der ihn interessierte. Dort wurde berichtet, dass ein Bauer im Oderbruch einen Wolf gesehen hatte, der wohl aus Polen durch den

Fluss geschwommen war. Wölfe kannten keine Grenzen, und sie konnten zäh sein. Brenner legte die Zeitung wieder weg. Das Oderbruch war weit. Und eine Wölfin wie Tala gab es nur einmal. Ebenso wie die Frau, die sie verstand und zu lenken wusste.

Perter Märkert

JEDER EINZELNE

ISBN 978-3-8196-0752-3

Preis 12,90 €

Wer trägt die Verantwortung an Christinas Tod? Wer hat ihr die K.-o.-Tropfen gegeben? Sie nackt in die Ruhr geworfen? Die Justiz verdächtigt ihren Freund Marco Kröner. Er brachte Christina in der fraglichen Zeit von Köln nach Bochum. Bei ihm wurde das Fläschchen mit Liquid Ecstasy gefunden, das ihren Tod verursachte. Der Richter verhängt Untersuchungshaft, der Pflichtverteidiger verspricht eine milde Strafe, wenn Marco gesteht. Nur seine Schwester und Lena glauben an seine Unschuld...

Alexander Pentek
DEIMOS
ISBN 978-3-8196-0795-0
Preis 12,90 €

Karlheinz Kappler verbringt widerstrebend einen Urlaub im idyllischen Eigenheim seiner Freunde, doch statt dort im kühlen Schatten entspannt seine Bücher zu lesen, findet er sich schon bald in einer Nachbarschaft wieder, die von versteckten Abhängigkeiten, Ängsten und sorgsam gehüteten Geheimnissen bestimmt wird. Erpresserische Anrufe und ein totes Tier sind erst der Auftakt einer verhängnisvollen Eskalation - und in der brütenden Atmosphäre aus Täuschungen und Lügen eint alle nur der Hass auf eine alte Frau. Als dann tatsächlich ein Mord geschieht, kann man keinem mehr vertrauen...